L'INCONNUE AUX CHEVEUX ROUGES

Jean-Louis Magnon, médecin de formation, est l'auteur de romans régionaux qui ont tous connu un beau succès. Parallèlement, il excelle dans les « polars » de terroir, à travers le personnage sympathique de Franck Maréchal, un romancier bien tranquille qui se trouve confronté à d'étranges histoires criminelles.

Paru dans Le Livre de Poche :

LES BELLES DU MIDI

LES CENDRES DE JUIN

LES GARRIGUES ROUGES

HAUTES TERRES

LES HOMMES DU CANAL

LES LARMES DE LA VIGNE

MALETERRE

LE MAS DES PEURS

UN CHÂTEAU EN PROVENCE

VENGEANCE D'AUTOMNE

JEAN-LOUIS MAGNON

L'Inconnue aux cheveux rouges

ROMAN

ALBIN MICHEL

ISBN : 978-2-253-12103-9 – 1re publication LGF

1

Maréchal pensa brusquement à ce que la morte lui avait dit : « L'hiver sera rude cette année. On le voit à la peau des oignons. » Ça s'était passé précisément à cet endroit, sur le Causse, en juin. Il avait accepté de participer à un colloque à Clermont-Ferrand – il se demanderait toujours pourquoi : cela ne lui arrivait jamais. Au lieu de prendre directement l'autoroute, il avait suivi le chemin des écoliers, par le Causse et la Margeride. Au milieu de l'après-midi, un des pneus de la 4L qui n'avait presque plus de gomme avait crevé sur de longues épines. Pas de roue de secours, bien sûr ! Il avait dû faire un kilomètre à pied pour rejoindre une grosse ferme et téléphoner – toujours cette manie de refuser l'achat d'un portable, prévention qu'il finissait par trouver stupide, comme celle d'éviter les autoroutes.

La même bâtisse qu'il voyait maintenant devant lui lorsque les balais des essuie-glaces nettoyaient avec lenteur le pare-brise en raclant l'espèce de bruine grasse qui tombait depuis qu'il était passé vers deux heures au col de l'Homme mort. Il se souvenait vaguement de la fermière, une grosse femme rougeaude, mais l'entendait par contre parfaitement dans sa mémoire. Un an plus tard, qu'en était-il pour les oignons ? Cela avait-il un sens ? Il ignorait de quels oignons il était question, à quel moment on voyait ça sur eux et même tout bêtement quand on les récoltait. Une de ces innombrables choses qu'il avait sues et oubliées, ou n'avait jamais sues et dont il admettait maintenant – cela n'avait pas toujours été le cas... – qu'il ne les connaîtrait sans doute jamais sans que ça le trouble beaucoup.

Il essaya de nouveau de se rappeler le visage de la grosse femme. Pourtant, de cette après-midi de juin, une image plus précise venait se superposer à celle du Causse somptueux qu'il avait aperçue par la fenêtre ouverte de la ferme alors qu'il flambait sous la lumière. Celle-ci peinait à vaincre l'ombre de la salle commune où il était resté assis un moment après avoir téléphoné. La fermière lui avait offert à cause de la chaleur un grand verre d'orangeade, un verre granité teinté qui avait fait lever en lui un souvenir d'enfance, douloureux et tendre à la fois. C'est alors qu'elle avait parlé des oignons. À présent, l'image précise qui revenait était celle d'un cadre en miroir guilloché posé sur le buffet Henri II et entourant le visage, très net lui aussi, d'une jeune fille blonde. Sur le moment, il avait eu envie de demander à la femme de qui il s'agissait mais n'avait pas osé. Il était bourré de ce genre de pudeurs, parfois elles lui compliquaient la vie. Il ignorait pourquoi cette photo s'était ainsi gravée dans sa mémoire. Conclure que c'était à cause de la beauté du visage était insuffisant. Peut-être y avait-il autre chose ? Avec le recul, il était facile de parler de prémonition. Sans la suite, cela aurait rejoint de toute façon la multitude de ces impressions qui défilent dans nos vies, qu'on n'arrête pas et qui finissent par s'enfuir et disparaître.

Il fit coulisser la vitre de la portière et écouta. Le vent qui rabattait la bruine allait fouiller dans des buissons qui bordaient la route, pas loin de la petite esplanade de gravillons où il avait arrêté la voiture. Il remuait les branches sèches des chênes ainsi que de grandes herbes pointues et jaunes dont il tirait des sortes de grognements qui avaient quelque chose d'humain. Quand il cessait de souffler, tout était suspendu dans le silence. Puis, très vite, les grognements reprenaient. Avec ces plaintes, l'ouverture de la vitre avait apporté dans l'habitacle une forte odeur d'herbe mouillée et de pierre à fusil. De gros amas de rochers grisâtres amoncelés à quelques dizaines de mètres de là paraissaient marquer le début du domaine de la ferme. Juste après, commençaient de vastes champs semés mais pas moissonnés qui présentaient un aspect lamentable avec leurs épis grisâtres couchés en tous sens par les orages et les pluies d'automne.

Maréchal se souvint alors de la belle teinte dorée de ces mêmes blés une année avant. À l'époque ils lui avaient fait penser à une importante richesse étalée au soleil et qui contrastait avec la pauvreté habituelle du Causse. Aujourd'hui, cette opulence avait sombré et le peu qu'il en restait offrait un spectacle misérable.

Il apercevait la silhouette de la ferme à travers le rideau de pluie. Elle lui parut moins importante qu'alors, mais peut-être le constat de la ruine de ses champs la diminuait-il en quelque sorte. Ou alors c'était comme d'habitude : revoir un lieu – parfois une personne – qui nous a frappé entraîne une réévaluation, assez souvent négative.

Il sifflota n'importe quoi et mal, chercha son paquet de gauloises. Il avait arrêté de fumer depuis un an, le regretta, s'en félicita et, n'y tenant plus, ouvrit la portière. À grandes enjambées, il marcha vers les rochers gris pour mieux voir la ferme et ses environs. Après avoir parcouru cent mètres presque en courant, il s'assit sur une pierre blanche dont il s'aperçut un peu plus tard qu'il s'agissait d'une meule et, malgré la pluie qui lui ruisselait sur le visage, il fixa la bâtisse.

Il se rappela les circonstances particulières qui l'avaient ramené ici, dans cette solitude glacée, alors qu'il aurait pu être bien tranquillement assis devant sa cheminée à écouter de la musique.

C'était chez lui, à la Valette, que toute cette histoire avait commencé. Un jour d'automne, lui aussi battu d'eau, mais celle-ci était tiède, comme les averses d'été.

2

Il avait plu dès le matin. Une petite pluie fine qui avivait considérablement les couleurs de cet automne bizarre où pendant une semaine l'été avait paru revenir sur ses pas avec une chaleur accablante qui faisait gloser à l'envi sur le réchauffement inéluctable – et contradictoire avec un hiver précédent polaire et inexplicable... – de l'atmosphère, de la couche d'ozone, de la stratosphère, de... on ne savait plus très bien.

Depuis qu'il s'était installé à La Grézade douze ans plus tôt et avait commencé à retaper la Valette, Maréchal en avait vu des étés chauds ou pourris, des hivers glacials ou bénins. Il s'en fichait, prenant le temps comme il vient. Ce qui ne l'empêchait pas de pester contre une averse inopportune ou un coup de vent malencontreux. Après cette semaine brûlante qui l'avait privé de sa saison préférée, il avait accueilli comme un bonheur la pluie qui dès le petit jour avait fait flamber les arbres d'un éclat neuf. Sans compter le plaisir de respirer, en ouvrant ses volets, une grosse odeur de bois humide et de champignons. Au point que pendant qu'il déjeunait de café froid dans le quart en alu cabossé qu'il traînait depuis ses années d'étudiant, il avait envisagé d'aller chercher des cèpes dans les bois de Valmont. Il tira de ce projet une telle joie qu'il lui fallut un moment pour réaliser qu'il était idiot. Après la canicule, il n'y avait aucun champignon dans la forêt. Il abandonna cette idée à regret et se demanda ce qu'il allait faire. La pluie qui paraissait redoubler lui permit de se dispenser des nettoyages en retard accumulés dans le jardin malgré les beaux jours. Il serait bien difficile de trouver d'aussi excellentes raisons pour ne pas se mettre au travail... Le volumineux dossier de documentation amassée avec peine depuis six mois suffisait à lui rappeler qu'il était temps de passer à la rédaction de son prochain livre. Toutefois, ce jour d'automne prédisposait à la paresse. Pour regagner un peu de bonne conscience, il s'approcha de sa table et commença de feuilleter le dossier. Mal lui en prit. Sous le classeur, il découvrit l'angle d'une enveloppe rose dont la simple vision lui déchira le cœur. Avec la lâcheté habituelle des grands sentimentaux, il s'arrangea pour la cacher. C'était stupide, enfantin et inutile. La douleur avait frappé et laisserait de toute façon une meurtrissure. Il faillit en rajouter en allant vers sa chaîne hi-fi. Non, ce n'était pas le moment d'écouter de la musique ! Même si depuis quelques semaines il avait retrouvé, à petites doses, ce monde qui comptait tellement pour lui. Il frémit en imaginant qu'il aurait tout aussi bien pu, avec sa maladresse, mettre la main sur *Les Fleurs solitaires* de Schumann. « Une apocalypse ! » se dit-il en grimaçant amèrement. Il ne se sentit pas le courage de faire la seule chose raisonnable : soulever le dossier, prendre l'enveloppe et la lettre qu'elle contenait – sans la relire, *surtout sans la relire* –, les brûler dans la cheminée. « Tourner la page. » Mais Franck Maréchal détestait « tourner les pages ». Il y pensa et ironisa à son propre sujet. À force de ne rien jeter, son cœur était devenu comme sa bibliothèque, rempli de papiers, de volumes ressassés et qu'on ne prendra plus en main, livres devenus inutiles mais que les gens comme lui répugnent à balancer, ce qui leur nuit. Il songea à tout ça en s'éloignant à pas prudents du bureau et prononça à haute voix une de ces phrases toutes faites qu'il détestait : « On ne se refait pas ! » La fausseté de ces mots lui éclata au visage. Bien sûr que si ! Sinon, que serait-il à ce moment ? Il avait fallu qu'il en jette « des papiers », des souvenirs, des regrets. Mais pas cette lettre, peut-être parce qu'elle était la seule preuve tangible de ce qui lui était arrivé. Comme si tout le reste n'était, au fond, qu'un mauvais rêve dont il était possible à tout instant qu'il se réveille.

Il se servit dans la cuisine un nouveau quart de café. Pas de travail, pas de musique, pas de jardinage. Que faire ? S'installer dans un fauteuil ? Regarder la télévision ? Il ne l'avait pas. Ou tomber la pluie ? Plus dangereux peut-être que les enveloppes... Aller au Café des Platanes et écouter Ginette Bonnafous discuter avec les clients de ces histoires de climat (« L'autre jour à la télé, il y avait une émission, intéressante pour une fois... ») ou son mari raconter sa dernière aventure de chasse rien que pour faire enrager Maréchal ? Toutes ces activités auxquelles il se livrait souvent avec un certain bonheur lui parurent insupportables. Il avait besoin d'être seul, mais pas ici : trop de souvenirs !

Dans ce cas, il ne connaissait qu'un remède : marcher dans les bois, pour simplement retrouver des êtres qui ne l'avaient jamais déçu ou peiné : les arbres.

Il fit la toilette de chat qui lui était trop habituelle depuis quelques mois et tapota le baromètre à cheveu placé dans l'entrée. L'aiguille était bloquée depuis des années, mais c'était un rite immuable. Au moment où il refermait la porte d'entrée, il entendit un grésillement à l'intérieur. Il s'arrêta, interdit. Cela ne correspondait à aucun bruit connu : téléphone, réveil ou une de ces horloges digitales qu'on mettait maintenant sur tous les appareils électroniques. Quelqu'un sonnait au portail ! Cela faisait des années que cela n'était pas arrivé, au point que la vigne vierge avait recouvert le bouton. Même les livreurs ne s'en servaient pas. Maréchal ignorait d'ailleurs que la sonnette marchât encore. En tout cas, celui ou celle qui sonnait avait dû écarter les feuilles pour cela. Il distingua entre les piliers du portail dont les battants étaient toujours ouverts, et au-delà des massifs de juniperus luisants de pluie, une tête de femme sous un parapluie. Maréchal la jugea jeune et très jolie. Lorsqu'elle s'approcha, il estima qu'elle devait avoir dans les trente ans. Elle était grande et blonde, vêtue avec une certaine élégance, veste et pantalons puce sous un ciré noir qui lui parut assez anachronique – mais il se méfiait de ses appréciations sur la mode et l'actualité en général. Sa dernière expérience s'était produite aux Platanes un soir d'été. Comme il faisait état de sa surprise à voir rouler des voitures de jeunes avec une sorte d'éclairage au néon bleu et qu'il prétendait que « c'était la nouvelle mode », Cédric, le fils Bonnafous, lui avait assuré sur un ton condescendant qu'il y avait au moins dix ans que *cela se faisait*. Quoiqu'il ne fût pas encore tout à fait sûr que ce soit vrai, et surtout parce qu'il avait constaté qu'à son âge, dix ans passaient vite, il avait feint de le croire.

– Bonjour ! dit-elle en tendant une main impeccable. Je m'appelle Lise Lavigne. Vous êtes bien Franck Maréchal ?

Il faillit répondre : « Pour vous servir... », ce qui le fit sourire, mais il se contenta d'un banal :

– Oui. Bonjour.

Dans un roman, il aurait aussitôt dit : « Que désirez-vous ? », mais il craignait qu'elle ne soit venue que pour lui dire tout le bien qu'elle pensait de ses livres, de quelle façon *elle* voyait les choses et comment *elle* aurait écrit tel ou tel passage, chapitre ou même le roman entier. Méfiant, donc, il grommela de manière indistincte et attendit. Il remarqua de nouveau qu'elle était très jolie, mais aussi très pâle, les traits tirés. Comme quelqu'un qui a beaucoup veillé... ou pleuré.

– Pouvez-vous me recevoir quelques minutes ? dit-elle. J'ai quelque chose de grave à vous exposer.

Il pencha pour sa deuxième hypothèse. Il hésita :

– J'allais...

Il pouvait difficilement lui avouer qu'il allait se balader en forêt. C'était pourtant ce qu'il aurait dû faire et lui signifier ainsi qu'elle tombait mal. Il fut stupéfait de s'entendre dire :

– Mais bien sûr ! Suivez-moi. Il fera meilleur chez moi.

Tout en la précédant sur l'allée centrale du jardin, il remarqua que les deux copalmes d'Amérique qu'il avait plantés cinq ans plus tôt étaient devenus très beaux. Leurs feuillages d'un rouge flamboyant paraissaient allumer un feu de Saint-Jean dans cette partie du jardin où un gros if faisait régner une ambiance un peu funèbre, ce qui l'avait décidé à les planter, contre l'avis de beaucoup de gens, y compris du pépiniériste qui les lui avait vendus. De fait, ils avaient végété quelque temps avant de prendre le dessus grâce à ses soins. Aujourd'hui, dans cette lumière si belle d'un matin voilé, ils étaient magnifiques. Il se serait volontiers arrêté pour mieux les contempler, mais comme il n'était pas seul, il poursuivit son chemin.

– Vous avez un très beau jardin et vos copalmes sont somptueux avec leurs couleurs de Nouvelle-Angleterre, lui dit-elle.

– Vous connaissez ? demanda-t-il en s'arrêtant et en la fixant.

– J'ai passé deux ans à Marlboro dans le Vermont... J'étais chargée d'apprendre le français à des jeunes gens qui ne parlaient que de Madonna en vidant des canettes de Coca-Cola. L'expérience fut décourageante sur le plan pédagogique, mais je garde un souvenir inoubliable de l'été indien du Vermont.

– Marlboro ? demanda Maréchal. Le Marlboro de Rudolf Serkin ?

– Oui, répondit-elle. Et aussi de Casals. Vous aimez la musique ?

– Plus que tout ! s'exclama-t-il, avant de reconnaître : Sauf les arbres...

Il n'osa pas lui demander si elle était mélomane, d'ailleurs le mot l'agaçait. Et il constata avec plaisir qu'elle ne lui parla pas spontanément de ses propres goûts. Elle se démarquait de ce qu'il avait craint et ne s'exclama pas comme l'eût fait n'importe lequel de ceux qui le poursuivaient de leurs opinions : « Serkin ! Quel pianiste fabuleux ! Avez-vous son *Empereur* avec Bernstein ? » Oui, il l'avait, et il adorait l'adagio où le temps semble suspendu et... Il réalisa qu'il était en train de se parler à lui-même et qu'elle se taisait.

– Pardonnez-moi, je réfléchissais...

Il eut un geste vague et continua vers la maison. Il pensa au bazar qui régnait dans son séjour. La bruine fine qui tombait interdisait l'usage de la terrasse.

– On va aller directement dans la cuisine. Comme ça, je vous servirai du café. Ça vous réchauffera.

– Ne vous dérangez pas pour moi ! Je voulais juste vous parler.

– Boire une tasse de café ne vous en empêchera pas et de ma cuisine on voit bien les copalmes.

– Dans ce cas, j'aurais mauvaise grâce de refuser votre offre.

Comme il passait souvent par la terrasse pour aller dans la cuisine, il avait fait installer une serrure de sûreté à la porte de celle-ci. Il chercha dix secondes la bonne clé dans un trousseau réuni par un porte-clés Esso. Une erreur : c'était un souvenir trop précieux. Il fut lui-même surpris par la chaleur qui régnait dans cette pièce après l'air frais du jardin. Il précéda la jeune femme, poussa de la main les ustensiles de son petit déjeuner et, lui montrant une chaise, l'invita à prendre place.

– Asseyez-vous, dit-il. J'en ai juste pour quelques minutes.

Il songea qu'il aurait dû lui proposer de la débarrasser de son ciré, mais il était d'une maladresse insigne pour les convenances, les manières. Tout en rallumant sa cafetière électrique après s'être servi une tasse et avoir expliqué : « Je le prends toujours froid », il lui demanda :

– De quoi vouliez-vous me parler ?

Elle le fixa de ses yeux bleu-gris et dit avec une crispation dans la voix :

– On a assassiné mon père et ma mère.

Il faillit lâcher la tasse et la soucoupe qu'il était en train de prendre dans le placard en formica. Le tintement qu'elles firent lui parut saugrenu.

– Qu'est-ce que vous racontez ?

– La vérité, monsieur Maréchal, rien que la vérité. Ils sont morts tous les deux, mais ce n'était pas un accident. Contrairement à ce que tout le monde affirme !

En dépit de sa véhémence, elle avait une voix douce et posée. Il s'entendait bien, en général, avec les gens qui parlaient ainsi. Pourtant, très vite le sens de ses paroles lui apparut. Il bredouilla en posant devant elle tasse et soucoupe et en attrapant une cuillère dans le tiroir :

– Le café sera vite chaud. Je me demande où j'ai pu mettre le sucre.

Comme si cela avait un quelconque intérêt, il expliqua :

– Je bois le mien nature.

Elle ouvrit la bouche, mais il ajouta précipitamment :

– Il n'y a aucune raison que vous fassiez pareil.

Il fut soulagé en découvrant la boîte à sucre sous les

biscottes périmées d'une de ses précédentes tentatives de régime. Tout en la servant, il reprit :

– Bon ! Je crois qu'il faudrait que vous m'expliquiez tout depuis le début.

Puis, se frappant le front d'un geste qui lui parut aussitôt terriblement convenu, il posa la question qui l'agitait depuis quelques secondes :

– Comment se fait-il que vous veniez me raconter ça à moi ?

– C'est Éva qui m'a conseillé de venir vous voir.

– Éva ? dit-il, stupéfait, tout en cherchant dans sa mémoire.

– Oui, l'inspecteur Éva Delambre ! Vous la connaissez, n'est-ce pas ?

– En effet. Nous nous sommes rencontrés à l'occasion d'une de ses enquêtes*.

– Elle m'a dit que c'était vous qui aviez trouvé la solution.

– Si on veut... commença-t-il, avant de reconnaître : Oui, ma foi, peut-être, en effet... Mais ça ne m'explique pas pourquoi elle vous a envoyée à moi.

– Nous sommes amies depuis longtemps. Quand je lui ai fait part de mes soupçons, elle m'a expliqué qu'elle ne pouvait pas s'en mêler, ça s'est passé trop loin de Montpellier. De plus, elle veut bien me faire confiance, mais de là à ouvrir une enquête sur ce qu'elle appelle gentiment « mes impressions », il y a une marge. Elle s'est renseignée auprès de la gendarmerie, mais ils lui ont dit qu'il n'y avait aucune raison

* Voir *Le Mas des peurs*, Albin Michel, 2004 ; Le Livre de Poche nº 30580.

de chercher davantage. Pour eux, c'est un accident, point à la ligne.

– Vous savez, en général, les gendarmes connaissent leur boulot.

S'il avait été honnête, Maréchal aurait dû tempérer cette affirmation en se souvenant des deux ou trois affaires dans lesquelles, malgré la qualité de leur travail, il leur avait manqué l'intuition, ou peut-être simplement l'indépendance par rapport au système, pour les résoudre. Lui, libre de toute hiérarchie, avait trouvé la solution. La jeune femme reprit :

– Éva m'a dit qu'avant d'aller plus loin, il faudrait « avoir quelque chose à se mettre sous la dent ». Alors, elle m'a parlé de vous et m'a expliqué que si vous étiez d'accord, vous seriez à même de corroborer ou d'infirmer mon hypothèse. Dans le premier cas évidemment, elle pourrait intervenir.

– Je suis heureux qu'elle ait précisé qu'il fallait que je sois d'accord et donc...

– Elle a dit que vous seriez d'accord, le coupa la jeune femme.

– Ah, elle a dit ça ! Mais c'est incroyable, tout de même !

Tout en parlant, il revoyait la belle Éva Delambre, se souvenait de la façon dont elle avait surgi à la Perdrix au milieu de ce drame du Mas des peurs. Mais cette évocation en appelait une autre, et celle-là, il faisait tout pour l'occulter.

– Je suis écrivain, pas policier. Pourquoi donc irais-je me mêler de ça ? Ce n'est pas mon métier.

– C'est ce qu'a dit mon amie...

– Vous voyez bien !

– Mais elle a ajouté que vous le feriez sûrement parce que vous êtes quelqu'un de chevaleresque.

Maréchal la regarda, stupéfait. Cela lui faisait plaisir que quelqu'un comme Éva Delambre dont il avait apprécié la finesse porte un tel jugement sur lui. Même le côté un peu dépassé du mot lui allait comme un gant. Il y avait longtemps qu'il avait compris que la vérité ne se trouve pas dans le sens du vent. Et les mots désuets ou ce qu'ils désignaient avaient rarement pour lui des connotations négatives. Tout de même, cette Éva Delambre, si belle soit-elle et si futée, n'avait aucun droit de lui jeter cette histoire d'assassinat entre les pattes.

– C'est intéressant, tout ça, mais croyez-vous que je n'aie que cela à faire ? Bien beau déjà que deux ou trois fois je me sois mêlé de ce qui ne me regardait pas. Mais alors j'étais moi-même concerné, ne serait-ce que parce que je me trouvais là au mauvais moment – ou au bon, ça dépend du point de vue. Dans votre cas... Non, vraiment !

Il avait parlé trop fort. Il s'en rendit compte, respira profondément et prit son quart de café. Après avoir bu une gorgée, il s'assit en face de sa visiteuse et demanda :

– Pouvez-vous me raconter tout ça depuis le début ?

Elle avait l'air perdu. Il s'en aperçut et ajouta gentiment :

– Allez-y, je vous écoute...

– C'était de la folie de venir vous déranger pour cela. Pourquoi me croiriez-vous, après tout ? Il vaut mieux que je m'en aille.

Elle posa la tasse et allait se lever. Il mit la main sur son bras, la retint.

– Allons, ne faites pas attention à ce que je vous ai dit. J'ai maintenant très envie d'entendre votre histoire...

Elle lut la sincérité dans son regard et commença à voix basse :

– Cela s'est passé en janvier. Le 20 janvier. Dans la descente vers Châteauneuf. La neige avait fondu et il y avait du verglas dans les endroits à l'ombre. Ça, mon père le savait, j'en suis sûre. On ne vit pas toute sa vie sur le Causse sans savoir où la route gèle. Ce jour-là, lui et ma mère sont partis vers 10 heures. Une voisine a vu passer la voiture à cette heure-là exactement.

– La voiture ? Quelle voiture ?

– La leur, bien entendu ! fit la jeune femme, interloquée.

Il sourit.

– Je m'en doute ! Non, je veux dire : quelle marque de voiture ?

– Une 4L.

– Ah bon ! lâcha Maréchal, impavide. Continuez...

– Dans le cinquième virage de la descente, elle est sortie de la route. Sa chute a été ralentie par de jeunes pins à mi-pente, mais elle a fini au fond du ravin, complètement disloquée.

– Et vos parents ? demanda-t-il avec autant de délicatesse qu'il put.

– Tués sur le coup ! Les secours ont été rapides. Un représentant de commerce a vu la voiture tomber alors que lui-même entamait la descente. Il a appelé les gendarmes. Quand les pompiers sont arrivés, mon père et ma mère étaient morts. Seul Jim avait survécu à la chute...

– Jim ?

– Leur chien, un berger allemand.

– Et pourquoi pensez-vous qu'il s'agit d'un crime ?

– Parce que j'en suis certaine !

Maréchal aurait pu lui faire remarquer que c'était insuffisant. Toutefois, lorsque les gens sont persuadés de quelque chose, c'est qu'ils sont très têtus, ou qu'ils ont de bonnes raisons.

– Alors, dites-moi quelles sont les conclusions des gendarmes.

– Ils prétendent que mon père a manqué un virage, sans doute à cause du verglas ou pour d'autres raisons...

Elle parut hésiter.

– Il faut tout me raconter si vous voulez que j'envisage de vous aider.

– Ils lui ont fait un prélèvement.

– Et ?

– Il avait trois grammes d'alcool dans le sang.

Maréchal soupira. Il faillit dire : « Vous voyez bien ! », mais elle ajouta :

– Ce n'est pas vrai !

– Vous savez... Si c'est un résultat de la gendarmerie, tout de même...

– Non, ce n'est pas ce que je veux dire. Le problème, c'est que mon père ne buvait pas.

– Jamais ?

– Jamais ! affirma-t-elle.

– Vous en êtes sûre ?

– Évidemment que j'en suis sûre ! Ce n'était pas son genre. Il était bien trop sérieux pour ça. Un protestant.

Pur et dur. Vous voyez ce que je veux dire. Vieille famille cévenole un peu égarée sur le Causse, même si c'est à deux pas de « la Montagne ». Je ne lui ai jamais vu boire une goutte d'alcool. Je n'en ai jamais vu à la maison d'ailleurs.

– Et votre mère ?

– Ma mère non plus ne buvait pas !

– Non ! Je veux dire : est-ce qu'on lui a fait une prise de sang à elle aussi ?

– Oui. Négatif... Il y a autre chose. C'est le garagiste de Martrel qui m'a raconté ça quand je suis allée signer les papiers pour l'assurance de la voiture.

– Qu'est-ce qu'il vous a dit ?

– Attendez que je me souvienne exactement : « Elle était drôlement bien entretenue cette voiture, pour son âge. Étonnant que les freins aient lâché comme ça ! » D'après lui, quand mon père a voulu ralentir, les plaquettes ont sauté ou ont été arrachées. Je n'y connais rien mais j'ai pensé que c'était grave. J'en ai parlé aux gendarmes. Ils ont téléphoné au garagiste qui est resté très évasif. Il a répété « peut-être » des tas de fois. De plus, c'est en avril que je suis allée signer. Un mois après que le casseur a passé la voiture à la presse. Que voulez-vous trouver dans un cube d'acier de soixante-dix centimètres de côté ?

Maréchal se leva, alla jusqu'à la fenêtre. De là, on voyait un grand bout de jardin mouillé. La lumière de la matinée était très belle, transparente et pure. Décidément, seules les aventures des hommes pouvaient être aussi troubles. Toute cette histoire était folle. Pourtant, depuis le début, le ton de la jeune femme, son accent de vérité l'empêchaient de la prendre à la légère.

– En résumé, vous prétendez qu'*on* a fait boire votre père et qu'on a saboté sa voiture. Ensuite, *on* les a envoyés, lui et votre mère, sur cette route verglacée tout droit à la mort. Et tout cela, bien entendu, personne ne le croit !

– Vous ne me croyez pas, vous non plus ? demanda-t-elle, désolée.

– Je n'ai pas dit ça ! Vous voulez un peu plus de café ?

Elle fit non de la tête. Après avoir vidé son propre quart, il dit brusquement :

– Et Jim ? Où est-il ?

Elle le regarda, stupéfaite, et répondit :

– Dans ma voiture, devant chez vous...

Il parut soulagé. Elle ne pouvait pas comprendre à quel point lui importait le destin des êtres abandonnés. Jim avait perdu ses maîtres, comme Josué quand son ami Marc Sansède avait été assassiné*. Maréchal avait récupéré le chien, qui s'était fait écraser un mois plus tard sur la route de La Grézade. Depuis, il s'efforçait de le chasser de ses pensées.

– Vous pouviez le prendre avec vous...

– Vous croyez que ça a été facile pour moi de venir jusqu'à vous ?

Il la regarda, incrédule.

– Vous aviez peur de venir ?

– Non, quand même pas, mais j'étais intimidée.

– Pourquoi ? Votre amie Éva a dû vous parler de moi...

---

* Voir *Vengeance d'automne*, Albin Michel, 2000 ; Le Livre de Poche n° 15375.

Il attendait la réponse avec un peu trop d'intérêt.

– Certes ! Mais il n'empêche : un écrivain !

– Ah, c'était donc ça... fit-il.

Comme d'habitude : l'espèce de distance que ce métier instaurait dans ses relations avec les autres. Comme si... Pourtant, il n'avait aucunement l'impression d'être différent des autres. Ce n'était pas son genre non plus de se faire mousser. Un travers commun dans son milieu, cependant, qui expliquait peut-être aussi l'attitude des gens. « Mon milieu... pensa-t-il en regardant la jeune femme, qui l'est si peu depuis douze ans ! » Depuis qu'il avait mis les trois quarts de la France entre lui et Paris.

– Si j'ai le temps, je vous expliquerai pourquoi vous avez tort. Pour le moment, allez chercher Jim, il doit avoir une envie folle de se dégourdir les pattes.

– Vous croyez ?

– Si je vous le dis ! Filez ! Pendant ce temps, je vais ranger un peu.

Il la regarda s'éloigner. La bruine avait recommencé à tomber. On la voyait à peine tant elle était fine, seulement devinée à cause des irisations que le soleil pâle qui montait au-dessus des arbres posait sur les feuilles mouillées. En contemplant la silhouette légère qui avançait sur l'allée, il soupira. C'était dangereux. Il respectait les signaux rouges qui s'allumaient dans sa tête. C'était le cas. Il s'en tira en rangeant le séjour avant qu'elle ne revienne. Ce qui éviterait de rester dans la cuisine.

Après avoir masqué rapidement le désordre – activité pour laquelle il avait développé au fil du temps une grande habileté – et planqué chaussettes et autres habits sous le canapé, il vaporisa plusieurs bouffées de désodorisant à la lavande. Sensible comme tout le monde au discours écologique, il n'en avait pas moins découvert que c'était très efficace dans de telles circonstances. Rejetant le sauvetage de la planète aux calendes grecques, il trouva une nouvelle fois le résultat convaincant. Cette lavande vous transportait presque sur les hauts plateaux du Vaucluse. « Presque seulement ! », se força-t-il à remarquer. Il ne fallait tout de même pas être dupe du premier parfum venu surtout de synthèse. Cette histoire de désodorisant lui permettait à cet instant de ne plus voir ni même penser à l'enveloppe rose coincée sous le dossier de son travail. Il jeta un regard circulaire : il avait rendu le salon à peu près présentable. Il alla jusqu'à la porte-fenêtre et sortit sur la terrasse.

3

La bruine avait cessé brutalement. La jeune femme revenait, accompagnée d'un superbe berger allemand couleur feu, très grand, des yeux intelligents et une démarche royale. Elle semblait préoccupée, une ride barrait son front. Ils n'étaient pas très éloignés l'un de l'autre, mais elle ne l'avait pas vu. Quand elle fut près des buis, il la héla :

– Mademoiselle ! Par ici !

Elle le découvrit et sourit. Il s'efforça d'oublier qu'elle était très jolie. Le chien la suivait paisiblement pendant qu'elle montait les trois marches qui menaient à la terrasse.

– J'aimerais que vous m'appeliez Lise.

– D'accord, Lise. Mais alors, il faut m'appeler Franck !

Elle eut l'air épouvanté.

– Vous plaisantez ? C'est impossible !

– Je ne vois pas ce que ça a d'extraordinaire. Je vous appelle par votre prénom et vous aussi, c'est simple !

– Jamais de la vie.

Il comprit qu'elle n'en démordrait pas. Il choisit la voie de la sagesse :

– Nous verrons plus tard. Votre chien est magnifique.

– Mon père en était fou. Il l'avait acheté à un éleveur d'Alès. Il n'en a profité que deux ans. Jim en a trois.

Comme s'il avait compris qu'on parlait de lui, le chien s'était assis sur son derrière. Il tirait un peu la langue et fixait Maréchal en battant les oreilles.

– Alors, Jim, tu viens ?

Le berger allemand parut hésiter. Il regardait la main tendue de Maréchal, qui répéta :

– Tu viens ?

L'animal se souleva légèrement, hésita encore une seconde ou deux, puis vint franchement vers Maréchal qui le caressa. La jeune femme dit doucement :

– Il ne fait pas ça à tout le monde.

– J'espère bien ! Les bêtes savent quand elles peuvent avoir confiance. Enfin, je crois... Ça fait partie des quelques trucs qui me consolent.

– Je n'aurais jamais pensé que *vous*, vous ayez besoin de consolation, fit-elle d'un ton dubitatif.

– Comme tout le monde ! Il faut donc que je vous explique : je suis vraiment comme tout le monde. Et même, en ce moment, je me sens ridicule de vous parler comme ça.

Elle eut un sourire lumineux.

– Il y a tellement de vos collègues qui se prennent au sérieux ! On finit par y croire.

– Vous en avez connu beaucoup, de mes *collègues*, comme vous dites ?

– Pas mal ! J'ai travaillé deux ans dans une maison d'édition.

– À Paris ?

– Oui.

– Ne me dites pas... commença Maréchal, alerté.

– Non, ce n'était pas la vôtre, soyez rassuré.

– Je préfère. Qui sait ce que vous auriez appris sur moi dans ce monde de secrets. Bah, laissons ça. Regardez Jim !

Le chien poursuivait un papillon jaune égaré dans la saison. Sa façon de courir était un spectacle magnifique. Brusquement, Maréchal se sentit bien. Ce qui ne lui était pas arrivé depuis des mois. Il en fut heureux comme on est toujours de la moindre raison d'espérer.

– Venez ! dit-il. On va s'installer dans le salon et vous me donnerez des détails sur votre histoire. Mais d'abord, appelez Jim. Mon jardin n'est pas clôturé et la route de La Grézade n'est pas loin. Je ne voudrais pas...

Il s'interrompit, chassa une pensée douloureuse et répéta :

– Appelez Jim.

Le chien accourut au premier appel de la jeune femme et les suivit sagement à l'intérieur avant de se coucher sur un tapis devant la cheminée. Le museau étiré entre ses pattes avant, il les regarda, les yeux mi-clos.

La jeune femme s'assit dans un fauteuil à l'invitation de Maréchal, qui lui-même choisit le canapé.

– Vous m'avez bien dit que ça s'est passé en janvier ?

– Oui. Le 20 exactement, vers 10 heures du matin.

– Que faisaient vos parents ?

– Agriculteurs. Ils avaient une ferme sur le Causse. Elle s'appelle la Bonassie.

– Une grosse ferme ?

– Ma foi, oui. Bien assez pour les faire vivre tous les deux. Sans luxe. (Elle sourit.) Vous vous souvenez qu'ils roulaient en 4L...

Maréchal manqua s'exclamer : « Ça ne veut rien dire ! », mais se retint à temps. En dehors de cas invétérés comme le sien, par les temps qui couraient, ce genre de véhicule signifiait au mieux une économie domestique parfaitement maîtrisée, en tout cas insensible aux sirènes de la mode, au pire un peu de gêne.

– En fait, ils ne se plaignaient pas. Il faut dire qu'il y a longtemps que je ne leur étais plus à charge. J'ai été indépendante très jeune.

Il faillit gaffer encore en disant que cela ne l'étonnait pas.

– Vous avez de la famille sur le Causse ? Y a-t-il un parent à vous à la Bonassie ?

– Non. Mon père et ma mère vivaient seuls là-haut. Nous avons de la famille dans les Cévennes, à Brouzet, du côté de Pont-de-Monvert. Et des cousins à Mende et à Millau. Mais je crois que mes parents les voyaient peu. Sauf ceux de Brouzet, chez qui ils allaient chaque année passer quelques jours après la moisson. Un pèlerinage pour mon père.

– C'est tout comme famille ?

– Non. J'ai un frère. Mais je ne l'ai pas vu depuis quinze ans.

– Fâchés ?

– Avec mes parents, pas avec moi. Il m'envoie une carte une fois par an pour Noël ou le premier de l'an. Il est militaire, à Nouméa. À dix-huit ans, il s'est engagé sur un coup de tête après une dispute avec mon père. Depuis, il n'est jamais remonté à la Bonassie. Et mon père avait interdit qu'on parle de lui à la maison.

– Quel âge a-t-il ?

Elle réfléchit, calcula :

– Trente-trois. Pourquoi ?

– Parce que je n'ose pas vous demander votre âge à vous.

– C'est idiot.

– J'en conviens, dit-il en écartant les mains.

– J'ai trente ans.

Il se trouva ridicule. Cela lui arrivait souvent à cause de toutes les complications qu'il se faisait à lui-même. Il changea de sujet :

– Vous dites qu'on a tué vos parents. Est-ce que vous avez une idée de *qui* a pu les assassiner ?

– Pas la moindre.

– Et du « pourquoi » ?

– Pas davantage.

– Alors...

– Cela ne m'empêche pas d'en être absolument certaine. Je vous l'ai dit : il est impensable que mon père ait bu de lui-même et dans son état normal une telle quantité d'alcool. Je ne mets pas en doute le test de la gendarmerie, il a dû se passer quelque chose de grave. Déjà sans parler de l'alcool, il est inimaginable qu'il soit descendu en plein hiver à fond de train vers Châteauneuf. Où d'ailleurs ils n'allaient jamais, faisant toutes leurs courses à Mergès, de l'autre côté du plateau. Même s'ils avaient dû descendre à Châteauneuf par cette route dangereuse, il l'aurait fait à toute petite vitesse avec une prudence de renard.

Elle soupira.

– Vous non plus vous ne devez pas me croire...

– Je n'ai rien dit ! Pourquoi pensez-vous ça ?

– Parce que personne ne me croit. Les gendarmes ne m'ont pas crue. Un avocat que j'ai consulté m'a dit que, « vu le peu d'éléments en ma possession », il valait mieux laisser tomber et...

– Éva Delambre vous a crue, non ? Puisqu'elle vous a envoyée à moi.

– Oui, c'est vrai. Ou plus exactement : même si elle ne m'a pas crue, elle n'a pas refusé la possibilité que j'aie raison. C'était déjà beaucoup ! En dehors d'elle...

– Qui vous dit que je ne vous crois pas ? demanda Maréchal.

Elle eut l'air stupéfait. Il poursuivit :

– Ce qui me frappe, c'est l'impression de vérité qui se dégage de vos paroles. Il faut que je me défende contre ça si vous voulez...

Il se mordit les lèvres, conscient d'avoir trop parlé.

Elle ne laissa pas passer l'occasion :

– Alors, vous allez enquêter ?

– C'est un bien grand mot, vous savez. Je vous le répète, ce n'est pas mon métier. Mais il se trouve que j'avais justement projeté de passer quelques jours dans le coin de Châteauneuf.

Il ajouta, surtout pour lui-même :

– Besoin de changer d'air un moment. Ça aide parfois à repartir... J'irai jeter un coup d'œil du côté de votre ferme. La Bonassie, vous avez dit ?

Elle acquiesça.

– Je poserai quelques questions par-ci par-là peut-être, mais n'ayez pas cet air réjoui. Je ne pourrai pas faire grand-chose de plus. Et il n'y a aucune chance que ça modifie en quoi que ce soit la situation actuelle.

– Mais si vous faites cela, c'est que vous pensez tout de même que ça peut changer, n'est-ce pas ?

– Ne vous méprenez pas. Je vous l'ai dit, je devais aller dans la région et votre ton, quand vous m'avez fait part de vos soupçons, avait un accent de vérité, en tout cas de sincérité. C'est une qualité que je place très haut. Alors, vous voyez : ne vous montez pas la tête, il n'y a aucune raison.

Il songea : « Tu es gonflé de parler de sincérité à cette fille ! Alors que jamais tu n'as eu l'intention d'aller à Châteauneuf, surtout en ce moment et à cette saison. Le diable t'emporte, Maréchal ! »

Malgré ses dernières paroles, elle avait l'air ravi. Elle devait avoir l'impression d'être prise au sérieux et en dépit de ses avertissements elle devait aussi être persuadée qu'une fois Maréchal sur place, la vérité éclaterait au grand jour. Inutile d'essayer de la dissuader. De toute façon, ce qu'il avait dit de la sincérité (des autres...) était exact et ce n'était pas la première fois qu'il se lancerait, tel Don Quichotte, à l'assaut des moulins à vent !

– Où se trouve exactement la ferme de vos parents ? À propos : qui est-ce qui en hérite ?

– Moi, répondit Lise Lavigne.

– Et votre frère ?

– Éric ? Mon père aurait bien voulu le déshériter. Comme c'était impossible, il lui a légué par testament un grand bois vers Flaujac. Difficilement exploitable, mais très grand. Cela lui a permis de me laisser la Bonassie à moi toute seule.

– Vous allez vendre la ferme ?

– Je ne sais pas, fit-elle avec un air particulièrement désolé. Je voudrais bien la garder. À cause de mes parents, de mon père surtout. Mais c'est une charge d'entretenir tout ça. Les terres encore, je peux les donner en fermage, j'ai déjà un contact avec un fermier du voisinage par l'intermédiaire du notaire. Mais la maison...

– Vous êtes célibataire ?

– Oui... (Elle rosit légèrement.) Enfin... oui, bien qu'il y ait quelqu'un dans ma vie, mais pourquoi vous me demandez ça ?

– Quand vous serez mariée et que vous aurez des enfants, vous serez sûrement heureuse d'avoir une maison de vacances sur le Causse. C'est mieux qu'une villa à la mer ! Enfin, à mon idée ! Pour les enfants, évidemment...

Il s'interrompit. Quand il énonçait ce genre d'« évidences », il avait assez de lucidité pour se rendre compte que son opinion pouvait différer de celle des autres, comme le montraient le flux des grandes vacances et le rush estival vers la Méditerranée.

– Enfin... vous verrez... ajouta-t-il.

Il alla vers son bureau et prit une carte de randonnée du Causse.

– Montrez-moi où se trouve votre ferme.

Il déplia la carte sur la table basse. Lise Lavigne l'examina.

– Je n'ai pas l'habitude, dit-elle. Moi vous savez, en dehors de la carte Michelin !

– C'est facile pourtant. Là, c'est Châteauneuf, et là, cette route qui monte sur le plateau, c'est celle où a eu lieu *l'accident* de vos parents. Après ce virage, on est sur le Causse.

– Je vois, dit-elle.

Elle suivit du doigt le tracé de la route avant de s'arrêter. Son ongle était posé sur un petit point noir à côté duquel on pouvait lire en effet « La Bonassie ». Sur la droite, à quatre ou cinq kilomètres, un hameau occupait l'angle inférieur d'un carré de forêt peu étendu. Ce village s'appelait Valgas.

Maréchal s'exclama :

– Vous êtes sûre ?

– Oui, évidemment ! Pourquoi ?

– Je suis allé chez vous l'an dernier, en juin !

– Comment ça, chez moi ?

– À la Bonassie. J'ai crevé un pneu sur le Causse en me rendant à Clermont et je suis allé téléphoner à la ferme la plus proche.

– Et la roue de secours ? demanda-t-elle, pragmatique.

– Laissez tomber !

Il avait failli ajouter : « Vous me rappelez quelqu'un et ça me fait mal ! » Il reprit :

– Votre mère était forte ?

– Vous voulez dire grosse ? Oui. Elle semblait s'interroger. Et alors ?

Maréchal baissa les bras.

– Alors rien ! C'est une coïncidence !

Il ne trouvait aucune autre explication à ce concours de circonstances au demeurant banal.

D'après les à-plats et les guillochures de la carte au 1/25 000e comme d'après ses souvenirs, la ferme des Lavigne se trouvait au milieu d'un grand vallonnement du Causse entre crête et doline. Quelques carrés de culture entouraient le rectangle de la ferme. La route où il avait crevé passait à un kilomètre avant de filer vers le sud et Mergès. C'était un coin magnifique. Il n'avait pas traîné ses guêtres par là-bas depuis et, bizarrement, cela lui manquait. Peut-être n'avait-il pas tout à fait menti tout à l'heure en parlant d'y retourner. Au lieu de se lancer dans une analyse psychologique à usage personnel, il déclara :

– C'est un très bel endroit.

– Oui. Magnifique.

Elle avait parlé sans enthousiasme. Il haussa les sourcils.

– Vous n'avez pas l'air d'en être sûre.

– Oh si ! Le coin est beau. C'est seulement que je n'y ai pas beaucoup de bons souvenirs, voilà tout. Quand on aime la solitude, c'est un endroit idéal.

– Vous n'aimez pas être seule ?

– Des fois... En fait, non, j'aime les gens. Je me sens bien en ville.

Maréchal comprenait, même si lui préférait la solitude. Et même la plus extrême.

– Je vais vous donner la clé. Je ne peux pas vous accompagner. J'ai réussi à prendre une demi-journée pour venir vous voir, mais je n'aurai pas de congé supplémentaire avant Noël.

– Quel est votre métier ? demanda-t-il en s'étonnant de ne pas lui avoir posé la question plus tôt.

– Documentaliste dans une médiathèque. À Siran, près de Montpellier où j'habite.

– Ça vous plaît ?

– Quoi ? Mon métier ? Oui, ma foi. J'aurais voulu être journaliste, ça n'a pas marché.

– Vous le regrettez ?

– Non. Pas vraiment. Je suis un peu trop casanière pour cela.

Elle regarda sa montre.

– Il faut que je m'en aille si je veux être à mon travail en début d'après-midi.

– Vous avez dû vous lever aux aurores pour venir chez moi si tôt.

– Presque ! admit-elle en souriant.

Puis son visage se ferma et elle ajouta :

– C'est tellement important pour moi ! Il y a des moments où je pense que si ce crime restait impuni, cela me gâcherait l'existence longtemps, toujours peut-être.

Maréchal faillit lui faire remarquer que ce n'était que son idée à elle. Rien ni personne ne la corroborait. Toutefois, il ne servirait à rien de la dissuader. Encore moins de lui signaler les quatre-vingt-dix-neuf pour cent de chances que les gendarmes aient raison. Mais il ne regrettait pas d'avoir accepté ! De toute façon il était trop tard. Même si c'était absurde et dépourvu de sens commun. *Quand le vin est tiré... !* Non ! Il ne fallait pas toujours le boire... Comme pour sceller son engagement, il dit :

– Donnez-moi la clé.

Elle ouvrit son sac, un grand sac en plastique qu'elle portait en bandoulière, farfouilla dans le désordre et finit par lui tendre un trousseau d'une dizaine de clés attachées par un morceau de ficelle en sisal, celle qui sert à lier les bottes de paille.

– Je vous ai demandé *la* clé ! dit Maréchal. Pas le trousseau de saint Pierre.

– Ce sont *les* clés de la Bonassie ! Vous verrez vous-même, mon père avait mis des verrous partout. J'ai essayé de trier. J'ai fini par renoncer. Il reste toujours une porte... La grosse, là, c'est celle de la porte d'entrée, mais il faut aussi ouvrir le verrou d'en haut avec la petite jaune.

Maréchal remarqua que cette dernière était une clé moderne dite « de sûreté », alors que la grosse, plus ancienne, avait la beauté des vieilles serrures artisanales. La jaune l'intriguait. « Au-delà du raisonnable ! » Rien ne prouvait que le père de Lise Lavigne ait eu un trésor à protéger. Ce pouvait n'être qu'une manie de vieillard. Par association d'idées, il demanda :

– Quel âge avaient vos parents ?

– Cinquante-quatre ans tous les deux.

Maréchal fut stupéfait. Il avait pensé qu'elle allait répondre soixante-dix ans au moins et voilà que leur âge était très proche du sien. Il réalisa, une fois de plus, combien le temps passe différemment pour soi et pour les autres. Cette fille aurait pu être la sienne.

– Ça a l'air de vous surprendre, remarqua-t-elle.

– Euh, non ! Pas du tout, nia-t-il avant de changer de sujet. Quels étaient les prénoms de vos parents ?

– Jacques et Camille.

Ce détail pouvait se révéler utile à un moment ou l'autre.

– Encore une question : où les a-t-on enterrés ?

– À Brouzet, dans le caveau de la famille de mon père. Il l'avait demandé dans son testament. Je l'ai respecté.

Cela n'avait pas dû être facile pour elle. En plus du malheur qui s'était produit, il lui avait fallu faire face à un tas de complications d'assurances, de rapports de police et même à cette lubie de vouloir être enterré là-haut dans les Cévennes. Pas très loin, mais pas simple à organiser. Les papiers, le transport des corps, du moins de ce qu'il en restait... Jacques Lavigne avait sûrement ses raisons. Peut-être, comme l'avait laissé entendre sa fille au début, depuis sa ferme du plateau en regardant vers le nord-est, contemplait-il ce qui était pour lui la Terre promise que sa famille avait été obligée de quitter un jour. Qu'il souhaite que ses os y retournent n'appelait aucun jugement. Ça, plus l'histoire des clés, composait au moins un personnage.

– Et votre mère aussi voulait retourner là-haut ?

Lise Lavigne sourit.

– Ma mère ? Certainement pas. Elle s'en fichait. Elle voulait acheter une concession à Valgas, parce que c'était ce qui coûtait le moins cher à cause du transport jusqu'à Pont-de-Monvert ! Elle avait raison. Pour elle, c'était le prix qui comptait. Pas pour mon père. C'était le genre de choses qui, au contraire, lui importaient énormément.

– Il n'était pas facile à vivre, n'est-ce pas ?

Elle réfléchit, prit son temps comme pour éviter d'être injuste en livrant trop tôt son sentiment et finit par lâcher :

– Pas facile, en effet... Pas facile du tout !

Maréchal n'insista pas. Cela n'aurait eu comme résultat que de faire de la peine à la jeune femme et il s'efforçait toujours d'en provoquer le moins possible.

– Il faudrait que vous me donniez un numéro de téléphone où je pourrais vous joindre. Attendez ! Marquez-le là-dessus, sinon je ne me souviendrai jamais de l'endroit où je l'aurai fichu !

Il sortit de sa poche un petit calepin souple aux trois quarts couvert de notes illisibles, même pour lui le plus souvent. Elle avait extrait un feutre fin de son sac et inscrivit son numéro sous un « Lise Lavigne » impeccablement calligraphié. Maréchal sourit. Vraiment facile de deviner les traits de caractère des gens. Cela trompait aussi parfois... Le numéro était celui d'un portable. Peut-être n'en avait-elle pas d'autre. Ou peut-être voulait-elle éviter que « celui qui était dans sa vie » sache qu'elle l'avait contacté. Il y avait toujours plusieurs possibilités, parfois si nombreuses que cela ne servait à rien. Il demanda :

– Comment s'appelle votre ami ?

– Laurent Caroux...

Elle avait répondu très vite. Indication d'une liaison sans problème. Peu après, elle ajouta :

– En quoi cela...

Maréchal se dit qu'elle avait réussi à temps à ne pas ajouter : « cela vous regarde-t-il ? ». Mais elle était bien trop gentille pour ça. Il la tira d'embarras :

– Je suis curieux, très... Trop ! C'est un vilain défaut. Vous verrez à l'usage !

– Pourvu que vous démasquiez les assassins de mon père...

– Je ne vous ai rien promis de tel. Je veux bien essayer de chercher quelque chose qui apporte un début de preuve à votre hypothèse. Après, ce sont les gendarmes ou les policiers qui devront agir, pas moi !

Tout en protestant ainsi, il songeait qu'elle avait dit « les assassins *de mon père...* », seulement de son père. Il reprit :

– Vous vous souvenez que vous vouliez rentrer ?

– Oui, vous avez raison. Je vais y aller, fit-elle en se levant.

Jim avait compris, il était déjà près de la porte.

– Depuis que... c'est arrivé, il ne me quitte plus. On dirait qu'il a peur que je l'abandonne.

Maréchal la raccompagna. La pluie avait complètement cessé. Des gouttes dégoulinaient comme des perles des feuillages et l'eau faisait ressortir les couleurs des gravillons. Alors qu'ils passaient par l'allée de mûriers qui conduisait à la maison, elle vit la 4L garée pour une fois à son véritable emplacement et non au milieu du passage et remarqua :

– Tiens ! En voici une autre. Celle de mes parents était beige clair.

– Celle-là aussi autrefois. C'est moi qui l'ai fait repeindre. Il ajouta d'un ton désabusé : J'avais demandé à Marc de la faire verte...

– Mais elle est verte, non ?

– Vous croyez ? Ça n'a pas d'importance.

Elle avait eu l'air surpris en voyant la 4L. Il avait l'habitude, beaucoup de gens réagissaient ainsi. Cette voiture ne devait pas correspondre à celle d'un écrivain. L'inconscient collectif fonctionne selon des catégories. C'était dommage. Lui-même était loin d'être certain d'échapper à l'influence des catalogues. La couleur salade fanée qu'avait appliquée Marc avait fini par rendre la voiture parfaitement surréaliste. Toutefois, Maréchal y était bien trop attaché pour s'en séparer.

Ils étaient arrivés au portail de la Valette. Jim gambadait sans perdre de vue sa maîtresse.

– Ne le laissez pas aller vers la route, dit Maréchal. Elle est tout près.

Il l'avait déjà dit. Devant son regard interrogateur, il crut devoir s'expliquer :

– J'ai déjà perdu un chien comme ça.

Elle parut embarrassée :

– Je comprends.

Mais cela ne semblait pas être le cas. Sa façon d'appréhender les choses entraînait souvent de l'incompréhension chez les autres. Il aurait dû la quitter à cet endroit, mais, au lieu de ça, il la raccompagna jusqu'à sa voiture. Elle l'avait laissée un peu avant la propriété. Quand il la vit, il sursauta. « J'aurais dû m'en douter ! se dit-il. C'est une Golf... et elle est noire. » Mais il ne laissa rien paraître des sentiments qui l'agitaient. Par chance, elle avait jeté à nouveau un coup d'œil à sa montre et paraissait très pressée. Elle ouvrit la portière arrière et le berger allemand sauta à l'intérieur. Un plaid rouge et vert était étalé sur la banquette arrière.

Au moment de monter à son tour, la jeune femme le regarda au fond des yeux.

– Je voulais vous remercier...

– C'est inutile, et d'ailleurs je n'ai rien fait.

– Si, beaucoup. Vous m'avez écoutée sans que j'aie l'impression de passer à vos yeux pour une fabulatrice. C'est déjà énorme.

Il se contenta de sourire.

– Allez-y, maintenant ! Et ne roulez pas comme une folle. Vous avez largement le temps !

Elle lui tendit la main.

– Ne vous inquiétez pas si je ne vous donne pas de nouvelles tout de suite. Je ne compte monter là-haut que dans une quinzaine de jours. J'ai un travail à finir.

Il songeait à son dossier. Le terme *commencer* aurait été bien plus approprié !

– Ça ne fait rien. J'attendrai que vous me fassiez signe.

Elle hésita, puis ajouta en baissant les yeux comme si elle se parlait à elle-même :

– J'ai confiance en vous.

Elle avait tort, mais il résista à l'envie de le lui avouer. Il ne voyait pas la plus infime chance de découvrir que l'accident de ses parents fût autre chose que cela. Il était trop tard pour le lui dire. Il ferait ce qu'il avait promis. Et, qui sait, peut-être lui viendrait-il l'idée d'un nouveau livre à défaut de trouver la solution d'un crime. Il lui répondit d'un geste vague de la main pendant qu'elle faisait démarrer la Golf. Elle accéléra un peu trop vite et la voiture bondit légèrement. Cela aussi brisa le cœur de Maréchal.

Puis la Golf fit demi-tour et se dirigea vers le bourg entre les platanes qui avaient déjà perdu beaucoup de feuilles. En regardant la voiture s'éloigner, il songea aux nombreuses fois où il avait vu s'en aller ainsi celle de Laetitia. On aurait pu croire que rien n'avait changé ! Et pourtant...

Il rentra pesamment à la Valette. En passant devant le portail, il se dit qu'il devrait dégager la sonnette recouverte par la vigne vierge. Il aurait tout aussi bien pu le faire tout de suite. Il n'en avait nulle envie. Le jardin mouillé s'accordait parfaitement avec l'idée de l'automne. Il songea à Debussy, mais aurait été bien en peine d'expliquer pourquoi. Dans le grand marronnier qui se trouvait à la moitié de l'allée, il entendit au-dessus de lui un chant d'oiseau. Il le qualifia de « moqueur ». Cela lui allait bien et il murmura :

– Tu as raison, je suis vraiment un imbécile !

Comme à chaque fois, l'autodérision lui fut salutaire. En entrant chez lui, il avait retrouvé le sourire. Il ouvrit la porte et se souvint qu'avant la venue de la jeune femme, il avait décidé d'aller marcher dans la forêt. Il ressortit aussitôt et se dirigea vers la 4L.

Contre toute attente, les jours suivants il se replongea dans le travail. Il se surprit lui-même, brisant le rythme de ces mois pendant lesquels tout avait marché au ralenti. Son livre avançait rapidement et bientôt il eut l'impression que cette fois, contrairement à son habitude, il le terminerait d'une seule traite. Les quinze jours annoncés à Lise Lavigne passèrent sans qu'il envisage de quitter son bureau. Par ailleurs, le jour même de la visite de la jeune femme, alors qu'il se baladait dans la forêt au-dessus de La Grézade, il avait réalisé l'absurdité de sa conduite et l'erreur commise en acceptant de se mêler d'une histoire qui ne le regardait pas. Une ou deux fois, il fut tenté de décrocher le téléphone pour le lui dire. Mais par une lâcheté dont il s'accusait en vain, il n'en fit rien.

Le temps passa et le mois s'acheva dans ce climat détrempé qui lui convenait à ravir. Si tout marchait bien, dans huit jours il aurait terminé son manuscrit et pourrait l'envoyer à son éditeur. Si tout allait bien, il payerait les notes de chauffage de la Valette. Mais un jour, alors qu'il se promenait, il repensa à la visite de Lise Lavigne et à la coïncidence entre sa venue et son propre passage à la Bonassie. Il revit la photo dans le cadre guilloché et prit conscience seulement à ce moment-là que c'était celle de Lise. Les Lavigne devaient porter au pinacle cette enfant qui avait réussi. Qu'il n'y ait pas de photo de leur garçon était normal, vu leurs rapports. Il eut l'impression d'avoir mésestimé l'importance de cette image qui, en juin cependant, lui avait paru dominer la vie entière de ce couple.

Il y repensa sans cesse. Le rythme de son travail se ralentit ainsi que le nombre de pages qui s'ajoutaient quotidiennement à son manuscrit. Un matin, il s'aperçut qu'il n'avait plus aucune envie de s'asseoir à sa table. Il se consola comme il put en recomptant les chapitres achevés, regretta beaucoup d'en être là et finit par conclure qu'il lui fallait une pause. Il décida de se rendre à la Bonassie dès le lendemain.

Le soir même, il composa le numéro que lui avait laissé Lise Lavigne. Une voix masculine lui répondit.

Ainsi, comme des tas de jeunes couples, ils n'avaient qu'un portable. La voix était neutre. Maréchal pensa « banale » et le regretta. Laurent Caroux lui passa Lise. Sa voix à elle lui parut par contraste pétiller de personnalité.

– Je vous appelle pour que vous ne vous fassiez pas de souci. J'ai eu beaucoup de travail et je ne suis pas encore monté sur le Causse.

Il y eut un silence. Elle était sans doute déçue, surtout si elle avait cru qu'il l'appelait pour lui annoncer quelque chose. Mais il se trompait.

– Je ne me fais aucun souci, dit-elle d'une voix égale. Je sais bien que vous avez autre chose à faire.

– Tant mieux alors... En fait, je pars demain.

– Ah bon, remarqua-t-elle simplement.

– Est-ce qu'on peut faire des courses à Valgas ?

– Certainement. Je pense que l'épicerie de Léonie est toujours là. Autrement, ma mère me l'aurait dit. Pourquoi cette question ?

– J'ai envisagé de passer trois ou quatre jours à la ferme et je ne savais pas si je devais emporter des provisions. Remarquez, j'aurais pu vous demander d'abord si vous étiez d'accord avec cette idée...

Elle paraissait en fait très contente.

– Bien sûr ! Ça me prouve aussi que vous vous intéressez à mon histoire.

Elle avait parlé tout bas. Peut-être pour que Laurent Caroux n'entende pas. Peut-être pas. Elle ajouta :

– Maintenant, je ne sais pas si vous allez être bien là-bas. Avec le temps qu'il fait ici, ce ne doit pas être folichon sur le Causse. Et vous allez mourir de froid.

– Il y a bien une cheminée et du bois ?

– Oui... mais...

– Alors, tout ira bien.

Il songea que ce qu'il allait chercher là-bas, bien plus que la solution d'un crime probablement imaginaire, c'était la clé de l'histoire d'amour entre Lise et ses parents qu'il jugeait attestée par cette photo brillant comme un soleil dans l'ombre de la salle commune de la Bonassie un jour de juin. Mais cela, il ne pouvait pas le dire à la principale intéressée. D'autant que ça ne reposait, une fois de plus, que sur de simples intuitions. Que d'habitude cela lui réussît de les suivre ne signifiait en aucun cas que ce serait vrai cette fois encore.

– Vous trouverez des draps et des couvertures dans l'armoire de la chambre de mes parents. Installez-vous dans la première, à droite en haut de l'escalier. C'est la mienne et c'est celle où passe le conduit de la cheminée. Si vous faites du feu en bas, vous aurez plus chaud dans cette pièce.

– Ne vous inquiétez pas pour moi ! J'ai l'habitude. Je vous tiendrai au courant si j'apprends quelque chose.

– Je l'espère. Enfin, je veux dire, je le souhaite.

– Ah, encore une chose : vous avez gardé la ligne de téléphone ?

– Le téléphone ? Non. Mon père n'a jamais voulu le faire installer. Vous savez, il n'appréciait guère la nouveauté.

« Tu parles ! se dit Maréchal. Cet oiseau devait être un sacré emmerdeur ! » Il lui faisait de plus en plus songer à ces types qui arpentaient les rues et sonnaient aux portes pour distribuer des imprimés apocalyptiques et lancer des diatribes contre le progrès. Que lui-même s'en méfiât n'était pas une raison pour vouer aux gémonies une invention de plus d'un siècle ! Il se rendait compte qu'il lui faudrait donc faire des kilomètres pour téléphoner... et une petite voix lui murmura : « Et si tu avais un portable ? Est-ce que ça arriverait ? » Au même moment, Lise Lavigne lui demanda :

– Vous n'avez pas de téléphone portable ?

Il répondit sèchement :

– Non !

Et concéda :

– Pas encore...

– Alors, il vous faudra aller à la cabine de Valgas. C'est le plus commode.

C'était purement une façon de parler.

– Je vous tiendrai au courant, répéta-t-il. Bonne soirée !

– Vous aussi, monsieur Maréchal.

Il eut envie de lui redire de l'appeler Franck, mais il songea à Laurent Caroux et sans aucune raison cela l'énerva. Il raccrocha.

Cinq minutes plus tard, le téléphone sonna.

– Allô ! Oui, c'est moi. Lise. J'ai oublié de vous dire qu'il vous faudra remettre l'eau en service. Je l'ai coupée au mois d'août quand je suis montée. Avec le froid, vous comprenez... Le robinet d'arrêt est juste...

– Après le compteur ! fit-il, moqueur.

– Comment le savez... Que je suis bête !

« Non ! pensa-t-il. Tu es jeune et ça s'entend. Et moi, je fais le malin. Comme si j'avais appris tant de choses que cela. Plût au ciel que j'en ignore la moitié. Ça me faciliterait drôlement la vie. »

– Ne vous tracassez pas pour moi. Je suis un vieux baroudeur.

Le lendemain, il se leva un peu maussade. Toutefois, découvrant un ciel sans nuages, il se sentit mieux. Il remplit son sac de voyage, hésita à prendre son manuscrit, décida que c'était inutile : il ne comptait s'absenter que deux ou trois jours et, de surcroît, il n'avait plus rien à gagner aux faux-semblants.

Vers 10 heures, il ferma soigneusement les volets de la maison et monta dans la 4L, alors que le soleil allumait des braises dans les deux copalmes. Puis, le cœur beaucoup plus léger qu'il ne l'aurait cru, il sortit de la Valette et prit la direction du Causse.

4

Assis sur la meule, il se surprit lui-même en constatant qu'il était finalement très heureux d'être là, dans ce bout du monde où se nichait la Bonassie. Il avait bien vu cette fois le nom gravé au chalumeau sur une planche de bois clouée sur un hêtre, au début du chemin empierré quittant la petite route de Valgas à plus de six cents mètres de la ferme. Comme toujours ou presque, ce genre de bonheur lui venait quand il plongeait au milieu du monde. Ce dernier lui permettait de ne pas trop s'appesantir sur l'univers des hommes. À cet instant, l'eau qui dégoulinait en perles sur les herbes à ses pieds était plus importante que bien des *informations* qui hantaient ses contemporains. Parfois, il se prenait à songer qu'il avait tort et qu'étaient plus proches de la vérité ses positions d'autrefois, quand il en prenait justement. Mais cela durait peu et, parfaitement conscient de son égoïsme, il regagnait vite ses territoires.

Là où il se trouvait, le vent était moins sensible à cause du léger creux que faisait le terrain sur tout le devant de la ferme avant de remonter un peu de chaque côté vers des touffes de sureaux très hauts que les rafales couchaient.

Tout en regardant la ferme qui de cet endroit paraissait plus aplatie sur le sol, Maréchal passa encore une fois en revue toutes les facettes de l'affaire et se demanda de nouveau pourquoi il avait accepté de s'en mêler. Mais le vin une fois tiré... Non, ce n'était pas vrai : il aurait très bien pu décider à la seconde d'en rester là, aller à la cabine de Valgas, appeler Lise Lavigne et lui annoncer qu'il laissait tomber. Elle serait déçue, mais, à l'évidence, elle le serait de toute façon ! Il n'y avait pas de justification à continuer pour cette seule petite raison. Il y en avait une autre et, tout en essuyant de la main la pluie qui coulait de son front sur ses yeux, il s'efforça de l'exprimer : il voulait savoir ! Savoir si la jeune femme avait dit vrai. On pouvait appeler ça de la curiosité, en tout cas elle était impérieuse.

Il se dirigea vers la bâtisse. L'averse rabattue par le vent venait frapper son visage. C'était froid mais pas désagréable, et lui rappelait des retours d'école par de lointains automnes. À cent mètres de la ferme, le chemin de terre empierré se transformait en une allée gravillonnée conduisant à la maison. On ne pouvait qu'être frappé par l'ordre qui régnait devant la ferme malgré les mois qui venaient de s'écouler, et pendant lesquels, à l'évidence, aucun entretien n'avait été effectué. Des tas de feuilles commençaient à s'accumuler sur les bords de l'allée et contre les quelques buis posés de chaque côté, mais ceux-ci avaient gardé la taille impeccable qu'on devinait habituelle à voir leurs formes arrondies et régulières. Près de la façade, des dahlias avaient repoussé, ce devait être des bulbes de l'année précédente restés en place, et le rosier qui escaladait le mur sur des fils de fer portait encore la plupart de ses feuilles et même, perdues au milieu, deux ou trois roses très rouges, couleur sang.

Tout en se dirigeant vers la porte d'entrée, Maréchal remarqua une tache blanche qui battait dans le vent sur le côté droit. Aveuglé par la pluie et intrigué, il s'en approcha. C'était un drap solidement attaché à un étendoir tendu entre deux piquets de fer. La toile claquait dans les rafales. Il songea que personne n'avait eu l'idée de le décrocher, ou peut-être personne ne l'avait remarqué. À cet instant, Maréchal pensa que c'était une image parfaite de l'abandon et de l'absence. Car comment ne pas imaginer cette grosse femme qu'il avait rencontrée, en train d'étendre sa lessive, avant de trouver le lendemain une mort brutale dans la descente de Châteauneuf ? Il se promit de récupérer le drap si le temps s'améliorait et revint vers la maison.

La porte d'entrée, massive, était en châtaignier et les pluies l'avaient rendue grise, presque blanche. Le bois en était tout fendillé. Il ouvrit facilement la serrure principale mais ensuite il dut essayer plusieurs petites clés plates avant de pouvoir tourner le verrou de sûreté. Le battant grinça horriblement et Maréchal se trouva devant un bloc d'obscurité totale dont se dégageait une forte odeur de renfermé. En poussant la porte, il se rendit compte que des quantités de papiers avaient été glissés par la simple fente au tiers inférieur qui servait de boîte aux lettres. Il les ramassa et les empila sur le côté. Sans réfléchir, il bascula – en vain – l'interrupteur. Même s'il ne fumait plus, il gardait toujours sur lui son briquet à gaz. Il s'en servit comme lampe de poche et chercha le compteur électrique. Il finit par le découvrir, dissimulé derrière un rideau en tissu provençal qui fermait une niche près d'une étagère avec des patères où pendaient des vêtements de pluie. Il vit un calendrier de l'année précédente simplement posé contre l'étagère sous celui de l'année en cours. Là aussi Lise Lavigne n'avait pas eu le temps ni le goût de remplacer l'un par l'autre. Tout en s'éclairant à la flamme vacillante du briquet, il écarta le rideau et bascula le disjoncteur. Il entendit aussitôt un grésillement, puis un claquement sec. Cependant, la suspension illumina la salle commune de la Bonassie. Surpris par l'éclat de la lumière au milieu de cette obscurité, il s'aperçut que c'était une ampoule de la cuisine qui avait claqué et les débris jonchaient le sol. Comme quelques grésillements se faisaient encore entendre, il craignit de devoir de nouveau couper le courant. Mais ils cessèrent après quelques secondes. La suspension en cuivre lui parut particulièrement laide, mais elle avait dû être astiquée avec amour car elle luisait encore malgré la poussière. Celle-ci avait peu à peu tout recouvert d'une mince couche. Lise Lavigne avait dit être revenue ici en août. Elle n'avait sûrement pas passé beaucoup de temps au ménage. Maréchal comprenait d'ailleurs qu'elle ne se soit pas attardée dans cette maison où en plus de l'abandon manifeste régnait un silence impressionnant. Il traversa la salle et ouvrit une fenêtre qui se trouvait à gauche de la cheminée. Dans celle-ci on voyait un tas de cendres et dans un creux du mur de droite quelques bûches, du petit bois et des journaux.

Il eut de la peine à rabattre le volet à cause du vent. Un jour blafard pénétra dans la pièce. À l'arrière de la maison, il aperçut un hangar où étaient rangées des machines agricoles vertes et rouges. Après une petite clôture en grillage à moutons, le Causse s'infléchissait dans une grande pente rousse battue elle aussi de pluie et qui allait mourir vers les lointains noyés de brume où il distinguait les silhouettes de plusieurs arbres. Dans le ciel, un soleil très pâle perçait la couverture grise. Il régnait dans la maison un froid de sépulcre. Maréchal empila deux ou trois poignées de petit bois sur un exemplaire roulé en boule de *Centre Presse* et alluma avec son briquet. Dès que le tas flamba, il posa dessus une bûche. Très vite le feu crépita, le bois était bien sec. Une flamme s'éleva. Elle apportait chaleur et lumière ainsi qu'une part non négligeable de réconfort.

Pendant que le feu réchauffait l'air glacé, il partit à la découverte de la maison. La salle commune donnait sur des pièces de rangement, dont une, remplie d'étagères à bocaux et conserves, communiquait avec ce qui ressemblait à une ancienne écurie. Il devait y avoir un bail qu'ici comme ailleurs un tracteur avait remplacé le cheval, mais Maréchal avait remarqué que dans beaucoup de fermes on gardait l'écurie, sans doute à cause d'une confiance limitée dans les machines. D'après ce qu'avait raconté Lise de son père, ce devait être particulièrement vrai ici.

Au fond de la salle commune, près d'un buffet dont le vaisselier exposait quelques assiettes banales et dépareillées, un escalier en chêne menait à l'étage. Une fois sur le palier, Maréchal se souvint de ce que la jeune femme lui avait dit et entra dans la première chambre. Elle était meublée simplement d'un lit bateau avec un édredon et d'une petite table sur laquelle était posé un pichet rempli de fleurs séchées. Il n'y avait aucune décoration sur les murs et la chaise paillée placée entre le lit et la table donnait un sentiment d'abandon et de solitude. Il ouvrit la fenêtre. Le point de vue s'étendait vers le nord-est et sous le ciel un peu plus clair on distinguait les grands escarpements des Cévennes. La jeune femme avait raison : il serait très bien ici.

De retour dans la salle commune, il fut frappé par le changement que le feu y avait apporté. En dehors de la chaleur, c'était la vie qu'il ramenait, comme si sa seule présence suffisait à chasser les ombres de toutes sortes qui hantaient ces murs. Il ajouta une bûche, les flammes dansèrent.

Lorsqu'il sortit pour aller chercher son sac, la pluie tombait toujours, elle était à présent très régulière et encore plus froide. Il suivit l'allée gravillonnée, puis le chemin jusqu'à la 4L. Il décida de garer la voiture à l'abri de l'appentis aux machines où il restait pas mal de place. Tandis qu'il ouvrait la portière, il fut intrigué par une silhouette noire moirée par la pluie et dressée à la jonction de la route de Valgas et du chemin de terre de la Bonassie. En regardant mieux, il vit qu'il s'agissait d'un homme, mais la forme était curieuse et il lui fallut un moment pour déterminer que c'était un cycliste. Celui-ci regardait à l'évidence dans la direction de Maréchal qui fit quelques pas vers lui. L'autre resta immobile un instant mais quand, voulant en avoir le cœur net, l'écrivain s'approcha pour de bon, le cycliste fit faire demi-tour à sa machine puis sauta en selle et fila à toute vitesse, tandis qu'il s'époumonait :

– Hep ! Vous là-bas ! Revenez ! Revenez !

La distance rendit bientôt ses appels inutiles, le cycliste allait bon train sur la route. Maréchal essaya de voir où allait le curieux, mais en vain. Il n'y avait pas beaucoup de repères sur cette partie dénudée du Causse et l'autre disparut bientôt. Il abandonna et revint vers la 4L. Il la gara à côté d'une faneuse Mac Cormick qui devait dater de 1930 mais faisait encore très bonne impression. La pluie tombait en rideau tout autour de l'abri et crépitait sur le toit en tôle.

Maréchal prit son sac avant de verrouiller les portières, ce qui était parfaitement inutile, il suffisait en effet de pousser de la main les vitres avant pour les faire coulisser, car il y avait longtemps que le système de blocage avait sauté. Tout en revenant vers la maison, il se demanda qui pouvait bien être ce cycliste et surtout pourquoi il avait fui ainsi comme une flèche. Questions vaines : il ignorait même dans quelle direction il avait disparu à cause d'un coude du chemin et d'un petit bois qui masquait la vue.

À l'ouest, le soleil était déjà bien descendu, halo clair à peine marqué sur la grisaille du ciel nuageux.

À l'intérieur, le feu lui donna de nouveau l'impression que cette maison abandonnée reprenait vie. Il se surprit à passer sur la table et le dessus du buffet un chiffon qu'il avait trouvé accroché à un clou près de l'évier. Les meubles avaient dû être longtemps cirés régulièrement, car ce simple geste fit étinceler le bois. Ensuite, il monta ses affaires à l'étage dans la première des chambres. Dans la deuxième, la plus grande, en ouvrant une grande armoire en noyer, il découvrit, ainsi que l'avait indiqué Lise, des piles de draps et de couvertures. Il s'était attendu à les trouver humides, il n'en était rien, et ils sentaient bon la lessive d'autrefois. Au-dessus du lit étaient accrochées les photographies d'un homme et d'une femme très jeunes, sans doute à l'époque de leur mariage. Les visages étaient ordinaires et il aurait été en peine de reconnaître celui de la grosse femme rencontrée en juin dans la jeune fille fragile de la photo. L'image, les vêtements mêmes du couple et le cadre en bois sombre sculpté de fleurs stylisées évoquaient irrésistiblement les années d'avant-guerre. Maréchal avait de plus en plus le sentiment d'être plongé, comme par un sortilège, dans la première moitié du XXe siècle. Cela n'avait pas de sens, son enfance et sa jeunesse à lui n'avaient rien à voir avec ça et il était pourtant de la même génération que les Lavigne.

Il fit son lit, posa ses affaires sur la table et redescendit. Il était six heures et la nuit tombait à toute vitesse. Déjà la fenêtre du fond était obscure. Maréchal songea qu'il était temps d'aller jusqu'à Valgas chercher des provisions s'il ne voulait pas se contenter de grignoter les petits-beurre qui se trouvaient au fond de son sac. Selon Lise Lavigne, la nommée Léonie devait encore tenir son épicerie. Il fallait espérer qu'elle n'ait pas pris une retraite anticipée sous les coups de boutoir de la grande distribution. Les parents de Lise eux-mêmes allaient faire leurs courses dans la vallée au supermarché de Mergès et Jacques Lavigne n'était pas un modèle de modernisme.

Il referma soigneusement la porte d'entrée après avoir vérifié que le feu ne risquait rien. Dehors, la pluie avait cessé. Le vent redoublait et venait racler la ferme depuis le fond du plateau. Il s'accompagnait d'un vacarme effroyable en passant dans les buis, les clôtures et les branches dénudées d'un gros acacia qui surplombait une mare. À la fin, il frappait des coups de gong en cognant les tôles de l'appentis. Parfois, il passait au ras du sol et soulevait les feuilles mortes en de vastes tourbillons.

Bien qu'il fût ouvert aux trois quarts, l'appentis était entièrement obscur, le peu de lumière du couchant n'y pénétrant pas à cause du mur qui le fermait sur le côté ouest. À tâtons, Maréchal parvint jusqu'à la 4L non sans trébucher dans des barres de fer entassées sur le passage qu'il avait pourtant remarquées quand il faisait jour. Toujours à l'aveugle, il ouvrit la portière, s'assit et démarra. Le moteur ne fit aucune difficulté, ce qui était rare avec une telle météo. Les phares jaunes éclairaient à peine et, au milieu de toutes ces machines agricoles, l'absence de feu de recul était un handicap. Toutefois, il parvint à mettre la 4L dans le sens de la sortie et réussit à atteindre cahin-caha l'esplanade de gravillons. Là, il fut étonné par l'aspect bienveillant que les lueurs du feu visibles à travers les vitres donnaient maintenant à cette maison si rébarbative quand il était arrivé. Le cœur rasséréné par cette constatation, il prit la route de Valgas dans les bourrasques.

Peu après l'embranchement de la ferme, une légère côte conduisait à un col à peine marqué entre des chênes bas. On voyait deux ou trois lumières perdues au milieu de l'immensité du plateau. Maréchal mit moins de dix minutes pour les atteindre. Le vent était toujours aussi fou quand il arrêta la voiture sur une place ou du moins ce qui y ressemblait à cause de quelques maisons groupées autour d'un ancien abreuvoir. Juste au-dessus, un lampadaire en tôle d'un modèle très antique se reflétait dans l'eau. Les volets des maisons étaient barricadés, ce qui était dans l'ordre par ce temps et à cette saison, mais, plus étrangement peu de rais de lumière filtraient à travers les fentes. À croire que les trois quarts du village étaient inhabités. « C'est probablement le cas, songea Maréchal. Beaucoup de ces bâtisses doivent être des résidences secondaires. »

Il lui fallut un moment pour trouver son chemin dans cet espace étroit mais fort sombre. Il prit une petite ruelle entre deux jardins dans la direction d'un autre lampadaire tout aussi jaune et brinquebalant que le premier. Après cinq minutes d'allées et venues identiques, il n'avait toujours pas découvert la fameuse épicerie. Un peu las, il fut soulagé en apercevant la silhouette d'un homme qui sortait d'une maison et s'éloignait vers l'extérieur du hameau. Maréchal pressa le pas pour le rejoindre.

– Monsieur ! Monsieur ! le héla-t-il en constatant que l'autre ne s'était pas aperçu de sa présence et continuait son chemin.

Il répéta son appel plusieurs fois et de plus en plus fort. En vain, l'autre allait toujours et Maréchal qui courait presque finit par le perdre de vue après l'angle d'un mur qui fermait un jardin et au-delà duquel il n'y avait plus que le bloc de nuit noire couvrant le Causse. Maréchal s'arrêta, il était inutile d'aller plus loin. Il rebroussa chemin tout en se demandant quelles raisons pouvait bien avoir cet homme d'ignorer ses appels. Cela participait de l'atmosphère de mystère qui baignait Valgas en ce soir de vent et de pluie. Mais justement, Maréchal se méfiait du *mystère*, trop commode pour enflammer les imaginations, alors que les explications les plus prosaïques étaient généralement les meilleures. Peut-être le type était-il sourd, tout simplement.

En remontant vers les chiches lumières du bourg, Maréchal découvrit brusquement l'épicerie. Le mot était écrit en lettres énormes, disproportionnées, sur un panneau de bois au-dessus de la vitrine. Elle paraissait obscure, mais, en s'approchant, il aperçut une lueur dans le fond. Il frappa. Rien ne bougea, il recommença, plus fort. Après l'expérience du type, *ils* n'allaient pas tous lui faire le même coup. C'était pourtant bien ce qui était en train de se produire... Sans hésiter, il frappa de nouveau et cette fois provoqua un vrai vacarme.

– Mais bon sang, qu'est-ce qui vous prend ? cria dans son dos une voix très aiguë qui le fit sursauter.

Quand il se retourna, il se trouva nez à nez avec une petite vieille sèche comme un sarment, au visage pointu telle une tête de fouine, en robe noire et les cheveux serrés dans un foulard.

– Excusez-moi, dit Maréchal, penaud. Je venais prendre quelques provisions chez vous.

– Je ferme dans cinq minutes ! prévint-elle en sortant de sa poche un trousseau de clés presque aussi volumineux que celui de la Bonassie.

– Quelle heure est-il donc ?

– Je ne sais pas. Ce que je sais, c'est que je ferme dans cinq minutes.

Tout en répondant, elle avait ouvert la porte et déclenché le tintement de grelots des boutiques anciennes. Puis, sans davantage s'occuper de lui, elle entra et faillit même lui rabattre la porte sur le nez.

La première chose qu'il remarqua fut la force d'évocation de l'odeur qui baignait l'endroit. Pour la première fois depuis longtemps, il retrouvait des parfums exactement identiques à ceux d'autrefois. Il essaya de démêler ce qui participait des fruits secs, des épices ou des sardines en baril. En vain, tellement le mélange était subtil. La vieille personne avait regagné le fond de son commerce et vaquait à d'obscures occupations sans lui prêter attention. « Il faut que je me dépêche, pensa-t-il, sinon, dans moins de quatre minutes, elle va me mettre à la porte. »

Tout en passant devant les étagères plus ou moins garnies, il remarqua qu'il ne s'agissait que de marques très anciennes qui ne devaient subsister que dans des endroits comme celui-ci visités par des représentants hors d'âge comme l'épicière. En tout cas, il y avait longtemps qu'on ne les voyait plus sur les rayons des supermarchés. Il prit au hasard quelques boîtes de sardines à l'huile et de haricots, un saucisson et des figues sèches racornies mais brillantes de paillettes de sucre. Il posa le tout sur le comptoir et, avisant un jambon de Bayonne, il dit :

– J'en prendrais bien une tranche.

Au lieu d'en couper une nouvelle, l'épicière en posa sur un papier marron de boucherie deux petites cachées derrière le jambon. À son regard de défi, Maréchal comprit qu'il était inutile d'insister. Il demanda :

– Est-ce qu'il y a une boulangerie ici ?

– Plus depuis 1960 ! Le père Cazes...

En disant cela, elle paraissait évoquer les fastes de l'Empire. Les temps avaient bien changé, mon bon monsieur... Mais ce n'était pas son genre de se plaindre et elle replia seulement le papier autour du jambon en ajoutant :

– Je fais dépôt de pain pour celui de Mergès.

De fait, il y avait deux ou trois baguettes très blanches que Maréchal n'avait pas remarquées de l'autre côté du comptoir. Il grimaça, mais se garda de tout commentaire.

– J'en prends une aussi. Combien je vous dois ?

Elle regarda les victuailles comme si elle avait des regrets à les céder et sortit de sa poche un carnet et un crayon rouge et bleu à grosse mine qu'elle passa sur sa langue avant de noter. Arrivée au jambon, elle le pesa sur une balance blanche aux poids dorés. Elle fit l'addition, la recommença plusieurs fois et annonça :

– Trente-sept francs cinquante !

Maréchal sortit son porte-monnaie tout en essayant de faire la conversion en euros. Quelque chose lui disait qu'il valait mieux ne rien demander à l'épicière. En désespoir de cause, il sortit un billet de dix euros et le posa sur le comptoir. Elle ne sourcilla pas, s'empara du billet avec une certaine rapacité, ouvrit son tiroir-caisse, l'y rangea soigneusement, puis aligna devant lui plusieurs pièces sans hésiter en annonçant :

– Un, deux, trois, quatre ! Vingt, cinq, deux et un !

Quatre euros et vingt-huit centimes. Le compte est bon !

Elle ferma le tiroir-caisse d'un coup sec avec le geste exact des tenanciers de saloons des westerns. Ensuite, elle lui donna une poche en papier usagée et le regarda ranger ses emplettes les bras croisés, l'air hautain. Visiblement, elle attendait son départ.

– Je suis à la Bonassie, dit Maréchal.

Rien ne bougea sur le visage de Léonie et aucune lueur ne s'alluma dans son œil. Il ne se laissa pas impressionner. La position de cette femme était stratégique. Dans sa boutique, devaient circuler tous les cancans du plateau. Il persévéra :

– Vous connaissiez les Lavigne ?

Elle ne répondit pas et sortit de derrière son comptoir avant de se diriger vers la porte.

– Que faites-vous ?

– Je ferme la porte, c'est l'heure.

Il hésita mais, comme elle ne lui avait pas encore demandé de sortir, il resta où il était, son sac à la main. Elle revint vers lui.

– Les Lavigne ? Vous avez bien dit les Lavigne ?

– Oui, c'est ça. Vous les connaissiez, bien sûr... ?

– Certes ! Cette engeance !

Elle avait parlé très fort et avec beaucoup d'acrimonie.

– Qu'est-ce qu'ils vous ont fait ? se risqua-t-il.

– Ça ne regarde que moi ! Quelle engeance...

Elle en voulait apparemment beaucoup aux parents de Lise, mais ce n'était pas ce soir-là qu'il saurait pourquoi. Il essaya autre chose :

– Quelle fin affreuse.

– On a la fin qu'on mérite !

En disant cela elle paraissait certaine de mériter la sienne du bon côté.

– Vous les connaissiez bien ?

– Moi ? Non... Enfin si : depuis trop longtemps ! Mais si vous voulez savoir des choses, il faut demander à Marc Lantier. C'était le copain du vieux Lavigne. Qui se ressemble s'assemble.

– Et où je le trouverai, ce monsieur Lantier ?

– « Monsieur » ? Vous lui faites trop d'honneur ! À la combe de Marthe, au sud de votre Bonassie. Deux kilomètres et trois pins ! Enfin, ils y étaient encore il y a vingt ans, la dernière fois que je suis passée par là. J'y allais souvent à l'époque quand...

Elle se tut brutalement, comme si elle avait trop parlé. Maréchal poursuivit :

– Leur fille, Lise, m'a dit...

– La gourgandine ? glapit-elle. Manquait plus que celle-là ! Tiens, demandez aussi à Lantier ce qu'il en pense. Et du fils Bayle tant que vous y êtes.

Tout en parlant, elle donnait l'impression d'énumérer les noms d'une sorte de pandémonium personnel. Lise Lavigne paraissait y tenir une place de choix. Cela ne troublait guère Maréchal. Il connaissait suffisamment le rôle que joue l'ennui des campagnes dans la démolition des réputations. Qu'il ait senti l'épicière prête à cracher par terre en évoquant le nom de la jeune femme n'avait aucune signification, sauf pour elle-même. Avec une certaine perversité, il insista :

– Ils avaient des ennemis ?

Elle prit un air angélique, yeux baissés, bouche entrouverte, et susurra comme il s'y attendait :

– Demandez à Marc Lantier.

Il soupira tout en prenant sa poche de victuailles et dit, surtout pour lui-même :

– Mais oui, bien sûr, ça aussi je le demanderai à ce monsieur Lautier.

– Lantier ! s'écria-t-elle, avant d'épeler : L-A-N-T-I-E-R !

Comme Maréchal se dirigeait vers la porte sans aucune intention de la remercier, elle lança :

– Non ! Vous allez sortir par-derrière. Quand c'est fermé, c'est fermé. Je n'ai aucune envie qu'on empiète sur ma vie privée.

Tout en sortant par une porte dérobée, Maréchal se fit deux réflexions. La première, que cette phrase venait sûrement tout droit du poste de télévision qu'elle avait regardé amoureusement en traversant son salon quand elle l'avait fait passer par l'arrière-boutique. La seconde – il était déjà dehors et elle avait claqué la porte dans son dos –, qu'elle aurait pu laisser ouvert toute la nuit sans être dérangée, vu le désert dans lequel elle se trouvait à cette heure.

Il se trompait pour sa deuxième conclusion car, en repassant devant l'épicerie, il vit une femme frapper sur la vitrine à plusieurs reprises avant de s'en aller en le prenant à témoin :

– La vieille garce ! Elle ferme de plus en plus tôt.

Maréchal lui sourit sans apparemment atténuer sa colère. Il songea qu'à elle aussi il aurait pu poser des questions sur les Lavigne mais, un peu découragé, il y renonça et rejoignit la 4L.

Entre-temps, le vent avait cessé de souffler et le silence paraissait extraordinaire. Il y avait même quelques étoiles chétives dans un tout petit coin de ciel. Peut-être après tout allait-il faire beau ? En passant, il aperçut un petit café qu'il n'avait pas remarqué la première fois. Guère plus grand que l'épicerie, il était beaucoup mieux éclairé. Toutefois, on n'y apercevait aucun client. Il devait être trop tôt. Il faudrait y faire un tour, mais pas ce soir. Il en avait sa claque des habitants de Valgas et pensait maintenant à la froide ferme de la Bonassie comme à un home accueillant.

Un kilomètre après le village, il faillit se tromper de route et frémit à l'idée qu'il aurait alors pu s'égarer en pleine nuit dans un de ces bouts du monde indiscernables qui pullulent sur les plateaux. À la fin, il reconnut le hêtre trapu sur lequel était cloué le panneau gravé « La Bonassie ».

Lorsqu'il parvint devant la façade, on ne voyait plus aucune lueur derrière la vitre de la porte d'entrée et elle avait perdu le côté chaleureux que Maréchal avait apprécié en s'en allant tout à l'heure. Mais il était las et remisa sans trop réfléchir la 4L dans l'appentis. Ici non plus, il n'y avait pas de vent et le silence paraissait terriblement pesant, presque lourd de menaces. Maréchal se moqua de lui-même – exercice salutaire –, qu'allait-il imaginer ? Rien ici ne menaçait personne. C'était seulement un soir d'hiver sur le Causse et dans la solitude. Ça tombait bien : il aimait cette dernière. Il siffl ota, mais il se forçait un peu.

Il fut étonné que la porte s'ouvre à peine eut-il posé la main sur la poignée. C'était stupide : il avait tout simplement oublié de fermer. Il fit basculer l'interrupteur et vit que la grosse serrure avait été forcée avec une lame de tournevis qui avait laissé une encoche dans le dormant. « Il y a eu un visiteur ! » se dit Maréchal. Puis il écouta. Rien ! Le silence des maisons désertes régnait à l'intérieur. Le feu paraissait éteint, mais il vit en passant que la braise rougeoyait sous les cendres. Il jeta un coup d'œil dans les pièces du rez-de-chaussée, puis monta à l'étage. Dans l'escalier, il remarqua des empreintes de pas dans la poussière. Elles étaient beaucoup plus petites que celles que lui-même avait laissées. Il redoubla d'attention et, parvenu sur le palier, il écouta de nouveau. Toujours rien. Mais la porte de sa chambre était ouverte et ses affaires avaient été sorties du sac de voyage et répandues sur le lit et le tapis. Il s'assura que rien n'avait disparu. Il n'était pas surpris. Il ne s'agissait pas d'un simple cambrioleur.

Par acquit de conscience, il visita les autres chambres et vérifia que la trappe du grenier n'avait pas été abaissée, ce qui aurait laissé des traces dans la poussière du parquet. Il ne s'attendait pas à trouver quelqu'un. L'intrus avait eu largement le temps de s'esquiver pendant sa visite à l'épicerie de Valgas.

Une fois de retour dans la salle commune, il relança le feu. La vieille serrure fermait toujours, ainsi que le verrou. Tout cela était à l'évidence un faible rempart. Maréchal songea à la vanité de ce trousseau de clés que le père de Lise avait trimbalé toute sa vie : nouvelle illustration de l'illusion humaine.

Il s'installa pour déguster les sardines de Léonie. Il trouvait particulièrement dépaysant cette espèce de pique-nique dans une maison inconnue et du coup en oublia un moment la plupart de ses soucis. Tout en contemplant fixement l'horloge comtoise encastrée dans un renfoncement du mur, il essaya de repasser les différents événements de la soirée. D'abord ce cycliste qui avait filé dès qu'il l'avait vu. Il avait beau fouiller dans sa mémoire, il était incapable de se souvenir du moindre détail utile à son sujet. Était-il jeune ou vieux ? Était-ce un homme ou une femme ? D'où venait-il ? Où allait-il ? Autant de questions et aucune réponse. Peut-être un simple voisin curieux, étonné de voir quelqu'un pénétrer à la Bonassie. Après, il y avait eu Valgas et cette silhouette qui n'avait pas répondu quand il l'avait appelée et n'avait paru tenir aucun compte de sa présence. À la réflexion, c'était très peu naturel. Mais là non plus, il n'était pas près d'avoir la solution ! De sa rencontre avec Léonie aussi surgissaient des interrogations. Elle avait paru très remontée contre les Lavigne. Cette hostilité devait avoir son origine quelque part. Ce serait difficile de le découvrir. Ou pas... De temps en temps, Maréchal avait constaté que les réponses se présentaient toutes seules et l'on était surpris. L'épicière lui avait au moins fourni un point de départ en parlant de ce Marc Lantier. Comment avait-elle dit ? « Le copain », « l'ami » de Lavigne ? Il ne se souvenait plus. De toute façon, il irait chez lui. C'était sa seule piste. Les dernières questions concernaient son visiteur. Qu'il n'ait rien emporté était révélateur. Dans le sac de Maréchal, à défaut d'objets de valeur, il y avait au moins son appareil photo, un reflex déjà âgé mais en très bon état et d'une marque renommée. Que l'autre l'ait laissé dans le sac prouvait que ce n'était pas la rapine qui le motivait. Quoi alors ? La curiosité, parbleu ! Et la sienne n'avait pas dû être satisfaite par l'équipement spartiate de

Maréchal. En fait, là encore, il n'avait aucune explication. Avec la sagesse qu'il s'étonnait parfois lui-même d'avoir fini par acquérir, il se dit que le mieux était d'aller se coucher. Il avait d'ailleurs très sommeil et le feu avait fini par mourir sous ses cendres.

Dans sa chambre, il laissa la fenêtre ouverte. Le froid ne le gênait pas, au contraire. Le vent faible maintenant amenait seulement des odeurs d'herbe mouillée et les chants d'oiseaux des bosquets qui barraient l'arrière de la Bonassie vers le nord. En deux minutes, il s'endormit.

5

Il émergea vers 6 heures. Plus tard que d'habitude. Il avait particulièrement bien dormi. Il se sentait reposé, en pleine forme. Le ciel était encore obscur, sauf vers l'est, sur la droite de la fenêtre, où un très fin liseré coquille d'œuf marquait l'horizon.

Une fois descendu dans la salle commune, il ouvrit les fenêtres puis sortit sur le pas de la porte. Il faisait froid, mais ce n'était pas désagréable. Depuis son réveil, il avait cherché deux ou trois fois son paquet de gauloises et s'était trouvé surpris comme un enfant en redécouvrant qu'il avait cessé de fumer. Il huma l'air de la nuit. Il sentait bon et il était pur. Il n'y détecta pas les légères traces de gaz d'échappement qui polluaient celui, plutôt épargné cependant, de La Grézade à cause des camions de la nationale. Le silence était total et les oiseaux s'étaient tus. Il réalisa qu'il n'avait pas pensé à acheter à l'acariâtre Léonie du café soluble. Il se consola en se disant que c'était sans doute trop moderne pour elle. Il en restait peut-être un paquet dans la cuisine. En fait, sur une étagère de placard, il trouva du café en grains dans une boîte métallique et, juste à côté, un moulin en bois. Sur l'étagère de dessous, il y avait une cafetière émaillée à manche en tissu. Quand il commença à moudre le café, il fut submergé par des souvenirs enfouis profondément dans sa mémoire. Il s'efforça de ne pas y attacher trop d'importance, mais il était bouleversé. Il fit bouillir de l'eau sur la gazinière, puis passa le café. L'odeur aussi était complètement différente. Il remplit son quart en alu qu'il n'avait pas oublié d'emporter et sortit. Tout en se brûlant, il songea que, d'après les informations de l'épicière, la maison de Marc Lantier devait se trouver derrière la petite crête à peine marquée sur le ciel de nuit qui barrait l'horizon au sud de la Bonassie. À un moment, il fut surpris d'entendre, venant du côté opposé, un bruit de moteur. Mais il était lointain et trop bref pour qu'il puisse l'identifier. Revenu à l'intérieur, il se dit qu'il devrait se livrer à une exploration complète de la maison. Mais il n'en avait pour l'heure nulle envie. Il repoussa ce projet à plus tard et décida d'aller faire sa toilette. Il prit en passant sa trousse dans son sac et chercha la salle d'eau. Commune aux trois chambres de l'étage, elle était située au fond du couloir. Modeste avec une simple douche mais propre, elle avait été repeinte récemment, tout au plus quelques mois avant. Il songea qu'elle avait été peu utilisée depuis janvier.

À ce moment-là survint la catastrophe. En cherchant son rasoir au fond de la trousse, il trouva un tube. Il ne le reconnut pas tout de suite, mais s'aperçut bientôt que c'était un rouge à lèvres. Il se souvenait même l'avoir récupéré dans la petite chambre d'hôtel où Laetitia l'avait oublié. Et cela juste avant...

Il était groggy. Comme si on lui avait balancé un uppercut. Il mesura alors la faiblesse de tous les raisonnements qu'il avait pu se faire depuis. Cela ne servait à rien ! Il eut un moment de panique en songeant que cela pourrait durer toujours. « Mais non ! *Ça* finit par passer ! se força-t-il à penser. C'est ce qu'on dit dans tous lcs romans. » Unc voix intérieure qu'il connaissait bien et à laquelle il avait tendance à accorder sa confiance lui souffla : « Oui, mais les romans, ce n'est pas la vie ! » Longtemps, il avait commis l'erreur de croire le contraire. Ces considérations avaient détourné son attention pendant dix secondes mais, juste après, la douleur revint, encore plus forte. Il fourra le rouge à lèvres au fond de la trousse tout en se disant qu'il aurait mieux fait de le jeter par la fenêtre. Avec une sorte de rage, il s'aspergea d'eau glacée. Il n'avait aucune envie d'attendre que le chauffe-eau soit à bonne température. Il se rasa, se sécha, se peigna à toute vitesse, puis, abandonnant la trousse sur le rebord du lavabo, quitta la salle d'eau. Pendant qu'il se servait un nouveau quart de café, il se reprocha son comportement déplorable : « Comme un adolescent ! »

Il ressortit, espérant trouver un peu de calme à la contemplation du matin. C'était manqué : le brouillard avait tout envahi au-delà de cent mètres de distance de la ferme. La lumière du jour peinait à traverser cette brume humide et projetait des ombres fantomatiques. Maréchal remarqua qu'elle n'était tout de même pas assez épaisse pour l'empêcher de circuler et il ne voyait à l'heure présente son salut que dans la fuite.

Il étala sa carte au 1/25 000e sur la table de la salle commune. Une fois repérée la Bonassie, il trouva, dans la direction du sud dont avait parlé Léonie, un lieu entouré de guillochures qui portait le nom de « Combe de Marthe ». Le minuscule rectangle noir d'une construction placée en son centre était accompagné de l'inscription : « ferme ». Pour l'atteindre, il fallait rejoindre la route de Valgas, faire trois kilomètres et prendre un chemin à gauche. Un kilomètre plus loin, c'était la combe de Marthe.

La carte repliée, il constata que cela allait mieux. Les grandes vagues de souvenirs s'étaient brisées sur cette occupation banale. Cela arrivait. Quand on le savait, on était presque sauvé ! Un coup d'œil à sa montre-bracelet lui indiqua qu'il était près de 8 heures. Le temps d'aller là-bas il en serait 9 ou pas loin avec cette brume qui devait avoir envahi tout à fait la route en contrebas. Il ferma soigneusement portes et fenêtres et prit même soin de planquer son reflex sous l'armoire. Pourtant, il était persuadé que le visiteur ne reviendrait pas. Il résista à la tentation d'un troisième quart de café et, finalement requinqué, sortit de la maison. Au moment où il refermait la porte d'entrée, il se souvint brusquement de quelque chose et, stupéfait, rouvrit pour vérifier. Non, il n'avait pas rêvé ! La photo de Lise Lavigne dans son cadre en miroir n'était plus sur le buffet et, de fait, passant soigneusement ses souvenirs en revue, il était certain qu'elle n'y était pas non plus quand il était arrivé. Ce nouveau mystère le tracassa, même s'il pouvait s'expliquer simplement. La jeune femme avait pu tout simplement ranger ce portrait d'elle, désormais inutile. Ce devait être quelque chose dans ce goût-là. Il ressortit et se dirigea vers l'appentis. Il restait à espérer que la 4L ne se livre pas à une de ses coquetteries habituelles par temps de pluie. Il n'en fut rien malgré quelques toussotements et il prit la direction de la route au milieu du brouillard. Il se trouvait à peine à mi-chemin que la Bonassie avait déjà disparu derrière une barrière opaque.

Se fier aux phares jaunes de la voiture paraissait totalement irréaliste. Cependant, ils éclairaient peu mais vers le bas, ce qui permettait à Maréchal de distinguer plutôt bien les bas-côtés, dont l'herbe était couverte de rosée et luisante. Il parvint à la route. La brume paraissait un peu moins épaisse, presque translucide. Grâce aux phares qui jouaient le rôle d'antibrouillard, il estima avoir quelques chances de parvenir chez Lantier. Ce fut plus difficile que prévu car il n'avait aucun repère, les bas-côtés de la route étant moins marqués. Restait le goudron et il décida de se caler au milieu pour rouler, en évitant d'imaginer ce qui se passerait si quelqu'un avait la même idée que lui. Cela lui rappela le bruit de moteur entendu un peu plus tôt. Il fit la seule chose qui pouvait lui servir et au moins le faire sourire : il croisa les doigts.

L'épicière avait parlé de trois pins. C'était le seul indice pour trouver le début du chemin menant chez Lantier. Il fallait espérer qu'on n'en avait pas abattu un ou deux depuis vingt ans ! Au moment où lui venait cette pensée peu rassurante, un oiseau de nuit beige clair passa devant lui à vingt centimètres du pare-brise dans de furieux claquements d'ailes. Maréchal aurait détesté l'accrocher. Il s'était rabattu sur la droite, il vit que le bas-côté était couvert, à cet endroit, de petites fleurs bleues très fines. Subjugué par leur beauté, il faillit manquer les trois pins. Un chemin commençait entre les deux derniers.

D'après la carte, l'embranchement se trouvait à un kilomètre de la maison. Le chemin était complètement défoncé par le passage de roues très larges. « Des roues de 4 × 4, à tous les coups ! » se dit-il. Les amortisseurs de la 4L apprécièrent peu la partie de toboggan qui dura tout le temps qu'il traversa un bois épais et sombre dont les troncs d'arbres les plus proches servaient de guide. Ensuite, tout s'arrangea : les traces de 4 × 4 filèrent à droite le long de la lisière et se perdirent au loin, tandis que le chemin désormais empierré débouchait sur une vaste cuvette qui devait être la combe de Marthe. Le brouillard avait disparu. Un peu plus loin, il aperçut une boîte aux lettres. Elle était peu banale : en fonte, sur un pied haut et à la porte ornementée d'un cor de chasse. Il reconnut une de ces imitations de boîtes anciennes de la poste allemande, tout au moins avait-il toujours pensé qu'il s'agissait de cela. Comme on distinguait une étiquette au-dessus de la fente, il descendit et dans la lueur des phares il lut : « Marc Lantier ».

Au bout du chemin, les grandes prairies très vertes luisaient de rosée. Au milieu, était plantée une bâtisse modeste. Sa cheminée fumait. Maréchal pensa à *La Petite Maison dans la prairie*, lui qui ne regardait plus la télé depuis longtemps avait des souvenirs et connaissait les classiques...

Descendant de voiture pour récupérer après son harassant jeu de piste dans le brouillard, il regretta encore davantage de ne plus fumer. Il se contenta d'admirer le paysage. Le soleil, comme un clin d'œil, sortait à ce moment au-dessus de la forêt qui entourait la combe sur presque toute sa circonférence, sauf au sud, où de grandes falaises blanches dressaient une muraille de calcaire mitée comme un morceau d'emmenthal. Maréchal salua l'astre du jour, remit en marche son moteur et se dirigea vers la maison.

Il se gara sur une petite esplanade établie devant un potager. Il se souvint de l'expression employée par Léonie au sujet de Lantier : « le copain du vieux Lavigne ». Cela laissait présager quelqu'un de beaucoup plus âgé que le type de trente-cinq ans qui sortit de la maison, accompagné d'un superbe chien qui le suivait, la truffe collée sur son mollet. L'homme vint calmement jusqu'à la barrière, l'air souriant.

– Bonjour ! dit Maréchal.

– Bonjour.

– Vous avez un bien beau chien. C'est un lévrier anglais, un whippet, n'est-ce pas ?

– Vous m'étonnez ! Beaucoup de gens ignorent ce nom. D'habitude, je dois expliquer.

– Vous êtes Marc Lantier ?

– Oui. Alors, c'est que vous venez vraiment me voir.

– Pourquoi ?

– D'habitude, les gens arrivent ici parce qu'ils se trompent de chemin.

– Je suis venu, en effet, dans le but de vous rencontrer. C'est Léonie, l'épicière de Valgas, qui m'a parlé de vous.

– Tiens, c'est curieux, je la connais à peine.

– Elle dit pourtant qu'elle venait souvent ici. D'après ce que j'ai compris, c'était il y a vingt ans.

– Ce devait être du temps de mon oncle.

– Vu votre âge, ça me paraît plus logique.

– Ça fait seulement cinq ans que j'habite ici et mon oncle est mort il y a dix ans.

Maréchal trouvait tout à coup qu'il faisait bon dans cette combe où le soleil peignait des filaments d'argent avec la rosée sur les toiles d'épeires. Le jeune homme reprit :

– Cela ne me dit pas pourquoi vous êtes venu me voir.

– Je voulais vous interroger sur les Lavigne.

Un voile de tristesse éteignit brutalement le sourire qui flottait sur le visage de Lantier.

– Pauvres gens, fit-il.

Le ton était sincère. Maréchal l'examina mieux. C'était un grand gaillard en jeans, il portait au-dessus une chemise canadienne à gros carreaux rouges et des chaussures de marche genre rangers mais plus légères. Une barbe noire entourait sa figure où pétillaient deux yeux très vifs. Il avait les cheveux plutôt longs et la manie de passer régulièrement sa main droite à travers pour les peigner.

– C'est tout ? lança Maréchal, un brin provocateur.

– Que voulez-vous que je vous dise de plus ? répondit Lantier avec beaucoup de calme.

– L'épicière a prétendu que vous étiez « copain » avec Jacques Lavigne.

– Copain ? Ce n'est pas exactement le terme que j'emploierais.

– Lequel alors ?

– J'aimerais vous répondre « amis », mais j'ignore

si cela s'appliquait. Jacques était beaucoup plus âgé que moi, mais on s'entendait bien. Je le respectais et...

Il s'interrompit et, montrant la maison, reprit :

– Si on doit en parler, il vaudrait peut-être mieux entrer au lieu de rester plantés ici. Je vous offrirai du café.

– Si vous me prenez par les sentiments, répondit Maréchal en le suivant.

Le whippet marchait toujours sur les talons de son maître. Ils passèrent par une porte basse ouverte dans le mur en pierre. Contre la façade, à gauche de la porte, il y avait un banc en bois et, vu le piétinement du sol devant, on pouvait imaginer qu'il était souvent utilisé. Cela indiquait chez l'occupant de la maisonnette un tempérament contemplatif certain puisque, de ce banc, on ne voyait que la combe de Marthe et les bois la bordant.

Il faisait particulièrement bon à l'intérieur à cause du feu qui, à en juger par les braises, avait dû être particulièrement vif. La maison elle-même se composait d'une unique pièce prolongée d'un côté par une kitchenette et de l'autre par une sorte d'alcôve à moitié fermée par un rideau, où se trouvait un lit.

Une grande table occupait le centre de la salle. En dehors d'une des extrémités où restaient les traces d'un petit déjeuner, elle était couverte de dossiers, de boîtes et d'échantillons de plantes, certaines en vrac, d'autres fixées sur des cartons d'herbier. Sur le mur opposé à la cheminée, un petit bureau en pin supportait d'autres dossiers et un ordinateur sur l'écran duquel montaient et descendaient comme des ludions des poissons de toutes les couleurs. Un radio K7 diffusait un morceau de Bach. Maréchal, qui bien qu'amoureux fou de musique, reconnaissait rarement les titres, identifia une partita, la deuxième, et son interprète, Scott Ross. C'était très beau. Et inattendu... Cette dernière estimation venant, devait admettre Maréchal, d'un a priori de sa part, car, alors qu'il se vantait d'une grande indépendance d'esprit, il reconnaissait avoir été influencé par le jugement de l'épicière même simplement suggéré. Le jeune homme éteignit le radio K7.

– Vous auriez pu le laisser, dit Maréchal. Ses *Variations Goldberg* sont belles aussi.

– Vous aimez la musique ?

– Oui... Comme vous apparemment, répondit Maréchal en désignant une étagère remplie de compact discs classiques.

– Bach surtout, dit Lantier en cherchant une tasse dans un petit vaisselier.

– Il fait bon chez vous, remarqua Maréchal, pendant que le jeune homme lui versait un bol de café avant de remplir le sien.

– Oh, vous savez, c'est facile à chauffer même en plein hiver. Ce n'est pas grand, vous avez dû le remarquer. Et heureusement, parce que de décembre à février, ici c'est souvent dur.

– Vous vivez seul ?

Un voile de tristesse figea le sourire de Lantier.

– Oh, excusez-moi ! dit Maréchal, sincère. Je me mêle toujours de ce qui ne me regarde pas.

– Ce n'est pas grave. Quand je suis arrivé ici, il y a cinq ans, je venais de me marier. Six mois plus tard, ma femme, qui allait faire des courses à Châteauneuf, a eu un accident mortel dans la descente.

– Elle aussi ? ne put s'empêcher de s'exclamer Maréchal.

– Eh oui... Tout se répète, et c'était exactement à la même époque de l'année. En janvier. Remarquez, avec le gel, c'est le moment où les routes sont les plus dangereuses.

– Votre café est très bon, dit Maréchal.

– Alors ? Qu'est-ce que vous voulez savoir ?

– Je m'intéresse justement à l'accident des Lavigne.

– Ah, c'est ça ! Je suppose que c'est Lise qui vous a fait part de ses soupçons.

– Elle vous en a parlé aussi ?

– Oui. Elle est venue ici en août.

– Et qu'en pensez-vous ?

– Rien ! Pour moi, c'est un accident, comme pour Martine. La route est souvent glacée en janvier. Rétrospectivement, je sais que c'était une folie pour elle de descendre par là. Pour Jacques, c'est pareil ! Ce qui m'épate, c'est qu'il disait toujours qu'il était plus sûr de descendre par l'autre côté, par Mergès.

– Peut-être... mais ce jour-là, il n'était pas dans son état normal.

– Pourquoi dites-vous ça ? demanda Lantier vivement.

– Il avait trois grammes d'alcool dans le sang !

– Jacques ? Vous plaisantez ?

– Pas du tout.

– Qui vous a raconté ça ?

– Sa fille.

– Lise ? C'est incroyable. Mais pourquoi ne me l'a-t-elle pas dit ?

– Les filles ne disent pas tout, essaya de plaisanter Maréchal.

– Jacques ? Trois grammes d'alcool ? Comme un ivrogne...

Il eut l'air de soupeser les termes du problème avant de conclure :

– Impossible !

– Cependant, voyez-vous, je suis certain que c'était vrai. Les gendarmes ne font pas ce genre d'erreur. Maintenant, si vraiment Jacques Lavigne ne buvait pas, c'est difficile à croire, évidemment. Parce que cela fait tout de même beaucoup d'alcool !

– Je ne vous le fais pas dire. Et s'il avait bu comme ça, je m'en serais aperçu. Nous nous voyions très souvent. Au début, quand je suis arrivé, il a fallu un peu de patience pour lier connaissance. Ensuite, il m'a aidé dans mes recherches. J'ai une mission de l'université de Clermont-Ferrand pour étudier la flore des Causses. Et ce coin est rempli de fleurs rares, surtout les petites prairies vers la Bonassie. Jacques s'était pris au jeu. Il arrivait parfois avec une plante dans sa musette. « Regarde ce que j'ai trouvé ! Qu'est-ce que c'est ? » Il me fallait alors tout interrompre pour l'identifier. Il était comme un gamin. Un peu plus tard, on a aussi parlé de ce qui l'intéressait, lui...

– Qu'est-ce que c'était ? demanda Maréchal, intrigué par le ton sérieux du jeune homme.

– Dieu !

– Rien que ça ! fit Maréchal d'un ton enjoué.

– C'est important ! s'exclama Lantier.

Maréchal eut une seconde l'impression d'une fêlure dans son appréciation du jeune homme. Cela dura peu.

Car après tout il avait raison : Dieu, c'est important. Lui-même avait débattu autrefois longuement à ce sujet. Avant de trouver la solution un soir d'hiver. Il concéda :

– Vous avez raison. Lise m'a dit que son père était un protestant de vieille souche cévenole.

– Oui, exactement. Pour lui, Dieu s'incarnait dans le Seigneur des batailles. Il connaissait l'Ancien Testament sur le bout des doigts. Vous n'imaginez pas combien certains passages des Prophètes vont bien avec la dureté de ce pays. Quand Jacques les citait alors que nous marchions sur le Causse, j'avais parfois l'impression que mon compagnon était l'un d'eux.

Une question démangeait Maréchal : « Et pour vous, Lantier, Dieu, c'est *qui* ? » Mais il ne sentit pas le droit de la formuler. Ce ne fut pas nécessaire, car le jeune homme poursuivit :

– Je vois les choses de façon... comment dire ? Plus humaine, peut-être, si cela a un sens. Vous voyez : Simone Weil a bien dit ça. Pourtant elle était juive...

Maréchal acquiesça. Mais il ne souhaitait pas exprimer ses propres croyances.

– Pour en revenir aux *soupçons* de Lise Lavigne...

– Je vous l'ai dit, je suis sûr qu'il s'agit d'un accident. Et si Jacques avait vraiment bu autant d'alcool, il devait avoir une bonne raison. Même si ça me paraît complètement impossible. Je sais aussi qu'on connaît mal les autres, même ceux qui nous sont proches. De toute façon, je n'ai pas à le juger.

– Moi non plus, acquiesça Maréchal. Il y a aussi les propos du garagiste. Elle vous en a parlé ?

– Oui. Mais vous savez, Lise Lavigne et la mécanique ! Les gendarmes n'ont rien relevé, n'est-ce pas ?

– Non.

– Et ça ne vous suffit pas ?

– Ça devrait. Mais cette histoire d'alcool me tracasse. Et aussi le fait qu'ils n'allaient jamais à Châteauneuf d'après leur fille.

– C'est exact. Jacques pensait que cette route était trop dangereuse en hiver. Il me l'avait déjà dit après l'accident de Martine.

– Alors, pourquoi y est-il allé ? Ou du moins pourquoi a-t-il pris ce chemin ce jour-là ?

– Parce qu'il avait quelque chose à faire en bas, évidemment ! s'exclama Lantier.

– Sûrement ! admit Maréchal, qui pensa qu'il serait content de trouver quoi. Vous connaissez le frère de Lise ?

– Un frère ? J'ignorais complètement que Jacques avait un fils. D'ailleurs, même Lise ne m'en a jamais parlé.

– Vous la connaissez bien, Lise ?

– Oui... Enfin non, pas plus que cela... C'était seulement la fille de Jacques et elle n'était pas là souvent.

– Vous êtes sûr ? insinua Maréchal qui guetta en vain le reflet de ses sentiments sur son visage.

– Oui ! Évidemment. Pourquoi me demandez-vous ça ?

– Je vais être franc avec vous. C'est encore l'épicière de Valgas qui m'a, en quelque sorte, conseillé de le faire.

– J'ai l'impression que j'intéresse beaucoup cette personne que je connais à peine.

– Vous n'allez jamais acheter des choses chez elle ?

– Rarement ! Vous avez vu les prix qu'elle pratique ? Non. Je descends à Mergès tous les quinze jours et je stocke. Pour le reste un boulanger et un boucher de Châteauneuf font la tournée avec leurs camions deux fois par semaine. C'est pour ça que je m'étonne que cette Léonie vous ait parlé de moi.

– Elle m'a dit que Lise avait eu une liaison ici. Ou plutôt, elle me l'a laissé entendre et...

– Et vous avez cru qu'il pouvait s'agir de moi ? le coupa Lantier en riant.

Puis, redevenant sérieux, il ajouta :

– Non, voyez-vous. Cela fait quatre ans que ma femme est morte et il ne se passe pas une heure sans que je le regrette comme une irréparable perte, monsieur Maréchal.

– Comment savez-vous mon nom ?

– Je suis un lecteur assidu de Franck Maréchal.

Tout en parlant, il désignait du doigt une étagère de livres où l'écrivain reconnut les dos de quatre des siens. Lantier ajouta :

– J'ai vu un reportage sur vous il y a deux mois à la télé régionale et je vous ai reconnu quand vous êtes arrivé.

Il n'était pas le premier. C'était fou la quantité de gens qui l'avaient reconnu après cette émission où il avait pourtant été, à son avis, assez minable.

– J'ai aimé vos livres.

« Aïe ! se dit Maréchal. Tu vas y avoir droit... » Il pensait au mélange de flagornerie et de sincère admiration qu'il trouvait presque à chaque fois, à tort sans doute, dans les compliments qu'on lui faisait. Mais il se trompait, le jeune homme ne lui en dit pas plus. Il lui proposa un nouveau café, que Maréchal refusa et reprit :

– C'est vrai que Lise est sortie un moment avec un jeune d'ici. C'était il y a trois ans, pendant l'été. Les parents de ce garçon ont une ferme, la Bernarde, à deux kilomètres d'ici. Le chemin démarre au petit bois que vous avez dépassé en venant.

– Des amis des Lavigne ?

– Oh, là là ! Non ! Pas du tout. Au contraire : Casimir Bayle et Jacques Lavigne se haïssaient. Ça a dû jouer pour Lise, elle admirait son père. Énormément. Et c'est vrai que le fils Bayle est joli garçon, mais pas très intéressant. Enfin, moi je ne l'aime pas. J'ai peut-être tort, après tout.

À nouveau, il avait l'air sincère. Maréchal inscrivit ça aussi à son actif.

– Il y a une chose qui m'intrigue : vous parlez tout le temps de Jacques Lavigne, mais jamais de sa femme.

– Camille ? Oui, vous avez raison. C'est peut-être parce qu'il n'y a rien à en dire. Je crois qu'elle vivait complètement dans l'ombre de son mari. Vous savez, Jacques, c'était une forte personnalité.

– Je veux bien le croire ! s'exclama Maréchal.

– Je crois que Camille était une bonne maîtresse de maison, même si, hélas, je n'ai pas beaucoup d'expérience à ce sujet. Mais quand ils étaient ensemble, on ne voyait que lui. En tout cas, il n'y avait que lui qui parlait. Elle se taisait, toute petite à côté de lui.

– Ça peut être trompeur. Les femmes effacées en public sont parfois de vrais adjudants à la maison.

– Camille ? Non, pas elle !

– Elle s'entendait bien avec sa fille ?

– Sans doute. Je ne me suis jamais posé la question. Il faut dire que j'en ai rarement eu l'occasion. C'était surtout Jacques Lavigne que je voyais. Sa femme et Lise, je les ai rencontrées parfois à la Bonassie quand ils m'invitaient.

– Pourtant, vous m'avez bien dit que Lise est venue vous voir ici en août...

– Oui. Mais je crois qu'elle est allée voir à peu près tout le monde dans le secteur. À cause de cette idée qu'elle s'est mis en tête. Elle a dû être déçue que je ne coupe pas dans sa théorie !

– Et *sa théorie*, justement, elle vous paraît totalement fausse, n'est-ce pas ?

– Oui ! Même si je sais qu'il ne faut jurer de rien... Là, tout de même, c'est un peu gros. Qui voulez-vous qui ait eu envie de faire disparaître les Lavigne ?

– Je ne sais pas. Il existe des intérêts cachés, bien cachés parfois. Réfléchissez, il y a peut-être des choses qui ont pu ne pas vous frapper sur le moment.

– Mais rien du tout. Rendez-vous compte, je ne suis ici que depuis cinq ans et pendant près de quatre, j'ai fréquenté Jacques presque tous les jours. Rien dans sa vie à aucun moment ne m'a paru étrange ou suspect. Bien sûr, il avait son caractère, mauvais en l'occurrence, mais cela ne justifie pas cette idée de Lise. Parce que, en dehors de Casimir Bayle, qui à l'époque a menacé de prendre son fusil, personne n'en avait après lui.

– Tiens ! remarqua Maréchal, vous ne m'aviez pas parlé de ça...

– Mais si, je vous ai dit que Lavigne et lui ne s'entendaient pas.

– De là à prendre un fusil...

– C'est une façon de parler. Il a menacé tout le monde. Il ne pouvait pas supporter l'idée de l'alliance de son fils avec les Lavigne. Mais il fait toujours ça, Casimir ! Il prend son fusil de chasse et après il réfléchit. *Après* seulement.

– Je n'aime pas ce genre de types, fit Maréchal.

– Moi non plus, rassurez-vous. Et je n'ai pas de fusil. Non, croyez-moi. Jamais Casimir Bayle n'aurait mis la moindre de ses menaces à exécution. Au fond, c'est un brave homme. Je l'avais dit à Jacques en lui suggérant de faire la paix.

– Et alors ?

– C'était trop tard. Il a parlé d'un vieux, d'un très vieux contentieux. Je n'en sais pas plus. Remarquez que Jacques aussi était très opposé à cette idylle. Et puis, Lise s'est brouillée avec le fils Bayle et elle est repartie à Montpellier. Le soufflé est retombé.

Maréchal se leva.

– Il faut que je m'en aille. Merci pour le café. Et la conversation...

– De rien. Ça a été un honneur pour moi de vous recevoir.

Il le raccompagna et le whippet le suivit comme son ombre. Maréchal remarqua qu'il n'y avait aux alentours de la maisonnette ni garage ni véhicule. Il en fit la remarque à Lantier.

– Je n'en ai pas besoin, je n'ai pas de voiture.

– Et comment faites-vous pour vous déplacer ?

– J'ai un vélo. Un tout-terrain.

– Vous n'allez pas me dire que vous descendez dans la vallée avec !

– Ça m'arrive. Mais, en général, je trouve une bonne âme. Bien sûr, c'était beaucoup plus facile du temps de Jacques...

Il avait prononcé la dernière phrase avec tristesse. La mort de son ami l'avait manifestement atteint. Maréchal lui demanda s'il avait lié d'autres connaissances sur le plateau. La réponse fut négative. Et cela le préoccupa. La passion des plantes, évidente quand on pénétrait dans la maison de Lantier, ne justifiait pas cette solitude seulement coupée par la présence d'un Jacques Lavigne au caractère peut-être aussi difficile que celui de son vieil ennemi Casimir Bayle. La dévotion à sa femme disparue, même véridique – et Maréchal le croyait – ne justifiait pas davantage cette absence de contacts. Ce jeune homme l'intriguait.

– Au revoir, dit Maréchal en lui tendant la main.

Il démarra, sortit de la petite esplanade et reprit le chemin par lequel il était arrivé. Dans son rétroviseur, il voyait la silhouette de Lantier et de son chien. C'était curieux. Quelque chose le tracassait et il ne savait pas quoi.

6

Lorsque Maréchal reprit le chemin de la Bonassie, il était près de 10 heures. En arrivant au petit bois dont avait parlé Lantier, il vit une pancarte où était inscrit le nom de la ferme de Casimir Bayle : « La Bernarde ». Il eut très envie de s'y rendre, mais c'était trop tôt. Il fallait en apprendre davantage. Risquer de se trouver devant un canon d'hammerless à deux coups justifiait qu'on dispose de quelques arguments. Cette violence de Bayle n'étayait aucun soupçon. Les assassins sont souvent des gens plus tranquilles.

Maréchal pila. « Qu'est-ce que tu es en train d'inventer ? » se reprocha-t-il. Suspecter un inconnu de meurtre parce qu'il n'avait pas voulu que son fils ait une liaison avec la fille d'un vieil ennemi dépassait les prérogatives de l'imagination. Surtout quand le crime lui-même n'était encore – et ne resterait selon toute vraisemblance – qu'une simple hypothèse ! Alors pourquoi y penser ? « À cause de ton intuition. » C'était dangereux, elle avait souvent eu raison par le passé.

Après les brumes du matin dont il flottait encore quelques lambeaux au fond des dolines, le ciel dégagé posait sur le pays une immense couverture bleue. Le soleil un peu pâle était piqué dessus. L'herbe et le feuillage des arbres luisaient d'humidité ainsi que le toit de la Bonassie.

Cette fois, personne n'avait tenté de pénétrer à l'intérieur. Une douce lumière tombait sur les meubles cirés et les tomettes poussiéreuses. Il faisait bon. En découvrant un petit bureau qu'il n'avait pas remarqué sous une fenêtre donnant à l'ouest, il regretta de ne pas avoir apporté son manuscrit. C'était toujours comme ça. Mais il était à peine dupe de ces regrets faciles qui n'engageaient à rien ! En fait il avait surtout très envie d'en savoir davantage sur les Lavigne et leur accident.

Ce qui actuellement lui manquait le plus était le point de vue *officiel* sur les événements : celui des gendarmes. Pour cela... il fallait le leur demander. Mais ici, Maréchal n'était pas chez lui. Sinon, il serait allé à Saint-Donnat. Ce temps était cependant révolu. Paul Vialat avait pris sa retraite tant désirée. À l'heure qu'il était, il devait fourbir ses « armes » pour la prochaine saison de pêche. Alors qu'il songeait à Paul qui était devenu son ami, il ne put s'empêcher de penser à sa fille et cela faisait partie des interdits absolus : trop difficile, trop douloureux.

Évidemment, évoquer Paul Vialat le submergea aussitôt d'amertume. C'était couru ! Il s'efforça d'envisager le problème différemment. Il y avait quelqu'un d'autre à qui il pouvait demander *une introduction* auprès des gendarmes de Châteauneuf. C'était l'adjudant Brochard, avec lequel il avait sympathisé dans l'affaire de Corbans*. Un vieil ami de Paul Vialat lui aussi, mais cela n'avait rien à voir. Maréchal n'avait pas d'autre solution. Il était 10 heures et demie du matin. Il avait le temps de téléphoner à Brochard. Il devait se rendre à Valgas en espérant que la cabine de France Télécom n'avait pas été vandalisée comme tant d'autres. Et inutile de se reprocher une fois de plus sa stupide prévention contre les portables, ou de prétendre que cela l'obligeait à une belle balade vers le village...

Lorsqu'il l'atteignit celui-ci lui parut aussi inhabité que la veille, toutefois un peu plus agréable. Il y avait même des fleurs qui dépassaient encore des murs de quelques potagers. Il se reprocha sa partialité à considérer l'endroit désert, car il aperçut un vieillard en train de retourner la terre et croisa, alors qu'il cherchait la cabine, une vieille femme sèche comme une sardine qui semblait la sœur jumelle de Léonie et marchait derrière un caddie de supermarché chargé d'un énorme sac d'herbe pour les lapins.

La cabine se trouvait sur une petite place au bout du hameau. À côté, une construction en pierre ressemblait à une chapelle, mais le clocher avait disparu, ne laissant qu'un moignon de tour carrée. Maréchal était passé devant le café qu'il avait repéré la veille. Il était barricadé, à cette heure matinale.

La cabine fonctionnait et il lui restait des unités sur sa carte. « Deux miracles, ça fait beaucoup ! se dit-il. Jamais deux sans trois... » De fait, quand, ayant appelé la gendarmerie de Verviers, il demanda Brochard, il

---

* Voir *Le Mas des peurs*, *op. cit.*

entendit, trois secondes plus tard, la voix retentissante de l'adjudant :

– Franck Maréchal ! Quelle surprise ! Vous allez bien ?

– Ma foi... répondit-il prudemment.

– J'ai eu Vialat au téléphone le mois dernier.

Maréchal s'attendit au pire, il avait tort.

– J'ai oublié de prendre de vos nouvelles.

La franchise de Brochard faisait plaisir. Un silence et l'adjudant reprit sur un tout autre ton déjà plein de sous-entendus :

– Mais vous ne téléphonez pas pour faire des civilités, je suppose. Une nouvelle enquête ?

– Brochard ! Je vous rappelle que...

– Vous êtes écrivain, je sais ! dit le gendarme d'un ton patelin. Mais qu'est-ce que vous voulez savoir ?

Maréchal sourit, le bonhomme était plus fin qu'il n'y paraissait. Il ne servait à rien de tergiverser. Il reconnut :

– C'est vrai... J'ai besoin de renseignements, ou plutôt de pouvoir parler avec ceux qui les ont.

– Et ceux qui les ont, ce sont les gendarmes !

– Oui.

– Vous voyez bien ! Et ne me racontez pas que c'est pour un roman, je ne vous croirais pas ! Ça se passe où, votre « affaire » ?

– Châteauneuf.

– Ben vous alors, vous avez de la chance !

– Pourquoi donc ? demanda Maréchal, interloqué.

– Parce que vous connaissez bien l'adjudant de Châteauneuf.

« Pourvu que Vialat n'ait pas rempilé ! » se dit Maréchal dans un éclair tout en sachant que c'était impossible.

– Qui est-ce ?

– Périer, mon ancien second.

Maréchal sourit. Une bonne nouvelle. Il s'était très bien entendu avec Périer. Ils avaient même sympathisé*.

– Dans ce cas, ce sera facile, fit-il sans réfléchir.

– Pour moi aussi, enchaîna Brochard. Comme ça, je saurai dans quel nouveau pétrin vous vous êtes fourré. Je plaisante. J'ai été content que vous ayez pensé à m'appeler. Et si vous passez par Verviers, n'oubliez pas de pousser la porte de la gendarmerie.

Il parla encore de choses et d'autres. Maréchal lui répondit avec plaisir. Décidément, il aimait bien l'adjudant.

Quand il eut raccroché, il se dit qu'il avait le temps d'aller voir Périer. Il décida de descendre à Châteauneuf, où il devait y avoir un restaurant. Les sardines d'avant-guerre de Léonie lui avaient longtemps pesé sur l'estomac la veille au soir. En revenant vers la 4L, il vit devant le petit café une femme en train de dépendre les volets de bois. Elle avait une quarantaine d'années, des cheveux rouges et une silhouette du tonnerre. Maréchal ne put s'empêcher de la regarder plusieurs fois. Elle n'avait rien à voir avec son environnement. Ni surtout avec ce café minable. Le retraité continuait à retourner avec application la terre de son potager, mais Maréchal remarqua qu'il le regardait par

---

* Voir *Le Mas des peurs*, *op. cit.*

en dessous. Il s'en fichait. Le soleil brillait et la présence de cette jolie femme dans cet endroit perdu, qui la veille lui avait paru revêche, était agréable.

Il était 10 heures quand il s'éloigna de Valgas. Le vent léger avait définitivement chassé la brume et, dans une douce lumière d'hiver, on y voyait très loin. Après l'embranchement qui menait à la Bonassie, il aperçut la maison un peu enfoncée à l'horizon mais dont le toit paraissait briller. Des corbeaux patrouillaient au-dessus. Puis ils s'éloignèrent vers le sud où l'on distinguait des falaises calcaires peu élevées et toutes dentelées.

Maréchal roula un bon quart d'heure avant de trouver le carrefour avec le panneau indiquant « CHÂTEAUNEUF 5 km » et une signalisation de pente prononcée. Quelques sapins bordaient les deux côtés de la route, bientôt remplacés par des prairies, puis par le vide impressionnant d'un précipice bordé par un muret de béton. Sur deux kilomètres, les lacets de la route s'enroulaient et atténuaient un peu l'inclinaison.

Maréchal se souvint que Lise Lavigne lui avait montré sur la carte l'endroit où avait eu lieu l'accident de ses parents. La voiture était sortie de la route près d'une construction qui, d'après l'IGN, correspondait à une station de pompage. Deux minutes plus tard, Maréchal découvrait le bâtiment, un cube de ciment au fronton ornementé en triangle de briques vernissées et au milieu duquel était inscrite, dans un cartouche, une date : « 1925 ». Deux hautes fenêtres garnies de vitres bleutées coupaient la façade. C'était miracle qu'elles soient intactes, car la station paraissait peu fréquentée et cernée par les ronciers. Il gara la 4L avec beaucoup de précautions au début du chemin forestier qui aboutissait très vite dans les broussailles et plaça de grosses pierres sous les roues avant, n'ayant que peu de confiance dans son frein à main.

Tout le coin était couvert d'herbes sèches, grises et rugueuses, et de piquants. L'ensemble formait avec les ronces une défense impénétrable pour qui eût voulu entrer dans ce bois. Maréchal essaya de se souvenir des paroles de Lise décrivant l'accident. La 4L de ses parents avait quitté la route juste après la station. À quinze mètres environ du bâtiment, on voyait encore une trace. L'herbe avait repoussé, mais la voiture des Lavigne avait entraîné avec elle des broussailles et sectionné plusieurs baliveaux de cerisiers sauvages. Cela formait une découpe assez nette dans le rideau d'arbustes et, au-delà, après une cassure brutale de la pente, il y avait le vide. Maréchal s'approcha. Une fois au bord, ses pieds firent rouler des cailloux qui allèrent se perdre cent cinquante mètres plus bas au milieu des éboulis grisâtres. Il regarda soigneusement dans la direction de la chute et aperçut une sorte d'éclat. Surpris, il alla récupérer les jumelles qui se trouvaient dans la malle arrière de sa voiture. Il s'en servait pour observer les oiseaux ou le sommet des arbres. À travers elles, il distingua un long morceau de métal qui brillait dans le soleil de 11 heures. En l'examinant avec attention, il se rendit compte qu'il s'agissait d'un morceau de pare-chocs. D'autres fragments luisaient un peu plus bas, certainement des éclats de verre de pare-brise.

De tout cela, il n'y avait malheureusement pas grand-chose à déduire. La voiture avait dû quitter la route à la sortie d'un virage. Sans doute à cause d'une vitesse excessive, ou de l'inconscience du conducteur, ou des deux. Après ? Cela avait été le plongeon dans le vide, une chute interminable, et les Lavigne s'étaient sûrement rendu compte de tout, bien avant que la Renault ne se fracasse sur les éboulis. Ils n'avaient aucune chance de s'en sortir. C'était un miracle que leur chien en ait réchappé ! Il devait se trouver dans le coffre, et avec le poids du moteur, la voiture avait certainement piqué du nez en avant.

Maréchal chercha des traces sur la chaussée. Il n'en restait que sur trois mètres du bas-côté. Pourtant, les quelques mois passés n'auraient pas suffi à effacer les traces de freinage sur le bitume. Jacques Lavigne n'avait donc pas freiné tout de suite. C'était surprenant d'après les propos du garagiste. Cet endroit était à l'ombre. Il devait y avoir des plaques de verglas dès le début de l'hiver. Si c'était lui le responsable, est-ce que la trajectoire aurait été aussi rectiligne ? Maréchal n'en était pas sûr. Il remonta en voiture et reprit prudemment la route de Châteauneuf.

Il y parvint aux alentours de 11 heures et demie, après quelques lacets moins acrobatiques, d'où il voyait les toits d'ardoises briller encore de la pluie précédente que le soleil pâlichon n'avait pas séchée. Il ne le ferait probablement pas davantage dans l'après-midi, le ciel se couvrant vers l'ouest de gros nuages noirâtres bordés de violet qui ne présageaient rien de bon.

Quand il entra en ville, il constata qu'il y avait du monde dans les rues. Il balança un moment pour savoir s'il irait tout de suite à la gendarmerie. Le temps d'y arriver, il serait près de midi. Il décida de ne pas gâcher le repas de Périer et chercha un restaurant. Après avoir garé la 4L dans un petit passage tranquille, il marcha un moment. Il finit par trouver son bonheur chez un Auvergnat près de la place du Marché après avoir arpenté les montées et descentes de cette ville tout en pentes. Un coup d'œil sur le menu le rassura, c'était de la vraie cuisine qu'on servait ici. Sans renier le côté esthétique de ce que depuis des décennies maintenant on appelait la « nouvelle », il préférait, surtout avec la faim qui le tenaillait, les classiques de la tradition qui décevaient rarement. Il était parmi les premiers clients et choisit une table de laquelle on voyait la rue à travers un pan de vitrine. L'ambiance lui convenait parfaitement avec ses nappes en vichy rouge ou bleu et la décoration banale qu'il préférait au faux rustique trop répandu. La nourriture se révéla simple et abondante. Tout en mangeant, il observa l'extérieur. Mais il ne remarqua rien de spécial en dehors des habituelles considérations qu'il put faire sur le sérieux des gens qui donnaient là comme partout l'impression que leur vie dépendait de l'heure à laquelle ils arriveraient à leur rendez-vous, ce qui était rarement le cas. Il sortit assez tôt du restaurant après avoir payé une addition, elle aussi, sans surprise.

Il était trop tôt pour aller à la gendarmerie. Il se balada en ville, toujours frappé par ces rues en pente qui semblaient monter vers un but précis avant de redescendre brusquement sans raison apparente. Autour de l'église, une grande quantité de boutiques de souvenirs étaient fermées à cause de la saison. Il se rappela qu'elles vivaient sur une vieille légende où il était question du diable, d'une sorcière de ses amis et d'une jeune et belle princesse. Il avait oublié l'histoire et supposait sans en être sûr que l'arrivée tardive d'un prince arrangeait tout. Il était étonnant qu'une histoire aussi simple draine à la belle saison autant de touristes à en juger par le nombre des boutiques, sans doute la partie la plus extraordinaire du conte lui avait-elle échappé. Les gens étaient rentrés chez eux et certaines rues paraissaient abandonnées. Il monta jusqu'à une petite place, dont le centre était occupé par un minuscule jardin dans les parterres duquel on avait planté des chrysanthèmes de toutes les couleurs. Maréchal passa un excellent moment à les contempler. Il tenta aussi une ou deux fois de penser aux Lavigne. Mais il renonça rapidement. D'abord, il n'avait aucune piste et ce n'était sûrement pas son arrêt sur la route qui pourrait lui en apporter ; ensuite, il faisait trop doux dans ce square malgré la menace de mauvais temps et le ciel à présent moucheté de nuées très sales. À la fin, il entendit sonner deux coups à un clocher. Il vérifia à sa montre-bracelet. 14 heures. Le temps d'y arriver et il pourrait sonner sans scrupule à la gendarmerie.

Il redescendit paisiblement vers la rue principale au bout de laquelle, d'après un panneau qu'il avait aperçu, se trouvait le bâtiment. La brigade de Châteauneuf occupait un bâtiment qui datait des premières années du XIXe siècle, avec ses hautes fenêtres aux volets ferronnés, ses murs en briques noircis et sa lourde porte en chêne rébarbative à souhait.

Avisant un interphone, Maréchal sonna. Quelques secondes plus tard, une voix d'homme, jeune et précise, lui dit qu'il pouvait entrer. Puis un claquement se fit entendre. Le battant était lourd comme une fermeture de chambre forte et il dut pousser fort pour l'ouvrir.

À l'intérieur, l'atmosphère confinée et poussiéreuse s'accordait tout à fait avec l'amoncellement de dossiers et de papiers divers qui jonchaient tables et bureaux. Sur l'un d'eux, près de l'entrée, était posé un panonceau « Accueil » qui surprit Maréchal. Sûrement les effets de la réforme de l'administration. Là se tenait le jeune homme qui répondait à l'interphone, un type de vingt-cinq ans maigre comme un coucou au regard particulièrement vif.

– Je voudrais voir l'adjudant Périer, dit Maréchal. De la part de Franck...

– L'adjudant sera retardé de quelques minutes, monsieur Maréchal. Il vous fait dire de patienter.

Maréchal le regarda, stupéfait. Comment savait-il son nom ? Brochard avait dû se faire un plaisir d'avertir son ancien adjoint de la visite de l'écrivain.

Tout en parlant, le planton avait désigné de la main une banquette en skaï grenat placée sous plusieurs affiches de recrutement de la gendarmerie qui encadraient une haute fenêtre donnant sur deux ou trois arbres dénudés d'une indicible tristesse.

Maréchal était frappé par le silence qui régnait. Avec ses plafonds hauts et ses portes en chêne massives et rébarbatives, l'endroit évoquait un ancien couvent ou une prison.

Cinq minutes plus tard, la porte s'ouvrit et Périer apparut. Maréchal reconnut l'allure sportive et le visage ouvert de l'adjoint de Brochard, avec lequel il avait partagé des moments très particuliers à Corbans, surtout lors de la traversée en barque vers les Asphodèles. Périer s'avança vers lui, l'air amical.

– Franck Maréchal ! Je suis content de vous voir.

– Bonjour ! Je m'aperçois que ma visite n'est pas une surprise pour vous, insinua Maréchal en lui serrant chaleureusement la main.

– Vous pensez bien que Brochard n'a pas pu tenir sa langue. Il est tellement fier de vous connaître.

– Ce en quoi il a parfaitement tort, fit Maréchal.

– Ne comptez pas sur moi pour vous conforter dans cette modestie ! s'exclama Périer. Suivez-moi dans mon bureau, nous serons plus tranquilles.

– Cela m'a paru calme ici.

– Pour vous peut-être ! Mais pas pour moi : il suffit que j'arrive...

– Chef ! lança à ce moment-là le planton, y a Raoul qui voudrait vous parler de quelque chose.

Le jeune homme tenait à la main un combiné téléphonique.

– Tout à l'heure ! s'écria Périer. Pour le moment, je suis dans mon bureau et on ne me dérange sous aucun prétexte. Compris, Sébastien ?

– Oui, chef ! répondit le planton avec un sourire entendu.

Maréchal suivit l'adjudant qui s'engouffra dans un couloir au fond duquel une porte banale portait un panonceau avec son nom et son grade. Tout en la poussant avec difficulté, Périer lança :

– Vivement qu'on soit dans la nouvelle gendarmerie, les portes seront sûrement plus faciles à manœuvrer.

La fenêtre du bureau de Périer donnait sur une sorte de petit parc aux arbres eux aussi dénudés mais charmant que bornait un haut mur percé de fenêtres en ogive qui évoquaient une église. Comme Maréchal les fixait avec insistance, Périer expliqua :

– C'est le mur du collège. XVIIIe ! Superbe architecture, mais aussi peu habitable que la gendarmerie. Enfin, là aussi, ça va changer. Asseyez-vous et dites-moi ce qui vous amène. Je suppose que ce n'est pas seulement pour me revoir après nos aventures communes que vous êtes venu jusqu'ici.

– J'aurais pu, affirma Maréchal, sincère. Mais je voudrais, en effet, avoir quelques renseignements sur une histoire qui s'est passée ici en janvier.

– Une histoire ?

– Un accident. Une voiture qui est tombée dans le ravin en descendant la côte du plateau.

– Attendez... Oui, je me souviens. Je suis monté moi-même là-haut, avec Sébastien, celui qui tient le standard. Les deux passagers sont morts, tués sur le coup si je me rappelle bien.

– Oui. Tous les deux. Et pour vous, quelles sont les causes de *l'accident* ?

Il avait parlé d'un ton suffisamment particulier pour que Périer le relève.

– Vous avez appris quelque chose à ce sujet ?

Maréchal connaissait assez bien l'adjudant pour lui dire la vérité.

– Leur fille est venue me voir à La Grézade. Elle craint que ce ne soit pas un accident.

– Elle a une preuve ?

– Non. Mais elle en est persuadée.

Le gendarme eut un geste vague.

– Vous savez bien que les gens se mettent parfois en tête ce genre de trucs.

– Vous êtes donc sûr que c'était un accident. Mais les causes ?

– C'est vrai, je ne vous ai pas répondu. Si mes souvenirs sont bons, la route était verglacée et le type avait bu... beaucoup.

– Sa fille prétend que son père ne buvait jamais. Une sorte d'incompatibilité morale, si j'ai bien compris.

– Vous savez aussi que les gens cachent parfois bien leur jeu.

– Reconnaissez quand même qu'il est rare que les enfants ignorent que leurs parents sont des ivrognes.

– C'est vrai, reconnut Périer. Mais attendez...

Il décrocha son téléphone.

– Sébastien ? Apportez-moi le dossier...

Il se tourna vers Maréchal d'un air interrogatif.

– Lavigne, dit ce dernier.

– Lavigne, répéta Périer. Un accident, oui. En jan vier. Vous vous souvenez ?

Quand il eut raccroché, il soupira :

– Vous vous rendez compte, il ne s'en souvient pas. Je me demande où nous allons.

Maréchal se contenta de sourire. Dire que tout foutait le camp était inutile et souvent injustifié. De toute façon, on avait mieux à faire. Une minute plus tard, le jeune gendarme poussa la porte du bureau avec autant de difficulté que son chef et entra, un dossier à la main. Il devança la grogne de l'adjudant :

– Oui, ça y est ! Je me suis souvenu. Même qu'il faisait drôlement froid ce jour-là. C'était à côté de la conduite forcée. Quel plongeon ! Et dans quel état ils étaient.

– Dites-moi, Sébastien, et si monsieur Maréchal était un proche des victimes ?

Le jeune homme rougit et se mordit les lèvres. Maréchal eut pitié.

– Ce n'est pas le cas, ne faites pas cette tête.

– Posez le dossier et allez méditer ! lui lança Périer, qui ajouta quand il fut sorti : Ah, ces jeunes !

– Vous ne croyez pas que nous étions comme ça aussi, même si vous n'êtes pas vieux vous-même ?

– Ma foi... concéda l'adjudant.

Puis il ouvrit le dossier, étala les documents sur la table et parcourut le long rapport des gendarmes. Il résuma :

– C'est bien ce que je disais : l'alcool. Trois grammes dans le sang. Ce n'est pas rien ! En plus, c'était le 20 janvier et la route était verglacée. C'est déjà dangereux de simplement l'emprunter mais, à la vitesse où il devait rouler pour faire un tel plongeon, c'était suicidaire. Rien dans les antécédents du bonhomme ni de sa femme. Des agriculteurs sans histoires. Pas de braconnage. Pas très riches non plus, mais dans la moyenne.

– Leur fille m'a raconté que le garagiste qui avait récupéré l'épave avait parlé de sabotage.

– Je ne me souviens pas de ça. Elle nous en a fait part ?

– Elle prétend que oui.

– Alors, on doit en avoir la trace ici. Attendez.

Il fouilla dans le dossier et finit par exhiber une longue note. Il pesta :

– Ça aurait dû être agrafé à la fin du rapport ! C'est exact. Un de mes hommes a fait son enquête.

Il lut le rapport, puis résuma :

– Le garagiste a affirmé n'avoir rien dit de pareil. De toute façon, la voiture était déjà compressée.

– Trois mois plus tard ?

– Oui, bien sûr. Surtout quand on est absolument certain de l'origine de l'accident. Ce qui était le cas. Une affaire classée. Croyez-moi, il y en a suffisamment qui ne le sont pas tout de suite...

– Je comprends, dit Maréchal. Est-ce que ça vous ennuierait que je lise à mon tour votre rapport ?

– Normalement, c'est interdit. Mais comme je dois aller voir Raoul, je peux laisser ça sur mon bureau. Si vous commettez une indiscrétion, c'est votre problème.

Quand il fut sorti, Maréchal parcourut le rapport qui ne lui apprit rien qu'il ne sache déjà. L'adjudant revint. Ils parlèrent de choses et d'autres, puis Maréchal prit congé.

– Revenez me voir bientôt. Ça me ferait plaisir.

– J'essaierai, répondit Maréchal sans trop s'avancer.

Il détestait promettre des choses qu'il ne tiendrait peut-être pas.

Une fois sorti de la gendarmerie, il vit que le ciel était très menaçant. Il faisait aussi plutôt froid dans les rues à l'ombre. Il regagna sa voiture. Il était 15 heures. Il estima qu'il avait le temps d'aller rendre visite au garagiste, à Martrel, à dix kilomètres de Châteauneuf.

La route qui y conduisait sortait de la ville entre de hautes falaises grisâtres avant de passer un petit col et de filer par plusieurs lacets serrés vers un plateau. Les nuages s'étaient encore agglutinés et, cinq minutes après qu'il eut quitté Châteauneuf, plusieurs averses vinrent balayer la chaussée devant la 4L. Sur le plateau, la pluie se mit à tomber avec plus de régularité, tandis qu'une brume légère occultait les lointains. Après un moment, il finit par faire vraiment froid dans l'habitacle à cause de tous les courants d'air qui s'insinuaient à travers les joints secs et fendillés des portières. Maréchal remonta le col de sa veste et hésita à allumer le chauffage. Tout compte fait, il s'en abstint.

Malgré le panneau indiquant la direction de Martrel à la sortie de Châteauneuf, il craignit de s'être trompé de route après avoir longtemps roulé sur ce plateau aux limites indécises, parsemé d'arbres minables et occupé par des prairies pelées et des jachères. Il reconnut le bourg à une forme vague et distingua des maisons groupées autour d'une église sans charme. En dehors de quelques corbeaux en maraude, on ne voyait aucun signe de vie. Seules les cheminées qui fumaient et deux ou trois fenêtres derrière lesquelles on distinguait des lueurs révélaient des existences humaines. Sur une place dont la fontaine ne coulait pas, deux chiens noirs lui jetèrent des regards féroces. Il aurait bien voulu demander son chemin à quelqu'un, mais il n'y avait personne. Il traversa tout le village et commençait à se décourager quand il aperçut à cent mètres une enseigne Michelin à moitié fracassée dont le Bibendum avait perdu sa tête. De grandes bandes de papier collant barrant la pompe à essence indiquaient qu'elle était hors service. Un bureau, qui avait dû être avenant et même servir de boutique d'après les publicités qu'on voyait à travers la vitre, était barricadé de planches. Sur la droite, des dizaines de carcasses d'automobiles étaient entreposées et disputaient l'espace à des ronces et des sureaux. Partout traînaient des portières cabossées, des pare-chocs tordus et des empilements de pneumatiques usés jusqu'à la corde.

À gauche du bureau, un hangar en tôle peint en gris et bleu occupait une grande partie du terrain. La façade couverte de panonceaux vantant les mérites d'huiles de moteur et représentant de très agréables pin-up était ouverte d'une grande porte coulissante au-delà de laquelle on distinguait la gueule noire d'un atelier. On ne voyait rien à l'intérieur. Les fenêtres étaient censées l'éclairer, mais elles étaient fort sales et passées au blanc d'Espagne sur la moitié de leur surface.

Des petits coups de marteau et des grincements venaient d'un angle où l'obscurité était trouée par la lueur jaune d'une ampoule à incandescence pendue au-dessus d'un établi couvert d'un empilement hétéroclite d'outils et de pièces détachées et, un peu plus bas, par celle, bleue, d'un néon portatif sous une camionnette datant de l'entre-deux-guerres. Deux jambes, des baskets très sales et un sifflement plus ou moins mélodieux sortaient aussi de là. Maréchal ne reconnut pas l'air. De temps en temps, le garagiste s'arrêtait pour maudire « cette saloperie de camionnette ». Étant donné le travail qu'il devait y avoir à effectuer sur ce véhicule pour le remettre en service, Maréchal estima qu'il pourrait attendre longtemps et appela à plusieurs reprises :

– Hep, monsieur !

En vain. À la fin, il frappa contre la tôle de la camionnette. Le garagiste continua de siffloter jusqu'à ce que Maréchal cogne violemment sur la portière. Il siffla encore un coup, puis s'arrêta et finit par sortir de dessous en faisant rouler le chariot sur lequel il était allongé. Il présentait une figure brutale aux yeux injectés de sang et semblait d'une propreté plus que douteuse qui n'avait rien à voir avec son métier. Il avait un mégot minable collé à la commissure des lèvres qu'il ralluma aussitôt qu'il fut relevé, avec difficulté. Il aspira deux ou trois bouffées avant de paraître vraiment réaliser la présence de Maréchal. Il s'abstint de toute salutation et demanda :

– Qu'est-ce que vous voulez ? Vous êtes en panne ?

– Non, grâce au ciel. Remarquez, ça peut toujours arriver.

– J'espère bien.

Au moins, la remarque était franche.

– Alors, qu'est-ce que vous voulez ?

– Vous vous souvenez d'une voiture accidentée que vous avez récupérée dans la montée du plateau au-dessus de Châteauneuf en janvier ?

L'autre fouilla dans ses cheveux avec ses doigts couverts de cambouis.

– Non.

– Une jeune femme est venue vous en parler en avril quand elle a signé les papiers.

– Ah, la garce ?

– Pourquoi dites-vous ça ? demanda Maréchal, interloqué.

– Parce que ce sont toutes des garces ! affirma l'autre comme une évidence.

Maréchal se garda bien d'échafauder des hypothèses sur la vie sentimentale de ce type. Il insista :

– D'après elle, vous lui auriez dit que ça vous étonnait que les freins aient lâché alors que la voiture était très bien entretenue.

– Attendez ! fit le bonhomme en continuant à essuyer ses doigts dans sa tignasse. Une 4L. La même que la vôtre, sauf la couleur. Entre nous, ce vert...

Il lorgnait la voiture de Maréchal garée devant le hangar. Ce dernier ne broncha pas. D'ailleurs, l'autre continuait :

– Remarquez, les goûts et les couleurs... ! Oui, une 4L beige. C'est vrai qu'elle était bien entretenue. Par un maniaque, à mon avis, et en effet, je me suis demandé pourquoi les plaquettes avaient explosé comme ça. Cela m'a paru vraiment bizarre.

– Pourquoi alors, quand les gendarmes vous ont posé la question, vous ne leur en avez pas parlé ?

Le type regarda Maréchal comme s'il contemplait un parfait demeuré et répondit très lentement :

Vous alors ! Mais voyons, on ne dit jamais rien aux gendarmes !

– Ah bon ! fit Maréchal, démonté par le ton d'évidence avec lequel la phrase avait été prononcée.

Cet homme avait visiblement érigé un certain nombre d'affirmations en dogmes : sur les femmes, les autorités. Et sans doute sur le sport et la politique. Son monde devait se limiter à ces quatre domaines auxquels il fallait évidemment ajouter l'automobile. C'était fréquent.

– Vous croyez qu'on a pu saboter les plaquettes ?

– Il faudrait que je les aie vues pour pouvoir le dire.

– Parce que vous ne les avez pas vues ? Alors, comment savez-vous qu'elles étaient neuves ?

– À cause du carnet d'entretien ! Celui du type était tenu à jour comme un livre comptable. Et il avait fait changer les plaquettes à Mergès une semaine plus tôt. Remarquez, vu l'état de la voiture après, il aurait pu s'économiser la dépense.

Cette idée avait l'air de bien l'amuser. Maréchal crut bon de rapporter :

– Il est mort dans l'accident et sa femme aussi.

– Et alors ? Vous croyez que ça l'excuse d'avoir picolé comme ça ? Les gendarmes m'ont dit qu'il avait cinq grammes.

– Trois ! corrigea Maréchal.

– Trois ou cinq, c'est pareil. Quand on boit autant, il faut pas s'étonner. Et je sais de quoi je parle !

– Je vous crois, affirma Maréchal, sincère.

– En tout cas, plaquettes neuves ou pas, j'ai jamais vu des freins lâcher comme ça. En plus la 4L, c'est pas une Porsche ! Je veux dire pour la vitesse.

– Je sais, dit Maréchal en montrant la sienne du pouce.

– Je ne voudrais pas vous vexer, mais celle du mort était en bien meilleur état que la vôtre.

– Ce n'est pas bien difficile, je fais le minimum.

– Heureusement que tout le monde n'est pas comme vous, sinon on crèverait de faim, nous autres, les petits artisans. Déjà qu'avec ces salauds du gouvernement qui nous écrasent de taxes...

Maréchal n'avait aucune envie d'entendre une diatribe contre le gouvernement, ni qui que ce soit d'ailleurs. Il insista :

– Et si vous les voyiez, ces plaquettes, vous sauriez dire quelque chose ?

– Faut voir. C'est possible. Ça dépend...

– En tout cas, merci, abrégea Maréchal.

Sans tendre la main, il s'éloigna.

– Vous ne voulez pas que je vous fasse la vidange ? demanda le malotru. Celle-là peut attendre, ajouta-t-il en montrant la camionnette, elle a l'habitude !

– Non. Je l'ai fait réviser le mois dernier.

– Dans ce cas... Mais à l'occasion, pensez à moi.

– Bien sûr. Je me souviendrai de vous ! dit Maréchal sans rire.

Mais l'autre avait de nouveau filé sous l'antiquité et recommencé de siffler à tue-tête.

En reprenant la route de Châteauneuf, Maréchal nota que le ciel était très noir, de plus en plus menaçant. Dans la longue côte vers le plateau où les Lavigne avaient trouvé la mort, il essaya de récapituler ce qu'il avait appris. Cela se résumait à peu de chose en dehors de cette histoire de plaquettes du garagiste. Et encore, le type ne paraissait pas être le témoin idéal. Les gendarmes, eux, avaient basé la thèse de l'accident sur des faits bien précis : avant tout, la quantité d'alcool ingérée par Jacques Lavigne, l'hiver et le verglas. Restaient les plaquettes.

Comme il approchait de l'endroit où la 4L était sortie de la route, il eut envie d'aller vérifier si par hasard il ne pourrait pas les découvrir. Mais le soleil avait beaucoup baissé et, avec un ciel aussi sombre, il n'y verrait pas suffisamment pour retrouver quoi que ce soit, surtout avec l'herbe qui avait poussé depuis. En plus, il se sentait las et commençait à se demander si tout cela avait un sens. Que faisait-il dans ce pays perdu à essayer de corroborer la thèse d'une jeune femme, qui devait avoir eu des liens excessivement complexes avec son père, au point peut-être d'imaginer qu'on l'avait assassiné pour éviter d'être obligée d'admettre que c'était un ivrogne ?

En arrivant sur le Causse, il eut le souffle coupé par la beauté du couchant flamboyant à l'ouest au-dessus de la vaste étendue qui paraissait briller sous le ciel d'encre plaqué sur les trois quarts de l'horizon. La lumière montait du sol et teintait les murs de la Bonassie quand il y arriva.

7

Après un repas frugal, Maréchal se demanda ce qu'il ferait de sa soirée. Il avait envie de se rendre au café de Valgas, mais il était trop tôt. À peine sept heures et demie. Dehors, il ne pleuvait pas, mais il avait dû tomber une averse pendant qu'il se trouvait à Châteauneuf car tout était mouillé. Il enfila des bottes qui traînaient près de l'entrée, sans doute celles de Jacques Lavigne, et alla marcher. Il n'y avait pas de vent et il fut frappé par le silence seulement brisé par quelques gouttes tombant des toits de la ferme sur des tôles et des cris d'oiseaux dans des buissons de lauriers à l'arrière d'un grand jardin potager qui avait déjà piètre figure. La jeune femme aurait du mal à conserver en état son héritage de famille. La végétation gagnait du terrain et un peu partout la sauvagerie reprenait le dessus. Pourtant, comme il l'avait dit à Lise Lavigne, cet endroit ferait une très agréable résidence secondaire.

Il se rappela que, deux ans plus tôt, après leur séjour à Valmogne*, il avait projeté d'acheter une maison sur

* Voir *Vengeance d'automne*, *op. cit.*

le Causse avec Laetitia. Cela faisait longtemps que lui-même en avait envie. Il en avait beaucoup rêvé. Le Causse l'attirait avec son dénuement, ses grands espaces et, il devait l'avouer, son isolement et la solitude qu'il garantissait. Acheter une maison et la retaper n'était pas non plus un investissement trop considérable. Il suffisait de se décider. Il ne l'avait jamais fait. Mais avec Laetitia le projet était allé assez loin. Il avait pris des contacts par téléphone. Les agents immobiliers se désintéressaient de ces affaires peu lucratives mais, par relations, il avait obtenu la liste de quelques biens à vendre. Malheureusement, l'année entière s'était écoulée sans qu'ils aillent les visiter, remettant sans cesse au lendemain ce qui avait fini par devenir une sorte de serpent de mer : « la maison du Causse ». Et quand il était passé la première fois à la Bonassie en juin, il s'était promis d'en reparler à Laetitia. L'été avait passé, un de plus... Et en octobre, *c'était arrivé...*

Comment pourrait-il oublier ce jour, même si plusieurs autres l'avaient précédé et en quelque sorte annoncé ? Tout avait commencé au retour de leurs vacances. Un mois de septembre interminable passé à La Grézade à tenter, une fois encore, d'avancer son travail qui avait stagné à Corbans. Un mois pendant lequel, retiré à la Valette comme un ours en tanière, il avait lutté avec lui-même et finalement réussi à écrire son livre. Pendant ce temps, Laetitia avait participé à plusieurs de ces festivals qui devenaient si populaires et sur lesquels Maréchal s'abstenait de donner son opinion, lui qui avait une fâcheuse tendance à penser que beaucoup avait déjà été dit en musique comme en bien d'autres choses et qui s'en tenait à sa propre collection de CD, se sentant fort mal à l'aise dans les concerts. Ce fut vers la mi-septembre que l'attitude de Laetitia avait commencé à l'intriguer. Il lui avait reproché plusieurs fois de ne pas prendre de ses nouvelles fréquemment, elle lui avait retourné le reproche, c'était justifié : avec son boulot, il ne voyait pas le temps passer. Dcux ou trois fois, leurs retrouvailles avaient effacé ces impressions fugaces. Même si, à ce moment-là, elle lui avait parlé avec enthousiasme d'un violoniste d'après elle extraordinairement doué, qui avait été engagé pour la saison par l'orchestre, Maréchal n'y avait prêté que peu d'attention, tout occupé à son propre combat pour lequel il se trouvait justement de moins en moins doué. Fin septembre, il sut que le violoniste s'appelait Franz et qu'il était allemand. La façon dont Laetitia prononçait son prénom si proche du sien – ce qu'elle ne paraissait pas avoir remarqué – l'alerta. Il réussit quelque temps à ne pas y attacher plus d'importance que cela ne le méritait sans doute. Puis elle passa cinq jours sans donner signe de vie. Cinq jours ! Jamais cela n'était arrivé depuis qu'ils se connaissaient, lui même avait besoin d'être rassuré en permanence au moins par le téléphone. Il avait appelé plusieurs fois en vain à son studio de Montpellier. Étant dans la phase finale de son travail, il s'était retenu d'aller là-bas et avait mal dormi pendant ce temps.

Le sixième jour, le facteur de La Grézade apporta la lettre à l'enveloppe rose au milieu d'un tas de prospectus publicitaires. Maréchal, qui avait reconnu l'écriture et se doutait de ce qu'elle contenait, la laissa une demi-journée sur son bureau avant de l'ouvrir. C'était une gentille lettre, mais elle lui assénait un des plus rudes coups qu'il ait eu à encaisser. Les qualités incomparables de Franz paraissaient avoir détruit ce que Maréchal, sans le croire éternel, pensait tout de même plus solide que cela. L'âge de l'Allemand qu'elle avait cité incidemment lui sembla une explication capitale qu'elle ne fournissait pas. Croire qu'on lui préférait quelqu'un de plus jeune avait l'avantage de ne pas trop mettre l'accent sur ses défauts qui avaient sûrement dû – il n'était pas entièrement dupe de lui-même – jouer un certain rôle. Les raisons importaient peu. La lettre était sans équivoque. Elle ne lui annonçait pas qu'elle le quittait, mais évoquait comme « merveilleuses » les années qu'ils avaient connues et lui annonçait son départ prochain pour le Bade Wurtemberg où ils avaient avec Franz un engagement pour la moitié de l'hiver. Après ? Elle verrait. Elle avait besoin de « faire le point ». Cela parut limpide à Maréchal. Elle avait eu l'attention de ne rien lui souhaiter, sauf de croire à son affection. Ce dernier mot l'avait blessé. Il n'avait que faire de l'affection de celle dont il avait été éperdument amoureux pendant cinq ans et dont il le restait...

Maréchal était resté K.O. Il avait passé une heure entière la feuille à la main devant sa fenêtre à regarder sans le voir le spectacle de son jardin en ce début d'automne. Le matin même, il y avait respiré avec délices des odeurs qui l'avaient ramené des décennies en arrière vers un temps où les seuls soucis étaient ceux qu'amenait la rentrée des classes, petits soucis des vacances finies et regrettées, soucis vite guéris par le changement apporté à sa vie d'enfant. Aujourd'hui, les automnes passaient comme les autres saisons sans trop de regrets, à une vitesse de plus en plus inquiétante dont il se demandait ce qu'elle signifiait tout en se doutant que ce n'était rien de bon. Cependant, quoique grand nostalgique, il savait aussi profiter de ces saisons labiles et successives pour en tirer des plaisirs et des joies, accordant sa vie au temps qu'il faisait, à la couleur du ciel et à celle des arbres dans leurs derniers feux comme c'était le cas chaque fois à l'automne.

Le soir même, il avait glissé la lettre sous son dossier. Elle y était restée jusqu'au jour de la visite de Lise Lavigne. Il n'avait aucun besoin de s'assurer de son contenu que, pourtant doué de peu de mémoire, il avait appris par cœur en trois lectures successives. Il savait ce jour-là comme souvent ensuite dans les mois qui avaient suivi qu'il aurait dû la brûler, mais il en était tout à fait incapable. Il se demandait encore aujourd'hui comment il avait trouvé la force de finir son travail. Sans doute parce qu'il ne pouvait pas faire autrement, sans doute aussi parce que cela lui avait permis de ne pas passer ses journées derrière une vitre embuée avec à la main une feuille de papier qui avait détruit un grand pan de sa vie. Pendant plusieurs semaines, il avait fui la Valette pour de longues promenades dans les flamboiements de la forêt et mené à bien le vieux projet de photographier des arbres qu'il connaissait bien dans la splendeur de cette sorte d'été indien fugace mais bien réel qui exaltait quelque temps le pays qu'il habitait. Peut-être un jour irait-il voir celui de la Nouvelle-Angleterre dont il avait vu des images dans une série de magazines qu'il avait collectionnés à un moment, remettant toujours à *plus tard* une traversée de l'Atlantique qui un jour ou l'autre finirait par ne plus avoir aucune chance de se réaliser. Cela ferait sans doute partie des derniers rêves qu'il abandonnerait. Ce ne serait pas le seul, hélas.

Cette activité lui permit au moins de passer le cap et d'atteindre cahin-caha les premiers frimas de l'hiver. Les arbres avaient depuis longtemps perdu leurs feuilles qu'il continuait à arpenter les forêts, son Nikon en bandoulière, à guetter les derniers incendies que quelques érables s'obstinaient à jeter loin dans la saison au fond des combes.

En décembre, il faillit accepter une invitation à parler de lui et de son travail mais, au dernier moment, il refusa de se rendre à Paris en se disant, pour se raffermir dans ses nouvelles résolutions, qu'il ferait mieux de commencer à écrire un nouveau livre, celui qui à présent, alors qu'il passait son temps à divaguer autour de la Bonassie, dormait sur son bureau.

Début janvier, un soir, alors que la neige couvrait La Grézade depuis la veille – ce n'était pas arrivé depuis quinze ans – il s'amusait à retrouver d'anciens moments à contempler tout ce pays blanc de sa fenêtre dans une fin d'après-midi glaciale, quand le téléphone avait sonné. Il avait laissé retentir plusieurs fois la tonalité aigre avant de décrocher. Il n'attendait rien... C'était Laetitia. Stupéfait, il en était resté stupide. Une fois encore, son manque de présence d'esprit lui avait joué un mauvais tour. Elle l'appelait pour lui souhaiter une bonne année. Il avait vaguement compris qu'elle était en Allemagne, à Bonn, et qu'elle avait enfin vu cette tombe de Robert et Clara Schumann dont ils avaient si souvent parlé. À sa voix, il avait deviné que cette visite l'avait émue comme lui-même dix ans plus tôt, à peu près à la même date, quand il était allé au vieux cimetière par un matin de brume et de gel. Il avait eu envie pendant qu'elle parlait de lui demander si comme cette fois-là on sentait dans les rues des villes d'Allemagne cette odeur de sapin qui l'avait touché et s'accordait si bien avec les guirlandes de Noël encore pendues un peu partout. Mais il avait été incapable de dire quoi que ce soit de cohérent. Laetitia avait dû s'en rendre compte. Tout juste s'il lui avait été possible de bredouiller des vœux pourtant très sincères. Elle avait fini par raccrocher, désarçonnée par son silence. Il était resté comme un imbécile devant le téléphone. Il s'en était voulu au point, le lendemain, de prendre suffisamment sur lui pour appeler le studio de Laetitia à Montpellier. Il aurait mieux fait de s'en abstenir, le numéro n'était plus attribué... Il avait réalisé ce que cela signifiait et avait eu l'impression qu'elle sortait une nouvelle fois de sa vie. Il avait refusé de toutes ses forces l'idée qu'elle ait pu appeler pour entendre sa voix. De ce jour, il avait tout fait pour penser à elle le moins possible et y était à peu près parvenu, jusqu'à la visite de Lise Lavigne et surtout ce soir à la Bonassie, où, dans la solitude d'une soirée d'hiver, se souvenir de leurs projets d'achat d'une maison sur le Causse lui brisait le cœur.

Il savait que rester là avec de telles pensées était trop dangereux. Le soir était tombé depuis longtemps. La nuit était noire tout autour de la ferme. La solitude lui parut tout à coup insurmontable alors qu'il avait plutôt tendance d'habitude à l'apprécier. Il décida de se rendre au café de Valgas. Il se surprit à sortir de la maison en courant, comme pour fuir plus vite. C'était enfantin, mais cela lui apporta un peu de réconfort : son cas n'était peut-être pas aussi désespéré qu'il le craignait parfois.

En roulant vers Valgas, il fut étonné par la profondeur de la nuit. Le ciel lui parut incroyablement sombre au point que les étoiles de plus en plus nombreuses paraissaient s'allumer sur un plan plus rapproché. Le pinceau maigrichon des phares de la 4L avait bien de la peine à percer la masse obscure accumulée devant lui. Il roulait vitres ouvertes. L'air était froid, humide, chargé d'odeurs d'herbe et de terre mouillée. Vers l'horizon, il voyait flotter des lumières vacillantes qui devaient être celles de Liolier. Elles paraissaient abandonnées dans la nuit comme des âmes perdues. Il entendait le ronronnement familier du moteur et imagina le silence qui devait régner à l'extérieur, silence qu'il retrouva intact, massif et presque accablant, quand, s'étant garé, il descendit de voiture. À une extrémité de la place, il apercevait une lueur sourde qui correspondait à peu près à l'emplacement du café.

Tandis qu'il se dirigeait vers celui-ci, les mains dans les poches, il regretta de ne plus fumer. Il repensa à la femme aperçue la première fois et se dit qu'il entrait dans un territoire doublement dangereux. Que ce genre de considérations pouvait être puéril ! La première chose qu'il remarqua aux abords du café fut une bicyclette. Un engin chromé avec de gros pneus, un de ces VTT si répandus parmi les amateurs de nature. Il aurait parié à cet instant connaître le propriétaire. Comme il arrivait devant le bar, la porte s'ouvrit, déclenchant le même genre de carillon que celui de l'épicerie, et Marc Lantier en sortit, vêtu d'une canadienne marron, emmitouflé dans le col de fourrure. Il fut surpris de voir Maréchal et ce dernier eut l'impression fugitive que cela ne lui faisait pas particulièrement plaisir. Il serra contre lui une poche en papier. Cela n'empêcha pas Maréchal de remarquer que c'était une bouteille, de scotch probablement. L'instant d'après, le botaniste avait retrouvé son sourire aimable et s'exclamait :

– Tiens, monsieur Maréchal ! Quel plaisir de vous voir.

– Bonsoir. Belle soirée, finalement...

Il avait dit ça faute de mieux, mais l'autre avait le sens de la conversation, car il répondit sur le même ton détaché :

– Ma foi, oui. Mais ça ne va pas durer, on va vers le mauvais temps pour les quatre ou cinq jours prochains. Ils l'ont dit à la météo il y a cinq minutes.

Il avait accompagné ces derniers mots d'un signe de la main vers le café pour indiquer sa source d'information. Lantier paraissait un peu embarrassé, Maréchal mit ça sur le compte de la bouteille et l'aida un peu :

– Vous arrivez à rouler avec ça ? fit-il en montrant du doigt le VTT

– Oui, très bien... c'est seulement un vélo.

– Faudra que j'essaye un jour alors.

– Quand vous voudrez ! Je suis à votre disposition pour la première leçon.

Maréchal se demanda ce qu'il dirait s'il le prenait au mot et répondait : « Tout de suite ! » Ce n'était pas parce qu'il était d'humeur morose qu'il devait le faire payer aux autres.

– D'accord, un de ces jours je viendrai. Vous me montrerez.

Lantier sourit, hésita et finit par dire :

– Bon. Sur ce, je vous laisse. La Fayette m'attend.

Maréchal comprit que c'était le nom du whippet.

– Bonsoir... dit-il tandis que le jeune homme s'éloignait vers sa bicyclette.

Il glissa la bouteille dans sa canadienne, enfourcha le VTT et, après un dernier signe de la main, s'en alla sur la route où la nuit l'engloutit bientôt, ne laissant visible que la petite lueur de son éclairage. Trop faible, elle finit elle aussi par disparaître.

Maréchal poussa la porte du café et déclencha un nouveau carillon. Personne ne parut tout d'abord s'en apercevoir, mais, après dix secondes, le rythme des conversations diminua et se transforma en un murmure avant de s'éteindre tout à fait et de laisser place à un silence extrêmement pesant. Il se fit plaisir en lançant un retentissant « Bonsoir ! », fort peu dans ses manières. Il y eut dans l'autre camp une sorte d'hésitation, puis peu à peu les conversations reprirent. Après la nuit noire et les faibles lanternes de Valgas, le café paraissait éclairé a giorno. Son aspect différait complètement de celui des Platanes dans lequel Maréchal retrouvait toujours avec plaisir et parfois un peu d'émotion l'ambiance désuète des années soixante. Ici, tout était neuf, nickelé et clinquant, alors qu'on se serait attendu à des murs chaulés et des poutres noircies par des générations de fumeurs installés à des tables en chêne, assis sur des tabourets. Mais les murs étaient clairs, recouverts d'un papier moderne et ornementés d'affiches de pop stars et de films hollywoodiens. Voir la photo de Bruce Willis au lieu de celle de Jean Gabin comme aux Platanes n'était pas sans surprendre alors que les clients attablés ou appuyés au comptoir paraissaient davantage sortis d'un film du second. Le comptoir en stratifié brillait sous les feux des néons et sur une étagère orientable le poste de télé diffusait, c'était l'heure, les habituelles images de violence et de mort des informations auxquelles personne ne paraissait prendre garde le moins du monde. Maréchal aurait préféré s'installer au comptoir, mais il était entièrement occupé et il eut même l'impression que l'on s'arrangeait pour que nul ne puisse s'immiscer dans ce qu'il assimila à une sorte de confrérie, avant de se reprocher son imagination débordante quelques secondes plus tard. Il trouva une table à l'écart au fond de la salle. La plupart des autres étaient occupées par des joueurs de cartes plus âgés que ceux qui se tenaient au comptoir. Un solitaire, plongé dans la lecture d'un journal hippique, cochait consciencieusement des noms sur des listes de chevaux. Cette activité lui parut elle aussi étrange alors qu'il devait reconnaître qu'il n'en était rien : pourquoi ne pourrait-on pas jouer au tiercé à Valgas comme à Colombes ou à La Grézade ? Il se reprocha une nouvelle fois son attirance pour les stéréotypes, même si le comportement de ses contemporains lui avait montré qu'ils agissaient habituellement selon ceux-ci.

Derrière le comptoir se tenaient deux personnages. Le premier, avec son béret, sa chemise à carreaux, sa moustache tombante et son tablier, était l'incarnation même du tenancier de bistrot selon l'imagerie populaire. Il avait de petits yeux d'alcoolique injectés de sang et parlait fort, de football bien entendu. À côté de lui, se tenait la femme que Maréchal avait vue dépendre les volets de la devanture. Elle lui parut encore plus superbe. Ses cheveux rouges avaient des reflets fauves sous les néons. Elle avait un beau visage, des lèvres minces nacrées et des yeux noirs qui semblaient ne rien voir de ce qui se passait autour d'elle alors qu'on aurait pu la croire tout occupée à essuyer des piles de verres. Maréchal fut frappé par l'impression que tous ces hommes au comptoir formaient une sorte de garde autour de cette femme. Le type au béret n'avait pas l'air de beaucoup compter pour eux, même s'ils faisaient la conversation avec lui, mais à l'évidence il était l'un d'eux. Elle non. À plusieurs reprises, Maréchal constata qu'ils la couvaient du regard. De temps en temps, elle souriait en entendant l'un ou l'autre. Maréchal était trop loin pour savoir ce qui s'était dit, mais il aurait juré que c'était une parfaite banalité. En fait, il pensa qu'elle acquiesçait, comme pour leur faire plaisir, mais qu'elle était loin de tout cela. Elle avait trente-cinq ans, peut-être quarante, et quelques rides au coin des yeux... Malgré la saison, elle portait un tee-shirt moulant à manches courtes, révélant des bras magnifiques. Elle ne portait aucun bijou en dehors d'une curieuse montre-bracelet d'homme.

De plusieurs exclamations, Maréchal déduisit que le type au béret s'appelait Raymond, mais il fut incapable de découvrir le prénom de la belle. Personne ne s'adressait à elle directement. Plusieurs fois, il tenta d'attirer l'attention du tenancier. De guerre lasse, il alla jusqu'au comptoir et demanda à la femme :

– Est-ce qu'on pourrait me servir ? Un cognac, s'il vous plaît ?

Elle le regarda, surprise, comme si elle ne l'avait pas vu arriver, ce qui le vexa un peu, puis dit quelque chose à voix basse à Raymond. L'homme regarda Maréchal, fit un signe d'assentiment et lança :

– Un cognac pour monsieur ! Ça marche !

On se serait cru dans un café en ville. Maréchal comprit que le tenancier *avait des lettres*. Il retourna à sa table, interloqué par ce manège, alors que la femme reprenait sa besogne en lui jetant un regard vide. Un moment plus tard, mû par une célérité nouvelle, Raymond arrivait, un plateau chromé au bout du bras avec le cognac en équilibre. Pour tout dire, il jouait son rôle. Cela aurait pu être comique et Maréchal se demanda pourquoi il n'avait lui aucune envie de rire. Tout en posant le cognac sur la table, le type dit :

– Faut nous excuser ! Y a tellement de monde qu'on ne regarde pas toujours les tables. Et ceux qui viennent ici sont tous des habitués. Quand ils veulent quelque chose, ils font comme vous, ils demandent.

Était-ce une manière comme une autre de lui signifier qu'il était un étranger ? Il répondit :

– Ce n'est pas grave. J'ai tout mon temps...

Plus tard dans la soirée, il se demanda pourquoi il avait alors demandé à Raymond s'il vendait des gauloises.

– Je voudrais bien ! répondit l'autre. Hélas non. Il n'y a que le café de Liolier qui ait le droit. Si vous en voulez, faudra aller là-bas.

Il y avait dans son ton un mélange de regrets et de colère. Maréchal se rattrapa vis-à-vis de lui-même en affirmant :

– Non, ce n'est pas nécessaire, je peux très bien m'en passer.

Ce n'était vrai qu'à moitié. Si Raymond avait eu un paquet à lui vendre, ses bonnes résolutions de six mois seraient vite parties en fumée. Ce genre d'humour l'énerva et il se reprocha tout : la demande et le trait d'esprit. L'autre était déjà reparti vers ses habitués.

Le cognac était de qualité très médiocre mais cela ne comptait pas. Maréchal observait avec intérêt ce microcosme au centre duquel, comme un soleil avec ses cheveux rouges, trônait la femme de Raymond. Ces deux-là formaient-ils un couple ? Ils en donnaient l'apparence, mais il ne pouvait s'empêcher de les trouver trop dissemblables, même si cela ne voulait absolument rien dire. Il tenta un moment de suivre les conversations, d'isoler quelques phrases. C'était difficile avec le bruit de fond et la télé qui continuait à énumérer toutes les catastrophes du monde. Du côté des joueurs de cartes, les seules exclamations concernaient la couleur ou le chiffre de celles-ci. Au comptoir, Raymond avait l'air intarissable sur le championnat de première division qui était au centre de la conversation de plusieurs clients regroupés autour de lui. Deux ou trois hommes, qui se ressemblaient étonnamment, discutaient d'agriculture, des histoires de taxes, d'aides européennes, etc. Maréchal en connaissait un bout sur le sujet à force d'entendre les mêmes questions débattues dans tous les cafés de campagne qu'il avait pu fréquenter.

Un personnage attira son attention. Seul, à une extrémité du comptoir, il contemplait fixement le verre de vin rouge posé devant lui. Visiblement, ce n'était pas le premier auquel il se colletait. Il avait une cinquantaine d'années, les cheveux gris et portait une canadienne marron du même modèle que celle de Lantier. Malgré la chaleur du café, il ne l'avait pas déboutonnée. Ses mains, larges et rouges, étaient posées sur le comptoir comme s'il était au pied du mur et se préparait à quelque chose. Ce fut ce que Maréchal pensa à cet instant et il s'en souvint un peu plus tard. Il lui trouva un air de Raskolnikov et cela aussi il devait se le rappeler. Brusquement, comme si sa décision était prise, le type vida son verre d'un trait, s'essuya la bouche d'un revers de la main et jeta une pièce sur le comptoir. Il n'attendit pas la monnaie et, sans dire un mot, ce dont personne ne parut s'étonner, il traversa la salle et sortit. Seul le carillon témoigna encore un moment de son existence.

Sa disparition brutale ne changea rien. Tout le monde continua comme si rien ne s'était passé. La seule modification consista dans le remplacement de l'annonciateur quotidien des apocalypses à la télé par une publicité vantant un fromage mou avec une niaiserie redoutable. Mais pas plus que le départ de leur collègue, ce changement ne parut affecter l'assemblée. On pouvait trouver cela inquiétant, Maréchal le jugea finalement rassurant. Au fond, tout ce bruit ne signifiait pas grand-chose. Le football, oui ! Cela par contre ne rassurait pas l'écrivain...

La femme aux cheveux rouges avait fini d'essuyer ses verres. Elle se tenait immobile maintenant, les bras croisés derrière son comptoir à deux mètres de Raymond. À quoi pouvait-elle penser ? À un autre endroit ? un autre pays ? un autre homme ? Ce jeu était vain, peut-être ne pensait-elle à rien du tout ! « Mais cela n'existe pas, on pense toujours à quelque chose ! » se corrigea Maréchal. Il n'en était pas très sûr sauf pour lui-même, son défaut, son incapacité à prendre ses distances. Il alla même jusqu'à se reprocher de telles pensées. De quel droit s'immisçait-il dans la tête de cette femme ? Comme si ce qu'elle pouvait rêver ou regretter le regardait en quoi que ce soit ! Comme si cela avait quelque chose à voir avec les Lavigne !

À une table proche il y eut à ce moment-là une brutale élévation du niveau sonore. Il semblait qu'un différend opposait deux joueurs au sujet d'une couleur. Sujet sans importance, mais pas pour eux à en juger par le regard furieux des deux hommes dressés face à face comme des coqs. Maréchal se demanda si allaient une fois de plus lui venir à l'esprit ses habituelles considérations sur la malignité. Les autres tentaient de calmer les deux hommes qui avaient l'air prêt à en venir aux mains. C'était ridicule, ou pitoyable, et pour dire vrai inquiétant. À la fin, alors qu'un des deux paraissait avoir retrouvé son calme, l'autre trembla de plus belle, finit par jeter ses cartes sur le tapis vert et se leva, après avoir lancé à tous un regard de profond mépris. Il prit sans mot dire le chemin de la sortie. Le carillon sonna à nouveau. Nul ne broncha. Ses copains rangèrent simplement leurs cartes avant de se mettre paisiblement à siroter leur verre de digestif. Peut-être avaient-ils l'habitude de ce genre de sorties ? Dans ce cas, demain tout serait oublié. Sinon, une querelle définitive pouvait survenir qui risquait ensuite de gâcher la vie de plusieurs générations.

Maréchal se demanda ce qu'il faisait là. Il se leva et alla au comptoir payer son cognac. Cela valait mieux que d'attendre que le type au béret se décide à revenir le voir. Il s'adressa à la femme qui regardait à travers lui comme un zombie. Elle ne répondit rien, montra du doigt Raymond qui, comme attiré brutalement par l'odeur de l'argent, se précipita et dit :

– Deux euros, s'il vous plaît.

Maréchal en était baba. D'abord, ce n'était pas très cher, contrairement à ce qu'il avait imaginé, et de plus, le type ne fit aucune complication quand il lui tendit un billet de vingt euros, le seul qu'il avait sur lui. Il lui rendit la monnaie. À cet instant, Maréchal ressentit une curieuse impression : comme si tous les clients regardaient dans son dos en même temps et aussi que son départ provoquait un considérable soulagement. Toujours ce sentiment de bande, presque de société secrète.

Le carillon s'égrena un moment dans l'air glacé de la nuit. Maréchal regarda les étoiles. Elles étaient superbes et occupaient presque tout le ciel. Ce froid le saisit après la chaleur du bistrot. Il avait refermé la porte avec soin, n'ayant aucune envie d'entendre une nouvelle série d'inepties publicitaires. Cela ne suffisait pas : celles qu'il avait subies pendant son séjour dans le café restaient incrustées dans sa tête. Bêtement, il s'en voulut. Pourtant, si quelqu'un n'en était pas victime, c'était bien lui.

Le bourg offrait le même spectacle qu'à son arrivée : un endroit désert. Son séjour au café l'avait détourné de ses préoccupations personnelles. Il se sentait assez fort maintenant pour rentrer à la Bonassie. S'il avait fait plus chaud, peut-être se serait-il risqué à faire un tour, une de ses habituelles balades nocturnes autour du village. Mais il se voyait mal se promener dans l'obscurité presque complète qui régnait sur Valgas en dehors de deux faibles lampadaires allumés un peu plus haut sur une autre placette. Il se préparait à regagner la 4L quand il entendit un claquement. Il écouta. Le silence était revenu. Il marcha de nouveau vers la voiture. Il n'avait pas parcouru vingt mètres qu'un hurlement retentit. Ce cri de terreur lui glaça le sang. Il se crut quelques secondes dans un de ces médiocres films d'épouvante américains dont à une époque il s'était gavé devant la télévision. Mais non, ce cri était bien réel. Il venait d'un peu plus haut, dans la direction de l'épicerie. Au moment où il parvenait à quelques mètres de la boutique, il vit une silhouette jaillir par la porte ouverte à toute volée de l'épicerie. Il cria :

– Hep ! Vous là-bas ! Que se passe-t-il ?

Question naïve, mais la seule qui lui était venue à l'esprit ! La silhouette se précipita dans la direction opposée à la sienne. Maréchal se lança à sa poursuite. S'agissait-il d'un homme ou d'une femme ? La silhouette était trop indistincte dans cette nuit épaisse comme du goudron. Il remarqua que nul ne semblait s'être rendu compte de quoi que ce soit. En tout cas, il n'entendait rien en dehors des pas du fuyard sur le bitume de la rue. Il allait le rattraper quand brutalement celui-ci tourna derrière une maison. Maréchal le suivit. Cinq secondes plus tard, il se retrouva devant un bloc de nuit encore plus compact. Il ne voyait plus la silhouette, mais surtout il n'entendait plus le claquement de ses semelles. C'était comme s'il avait disparu, s'était évaporé. Maréchal s'arrêta. Il ne servait à rien de continuer : il aurait été incapable de décider dans quelle direction. Il écouta encore et, n'entendant décidément rien, revint sur ses pas avec regret. Il lui fallait aller voir ce qui s'était passé à l'épicerie.

En s'approchant, il fut de nouveau frappé par le fait que rien n'avait bougé tout autour depuis le début. Pourtant, il était impossible d'imaginer que personne n'ait entendu le cri...

La nuit complète régnait à l'intérieur de la boutique. Maréchal se félicita d'avoir gardé son briquet. À sa lueur vacillante, il fit quelques pas et vit briller des étiquettes et des paquets de vermicelle. Il appela :

– Madame ! Madame !

Aucun bruit ne venait de l'arrière-boutique où vivait Léonie. Peut-être l'épicière ne s'était-elle pas rendu compte de l'effraction. Tendant en avant le briquet devenu brûlant, il alla vers un des murs et découvrit un interrupteur. Quand il le bascula, une vive clarté illumina le magasin. Au même moment et alors qu'il était aveuglé par cette lumière brutale, Maréchal buta dans quelque chose. Avant même de baisser les yeux, il avait compris. Le corps de Léonie barrait le passage vers l'arrière-boutique. Il gisait dans une position grotesque au milieu d'une mare de sang. On lui avait tranché la gorge. Maréchal eut la pensée fugitive qu'il n'avait pas à regretter de s'être lancé à la poursuite de celui qui était peut-être l'assassin en puissance car, même s'il s'était précipité auprès de Léonie, il n'aurait rien pu faire. Cette femme était morte aussitôt, vu l'horrible blessure qui lui avait été infligée.

Maréchal était pétrifié. Cela paraissait incroyable. Il était venu à la Bonassie sur une simple intuition que depuis rien n'avait confortée, ni d'ailleurs infirmée. Et au moment où il allait rentrer chez lui, il trouvait un cadavre sur sa route. Et dans ce cas, l'assassinat ne faisait aucun doute ! Il s'efforça de ne rien toucher et recula lentement jusqu'à l'entrée. Il se contenta de remarquer que rien n'avait été bouleversé dans le magasin, ni davantage dans l'arrière-boutique qu'il voyait de là où il se trouvait.

Une fois sur le seuil, il respira avidement l'air de la nuit. Puis il fit quelques pas lentement avant de partir très vite dans la direction du café pour chercher de l'aide.

8

Maréchal éprouva un réconfort considérable en approchant du café quand il entendit le son de la télé et des conversations au moment où deux hommes sortaient. Autant dans la rue devant l'épicerie il avait ressenti la solitude de la nuit et ses dangers, autant ici tout d'un coup, ces bruits lui paraissaient humains.

Il entra dans le café. Les autres n'eurent pas le temps de réagir car, aussitôt arrivé au milieu de la salle, il lança d'une voix forte :

– On a assassiné Léonie, l'épicière !

Il se demanda s'il n'aurait pas mieux valu annoncer ça discrètement à Raymond, mais il avait agi d'instinct. « Peut-être par provocation », se dit-il.

L'effet fut immédiat. Il y eut d'abord un grand silence, très différent de celui qu'on lui avait réservé la première fois. En même temps, la surprise se lisait sur les visages. Il essaya en vain de distinguer des réactions particulières. Pour cela, il aurait fallu connaître ces gens. Sinon, que voulait dire telle ou telle expression ? Rien. Même s'il ne s'était que vaguement adressé à Raymond, la position de celui-ci le mit tout de suite en première ligne. Au point que Maréchal vit deux ou trois hommes regarder vers le tenancier comme s'ils attendaient une réaction spéciale de sa part. Il ne bougeait pas. Maréchal alla vers lui.

– Venez avec moi, vous constaterez vous-même...

– Pourquoi moi ? demanda-t-il.

Puis il parut réfléchir et, avant que Maréchal ne lui réponde, il montra un homme plutôt âgé qui se tenait au comptoir devant un verre, un gros type en veste de velours à la trogne luisante et aux cheveux rares.

– Michel, c'est toi le maire de Valgas, non ?

L'homme acquiesça.

– Alors, c'est à toi d'y aller. Moi, je...

Maréchal se demanda s'il allait terminer par « je suis occupé. »

Pour se donner une contenance, le maire prit sa casquette en toile et la posa sur son crâne avant de se diriger vers Maréchal.

– Qu'est-ce que vous racontez, vous ? demanda-t-il.

– L'épicière a été assassinée.

– Comment vous le savez ?

– J'allais rejoindre ma voiture. Quelqu'un s'est enfui devant moi. Il sortait de l'épicerie. Je l'ai poursuivi et il a disparu. Après, je suis allé voir si Léonie avait besoin d'aide et là je l'ai trouvée.

Un peu plus bas, il ajouta :

– Elle a été égorgée.

Le maire eut l'air épouvanté par ces derniers mots. Il bredouilla :

– Qu'est-ce qu'il faut faire ?

– D'abord, m'accompagner là-bas pour constater les faits. Ensuite, à mon avis, il faut appeler les gendarmes.

– Vous croyez ? demanda le maire.

– Je ne vois pas ce qu'on peut faire d'autre.

Le maire se décida et fit un signe en direction de deux hommes qui se tenaient au comptoir.

– Venez avec moi, vous autres.

Maréchal se douta qu'il s'agissait de ses adjoints. Il les précéda et, une fois sorti, prit de nouveau la direction de l'épicerie. Les lampes étaient restées allumées et cela faisait une drôle d'impression de voir cette boutique largement éclairée dans la nuit noire qui occupait tous les recoins du hameau. Maréchal pensa fugitivement à la scène éclairée d'un théâtre. Il se le reprocha en songeant à la pauvre femme qui gisait là. Le maire et ses amis lui emboîtaient le pas, visiblement sans grand enthousiasme. Tout en avançant, Maréchal entendit plusieurs voitures démarrer. Ceux-là au moins n'étaient pas dévorés par la curiosité ! Ils devaient croire qu'il valait mieux se tenir à l'écart des complications. Quelques autres suivaient à bonne distance. Maréchal fut étonné de ne pas apercevoir le béret de Raymond. Lui aussi avait dû décider de ne pas s'en mêler.

– Il ne faudra pas les laisser entrer, dit Maréchal au maire.

– Pourquoi ?

– Les traces, les empreintes... répondit l'écrivain, excédé.

– Ah oui ! admit le maire, qui ajouta au moment où ils arrivaient devant l'épicerie en s'adressant à un de ses copains : Toi, Bernard tu restes là. Il ne faut pas que les autres entrent.

– Pourquoi ? demanda Bernard, qui n'avait sûrement pas entendu Maréchal.

– Les traces, les empreintes... répéta le maire.

Maréchal haussa les épaules et entra dans la boutique. Il trouva de nouveau l'éclairage excessif. Tout en traversant le magasin, il constata que rien n'avait changé depuis sa première visite. Cet endroit semblait figé. Il avança jusqu'à l'arrière-boutique. Revoir Léonie allongée au milieu d'une flaque de sang le toucha davantage, cette fois l'effet de surprise ne s'interposait plus devant la réalité et le spectacle était encore plus atroce. Le maire, qui ouvrait des yeux immenses, resta interdit à deux mètres du corps. Son copain faisait la même mine. Celui planté à la porte afin de retenir les autres tendait le cou pour voir quelque chose. Maréchal examina l'arrière-boutique. Il n'y avait nulle trace de désordre. Tout paraissait dans le même état que lorsque Léonie l'avait fait sortir par là. La télé était allumée, mais le son avait été coupé. L'image était affreuse, piquetée de points blancs et de raies qui défilaient de temps en temps sur l'écran. Intrigué, Maréchal demanda au maire :

– C'est normal que l'image soit si mauvaise ?

Le type parut absolument stupéfait par la question. Il regarda l'écrivain comme s'il venait de proférer une incongruité.

– Qu'est-ce que vous dites ?

– Est-ce que c'est normal que l'image de cette télé soit toute brouillée ?

Le maire sembla prendre beaucoup sur lui et répondit :

– Bien sûr ! On reçoit mal à Valgas. Et quand il pleut, c'est pire. Sauf ceux qui ont le satellite.

Maréchal pensa qu'ils ne devaient pas être nombreux et que le maire n'en faisait sûrement pas partie. Quant à Léonie, ses revenus ne devaient pas lui permettre de se payer le matériel et l'abonnement. Comme le maire restait immobile, il lui dit :

– Bon, maintenant que vous avez constaté, il faut prévenir les gendarmes.

– Comme vous voulez... répondit l'autre, dont le visage était maintenant très pâle.

Maréchal estima qu'il était temps qu'il aille prendre l'air. Au moment où ils atteignaient la caisse, un mouvement se fit au milieu de ceux qui attendaient dehors, dévorés de curiosité. À sa grande surprise, Maréchal vit l'adjoint de faction à l'entrée s'écarter. La femme aux cheveux rouges entra dans la boutique. Elle avait toujours le même regard absent que lorsqu'elle essuyait les verres au début de la soirée. Elle marchait lentement, mais d'un pas très décidé. Maréchal, curieux de la suite, ne songea pas à l'arrêter. Le maire fit une tentative :

– Solange, où vas-tu ? Il ne faut pas...

Son ton était peu convaincu et il ne fit aucun geste pour l'empêcher de continuer. Toute droite, elle passa devant eux sans même paraître les voir. Maréchal était subjugué tant il la trouvait semblable à une allégorie. De quoi ? Du destin peut-être, mais c'était trop facile... À la porte séparant le magasin de l'arrière-boutique, elle s'arrêta et regarda le cadavre. Puis elle poussa un léger soupir et s'écroula, évanouie.

Maréchal se précipita et la redressa légèrement. Elle avait les paupières fermées et respirait très vite. Il remarqua que de légers tremblements agitaient les commissures de ses lèvres. Il songea à l'épilepsie, mais il en savait trop peu sur le sujet. Il appela le maire :

– Venez m'aider, bon sang !

L'autre sembla sortir d'un rêve. Tout en faisant très attention à ne rien déranger et à éviter le corps, ils la soutinrent chacun sous un bras et la traînèrent vers le canapé qui occupait le fond de l'arrière-boutique. Ils l'assirent. Elle paraissait déjà revenir à elle quand Raymond arriva à grandes enjambées en criant :

– Solange ! Solange !

En passant devant le corps de l'épicière, il avait juste grimacé de dégoût. En fait, une seule chose lui importait.

– Solange, répéta-t-il plus doucement en lui prenant les mains.

Il porta ses doigts à ses lèvres et les embrassa en répétant de nouveau son prénom deux ou trois fois. Un seul mot vint à l'esprit de l'écrivain : « dévotion ». La femme avait repris conscience. Elle regardait Raymond en train de l'adorer exactement comme le reste du monde : comme si tout cela ne comptait absolument pas à côté d'une sorte de spectacle intérieur qui paraissait l'occuper tout entière.

– Si ça va mieux, il faudrait que vous sortiez tous et qu'on aille appeler les gendarmes, finit par dire Maréchal.

Le maire acquiesça. Il semblait pressé de quitter cette pièce et cette pauvre Léonie baignant dans son sang. Raymond soutenait la femme aux cheveux rouges, qui n'en avait nul besoin, mais se laissait faire docilement. Ils se dirigèrent vers l'extérieur. En passant, Maréchal remarqua comme ceux qui attendaient devant l'épicerie s'écartaient sur leur passage. Une fois de plus, il pensa que c'était la jeune femme qui leur importait et qu'ils lui faisaient une sorte de haie d'honncur. Il chassa cctte idéc, cllc était stupidc. Ils dcvaicnt simplement être saisis par ce qui se passait. Les soirs à Valgas étaient moins mouvementés d'habitude. Il marchait à côté du maire. Raymond, lui, soutenait toujours son idole.

– Il faut téléphoner aux gendarmes, dit Maréchal.

– Oui ! J'ai entendu. Ça fait trois fois que vous le dites. On y va...

– Où allez-vous téléphoner ? À la mairie ?

L'autre sourit.

– À Valgas ? Vous n'avez pas regardé. Y a pas de mairie !

– Chez vous ?

– J'habite Font Lège, à cinq kilomètres...

– Alors ?

Ben au café, évidemment.

– Ah bon... admit Maréchal.

Raymond se précipita pour ouvrir la porte. Dès que Solange eut passé le seuil, il lâcha le battant sans se préoccuper de ceux qui suivaient. La femme aux cheveux rouges reprit sa place derrière le comptoir, les bras croisés. Raymond lui jetait des coups d'œil inquiets. Comme le maire restait interdit en les regardant tous deux, Maréchal le poussa du coude.

– Le téléphone !

– Ah oui... Raymond, il faut qu'on téléphone.

Quelques clients étaient revenus. Certains avaient repris leurs consommations, d'autres rangeaient soigneusement les cartes dans des étuis en plastique avant de quitter le café à leur tour. Nul ne demanda à Raymond combien il devait. Maréchal remarqua alors qu'une ardoise était pendue derrière le cafetier et que des croix étaient portées en face d'une liste de noms.

– Monsieur Maréchal ? lança le maire, avant d'ajouter : C'est bien vous ?

– Euh... oui ! Pourquoi ?

– Le gendarme veut vous parler.

Maréchal prit le combiné et entendit la voix de Périer.

– Comment avez-vous deviné que je suis là ?

– Vous me décevez, Maréchal ! Si on me dit que le pays est à feu et à sang, ce qui semble être le cas, surtout pour le sang, je me doute que vous êtes sur place. Vialat avait prévenu Brochard. Quand il y a un crime, Maréchal est à côté.

– Merci de me décrire ainsi ma réputation parmi les vôtres ! Bon, à votre tour : comment se fait-il que si on appelle la gendarmerie de Châteauneuf à onze heures du soir, on tombe sur son adjudant !

– Je rentre à l'instant ! Je serai là dans une demi-heure. Qu'on ne touche à rien.

Maréchal était certain de son air ironique quand il ajouta :

– Mais ce n'est pas la peine que je vous dise ça ! Vous avez l'habitude...

– À tout à l'heure, répondit Maréchal en souriant.

Quand il eut raccroché, il vit que le maire et Raymond le regardaient drôlement. Il se crut obligé d'expliquer :

– Je connais l'adjudant Périer. Mais c'est un pur hasard.

Il eut le sentiment que cette phrase ne rassurait pas les deux hommes qui devaient imaginer peut-être une vaste machination au milieu de laquelle s'était produit l'assassinat de leur épicière.

Maréchal sortit du café après le coup de téléphone aux gendarmes. Les manières de Raymond qui couvait toujours du regard son idole et l'air dépassé du maire qui s'était borné à demander au tenancier de lui verser un nouveau petit verre pendant qu'il rejetait en arrière la casquette pour se donner un peu de contenance, tout cela l'agaçait ! Ainsi que cette femme au regard étrange et dont le mystère l'intriguait. Une fois dehors, il put constater que Valgas paraissait encore plus coupé du monde qu'une heure plus tôt. Le ciel était entièrement muet à présent, sans aucune étoile. Des odeurs d'herbe mouillée étaient charriées de temps en temps par un vent capricieux qui allait d'un côté ou l'autre et feulait dans quelque grange avant de remuer les arbustes des jardins. Puis il se calmait et un silence de tombeau revenait. Ce qui frappa de nouveau Maréchal fut l'absence de bruit humain. Pourtant, tous ces hommes qui s'étaient déplacés chez l'épicière, les allées et venues, les voitures qui partaient sûrement beaucoup plus tôt que d'habitude ! Personne n'avait eu la curiosité d'ouvrir une fenêtre pour essayer de voir ce qui se passait. C'était intrigant, et un peu inquiétant. À Valgas, on pouvait se faire assassiner sans que personne s'intéresse à votre sort. Si Maréchal ne s'était pas trouvé à cet endroit quand l'autre s'était enfui, il est probable que personne ne se serait aperçu de quoi que ce soit. De là à imaginer que les ménagères auraient découvert le corps en faisant leurs courses, il y avait un pas. Maréchal qui en avait envie se retint de le franchir.

Au lieu de continuer à méditer sur le comportement de ce hameau frileux, il repensa aux derniers événements. En dehors de ce qui faisait le fond, à savoir la poursuite de celui qui prenait une forte coloration d'assassin et la découverte de sa probable victime, qu'avait remarqué Maréchal ? La première chose qui lui revint fut le comportement de ce type qui avait longuement contemplé son verre de rouge avant de partir brutalement. Maréchal ne pouvait s'empêcher de se souvenir de ce qu'il avait alors pensé : « On dirait qu'il a pris une décision ! » À part la ressemblance qu'il lui avait trouvée avec Raskolnikov – ressemblance toute gratuite bien sûr –, il était sûrement périlleux de tirer ce fil à propos d'un type qui avait le droit d'être agité par ses soucis, de les noyer dans le gros rouge et de rentrer chez lui avant d'être complètement saoul. Mais rien ne disait qu'il était rentré chez lui. D'autres étaient sortis eux aussi. Il fallait faire très attention. Il faudrait aussi faire très attention à ce qu'il dirait à Périer. La vérité, bien entendu, mais rien qui puisse nuire à ce type ou à un autre. La chance, c'était que ce soit Périer justement. Maréchal se garda d'imaginer les complications qui lui seraient tombées dessus si un inconnu de Châteauneuf avait été de service ce soir-là.

Que pouvait-il déduire du comportement du couple formé par Raymond et la femme aux cheveux rouges ?

La dévotion du cafetier pouvait difficilement s'expliquer par une simple attirance physique. Il y avait sûrement bien autre chose entre eux. Quand Raymond l'avait approchée, on aurait dit qu'il osait à peine la toucher. Mais, à la réflexion, Maréchal se rendit compte que le maire s'était comporté exactement de la même manière quand il avait dû la soutenir. Cela rejoignait d'ailleurs ce qu'il avait ressenti de prime abord dans le café. Cette femme était entourée d'un respect général, qui s'expliquait mal. Maréchal ne savait pas tout. Ce qui lui manquait – il s'en doutait, se connaissant –, allait l'occuper un moment.

Tout en pensant à ces gens, il regretta de nouveau de n'avoir pas de cigarettes. C'était stupide, il se sentait tellement mieux depuis qu'il ne fumait plus ! Il aurait voulu en convaincre tout le monde mais, s'il avait eu un paquet à sa disposition, il serait retombé aussitôt dans son erreur ! Cela ouvrait des perspectives sur le comportement humain, à commencer par le sien ! Elles lui parurent suffisamment vertigineuses pour qu'il les balaie d'un geste de la main. Il valait mieux que personne ne le voie debout dans cette rue d'un hameau du Causse à lever les bras et, peut-être, il le suspecta un moment, à parler tout seul. Mais il pouvait être rassuré, il n'y avait vraiment personne. « À moins que l'on te regarde par quelque fente de ces volets barricadés. » Comme il était dans le halo lumineux du café, c'était possible.

À ce moment il se dit que quelque chose de spécial s'était aussi produit pendant cette soirée. Il se demandait ce que cela pouvait être et n'arrivait pas à se rappeler. Un éclair orange traversa la nuit profonde qui entourait Valgas. C'était le gyrophare de la camionnette des gendarmes qui annonçait l'arrivée de Périer. Maréchal se sentit mieux et se souvint de ce qui l'avait tarabusté : la bouteille de Marc Lantier dans son sac en papier. Car... mais ce n'était pas le moment de se lancer là-dedans, la camionnette stoppait sur la place. Périer était quelqu'un d'assez intelligent pour ne pas faire corner le klaxon automatique. Il descendit le premier du véhicule et vint vers Maréchal.

– Bonsoir, Maréchal... Quelle bonne surprise ! Non, allez, je plaisante, ne faites pas cette tête. Où est-ce que ça se passe ?

Un jeune gendarme l'accompagnait. Maréchal reconnut le nommé Sébastien. Sur l'ordre de Périer, un troisième plus âgé resta près du véhicule afin de ne pas manquer un appel radio éventuel des collègues qui traquaient les alcoolémies positives des jeunes fêtards du vendredi soir. Le gars n'avait pas l'air satisfait de cette besogne subalterne. Maréchal se dit bêtement que Sébastien devait être le préféré de l'adjudant.

– À l'épicerie, là au bout de cette rue.

Périer avait pris une torche dans la boîte à gants de la camionnette et éclairait leur chemin. Maréchal admirait toujours les gens qui avaient ce genre de présence d'esprit, lui en était dépourvu.

Devant chez Léonie, le type que le maire avait chargé de surveiller l'entrée était toujours à son poste. Il se tenait dans un garde-à-vous réglementaire. L'adjudant sourit et murmura à Maréchal quand ils furent à l'intérieur :

– Inutile de lui demander si quelqu'un est entré.

Son visage devint hermétique quand il se trouva face au cadavre de l'épicière. Avant de se pencher sur elle, il fit du regard le tour de la pièce comme s'il voulait en imprimer le plan dans son esprit. Un lourd silence régnait. Sébastien le rompit, bouleversé, il se pencha sur Léonie et déclara avec un ton bravache qui détonnait complètement :

– Ben mon vieux ! On l'a drôlement arrangée. Vous croyez que c'est avec un rasoir, chef ?

Périer ne répondit pas tout de suite. Il réfléchit et finit par dire :

– Je n'en sais rien. Peut-être. Mais il y a des couteaux qui coupent bien, vous savez.

Non, il était clair que Sébastien ne savait pas. Maréchal eut un peu pitié de lui. Mais il avait tort, ce qui s'était passé faisait partie de la comédie humaine, comme tout le reste. Se le cacher ne rimait à rien. Et lorsque comme lui on attirait les meurtres, il valait mieux le savoir.

– Oui. Vous avez peut-être raison, reprit Périer. Il se peut que ce soit un rasoir qui ait fait ça. Mais alors ce n'est pas banal.

– Parce qu'un couteau, vous trouvez ça banal ? ne put s'empêcher de remarquer Maréchal.

– Non, bien entendu ! Mais un rasoir, c'est désuet...

– Alors, ça cadrerait avec le reste : tout est désuet ici...

– Qu'est-ce que vous voulez dire ? demanda Périer.

– Venez voir ! répondit Maréchal.

Et il le conduisit devant les rayonnages de l'épicerie. L'adjudant siffla en découvrant les marques des produits.

– Mazette ! Je croyais qu'il y avait longtemps que l'on ne fabriquait plus tout ça.

– Vous êtes trop jeune. Ça ne fait pas partie de votre culture comme ils disent. Mais moi, je sais que tout ça existe encore. Simplement, c'est passé dans un circuit confidentiel de distribution. Il doit rester de tout petits ateliers de fabrication ici ou là pour quelque temps encore. Mais je crois que ça ne va pas durer... En attendant, quand je vous disais que tout était désuet ici...

– C'est vrai ! dit Périer. Mais en quoi cela nous avance ?

– Ah ça ! s'exclama Maréchal.

– Vous êtes sûr que rien n'a été dérangé ici ? demanda le gendarme.

Maréchal lui raconta la venue de Solange et son évanouissement. Il conclut :

– En principe, personne d'autre n'est entré depuis le meurtre. Et aussi évidemment en dehors de moi à deux reprises.

À cet instant, un brouhaha se fit entendre à l'entrée de l'épicerie et Maréchal se souvint brusquement :

– Mince alors, je l'avais oublié, celui-là !

– Qui donc ? demanda Périer, intrigué.

– Le maire ! J'étais avec lui et on l'a laissé au café ! Il doit être vexé qu'on ne l'ait pas prévenu de votre arrivée.

Le maire de Valgas était même très en colère.

– Mais enfin, je vais pouvoir entrer, oui ou non ?

La voix ferme de son adjoint lui répondit :

– J'ai ordre de ne laisser passer personne.

– Imbécile ! C'est moi qui t'ai donné cet ordre tout à l'heure.

– Qu'est-ce que ça change ? Tu as dit « personne ». Je ne vois pas pourquoi toi tu pourrais entrer.

Il fallut toute l'autorité de Périer et de son uniforme pour que le maire puisse pénétrer dans la boutique.

– Je suis le maire de ce village et à ce titre c'est à moi que vous devez avoir affaire ! Pas aux étrangers !

Il fixait Maréchal, ce qui enlevait toute ambiguïté à son propos. Il ajouta :

– Alors, qu'est-ce que vous allez faire ?

Périer sourit.

– Ce qu'on fait d'habitude. On va relever tout ce qu'on pourra et après on appellera les « scientifiques ». On va emporter le corps de cette pauvre femme pour autopsie, même si la cause du décès ne laisse guère de place au doute.

– Et moi ? demanda le maire. Qu'est-ce que je dois prévoir ?

– Vous ? Rien de spécial pour le moment. Après, j'aurai sûrement besoin de vous, car il faudra que j'interroge le voisinage.

– Ça m'étonnerait que cela vous apporte beaucoup, ne put s'empêcher de dire Maréchal.

– Pourquoi ? demanda Périer.

– Je vous expliquerai... Pour le moment, si vous n'avez pas besoin de moi, j'aimerais rentrer chez moi. Je veux dire à la Bonassie. Je suis fatigué.

– Bien sûr, dit Périer. Nous, on va suivre la routine...

Maréchal pensa que c'était un bien grand mot pour des gens qui ne devaient pas voir très souvent des victimes sauvagement égorgées... Mais bon, c'était toujours comme ça, chacun se gorgeait de mots et lui-même avait bien longtemps agi ainsi. Qu'il soit parvenu à autre chose n'impliquait pas de critiquer les autres de ne pas être parvenus à ce stade. Et aussi, il aimait bien Périer.

Sébastien revenait avec des rouleaux de bande bicolore rouge et blanc qu'il commença à dérouler autour de l'épicerie. Maréchal prit congé :

– Si vous avez besoin de moi, je suis à la Bonassie.

En voyant le sourire en coin de Périer, il précisa :

– Je parle de mon témoignage ! Pas de m'intéresser à votre enquête !

– Je vais vous dire, Maréchal, je suis sûr que très bientôt vous allez vous y intéresser, à mon enquête.

– On verra ! dit Maréchal en s'en allant.

Tout en rejoignant la 4L, il pensa – et cela le mit en rogne – que l'adjudant Périer avait probablement raison. Il était déjà en train de se demander pourquoi la belle Solange regardait le monde d'un air aussi absent. Ce n'était pas du détachement. Elle avait été bouleversée par la vision de Léonie, au point de s'évanouir.

Alors qu'il quittait Valgas, la lune se leva dans un ciel occupé de grands pans sombres de nuages et sa lumière déboula sur le paysage. Cela avait l'avantage de compenser quelque peu les déficiences des phares de la 4L. Maréchal s'efforça de ne pas penser de nouveau à Laetitia pour qui la faiblesse de l'éclairage de cette voiture constituait un leitmotiv, mi-plaisanterie, mi-sérieux. Il n'allait pas recommencer. La dernière fois, c'était trois heures plus tôt, et cela l'avait amené à Valgas où il avait découvert un nouvel assassinat !

Il rentra à petite vitesse. Il éprouvait des sentiments mitigés. La soirée avait été éprouvante. Sur le plan de ses sentiments d'abord. Ensuite, la découverte de ce crime affreux lui avait rappelé, s'il en était besoin, que le malheur est toujours proche, cela faisait penser à une sorte de roche Tarpéienne, enfin il se comprenait... Pourtant, rouler ainsi dans un paysage dont il savait sans le distinguer à cette heure que c'était un des plus beaux qu'il connaisse et en plus sous cette lune énorme qui avait roulé au milieu du ciel, lui faisait fondre le cœur. C'était son côté midinette... dont un jour quelqu'un lui avait parlé. Quelqu'un, une femme, qui méprisait ce côté-là et souffrait en se voulant plus forte. Il balaya ce souvenir, il valait mieux s'occuper de la nuit du Causse.

En passant devant les trois pins qui marquaient l'embranchement du chemin de la combe de Marthe, il repensa à Lantier et à sa bouteille. Cela l'avait étonné. Il était peu probable que ce soit pour recevoir des amis, le botaniste avait dit être plutôt solitaire. Pour son usage personnel ? Maréchal lui-même ne dédaignait pas s'offrir un cognac certains soirs. Mais de là à aller jusqu'à Valgas pour une bouteille, depuis la combe de Marthe, la nuit, en plus une nuit mouillée et à vélo, cela ouvrait des perspectives. Il aurait fait ça autrefois pour des cigarettes. Pas pour de l'alcool. Si on tirait le fil, on arrivait à la conclusion que Lantier ne pouvait s'en passer. Pourquoi ? Maréchal s'en voulut. Il commençait à dérouler les bobines, comme à chaque fois. Car en temps ordinaire, se serait-il intéressé à l'alcoolisme éventuel de Marc Lantier ? Ce dernier avait des raisons de boire. À commencer par la perte de sa femme. De plus, vivre toute l'année dans la solitude de cette petite maison, loin de tout et sans beaucoup de possibilités d'en sortir, devait demander des capacités morales, un endurcissement, que Lantier ne possédait peut-être pas. Tout cela était bien beau, mais quand même : Maréchal aurait bien aimé savoir pourquoi Marc avait dû aller si tard chercher cette bouteille.

Il retrouva la ferme parfaitement éclairée et s'en sentit proche, comme si elle lui appartenait. Cela n'avait aucun sens mais, dans cette nuit étonnante où le pire malheur côtoyait la beauté, penser cela aidait à vivre.

La lumière de la lune tombait comme de l'argent sur le toit en lauzes. Ainsi éclairée, la Bonassie paraissait plus grande, plus établie encore dans ce paysage que l'on distinguait maintenant vers le nord où les nuages avaient été laminés par le vent jusqu'à disparaître.

Ayant garé la 4L, il entra dans la maison. Le froid régnait à l'intérieur. Le feu s'était éteint depuis longtemps. Il tombait de fatigue, mais, s'il ne le rallumait pas, son réveil dans une maison glaciale serait pénible. Quand les flammes bondirent dans la cheminée, il sut qu'il avait bien fait, cela ajouta encore au sentiment de bien-être ressenti en arrivant. Tout en grignotant des tranches de saucisson, il songea à celle qui les lui avait vendues. C'était un raccourci saisissant. Il la revoyait telle qu'elle lui était apparue dans sa boutique, revêche mais bien vivante. Avec sa langue de vipère, sans doute, mais aussi des qualités qu'elle devait avoir comme beaucoup appris à cacher au fil du temps. La fin qu'elle avait eue était effroyable.

Maréchal médita un moment sur ce destin et cela l'amena comme souvent à s'intéresser au Destin. Une fois de plus aucune réponse ne vint aux questions qu'il se posait à lui-même. Comment savoir ? Qui aurait pu imaginer que cette femme aigre allait périr ainsi, la gorge tranchée ? alors que son souci semblait se limiter à la petite comédie ridicule menée avec Maréchal et la fermeture de sa boutique.

Maréchal se demanda brusquement pourquoi il ne s'était pas posé plus tôt une autre question : y avait-il un lien entre ce crime et les allégations de Lise Lavigne concernant la mort de ses parents ? On ne pouvait balayer d'un revers de manche le fait que l'épicière avait été assassinée au moment où lui, Maréchal, était venu sur le Causse se renseigner au sujet des parents de Lise. De plus, Léonie lui avait parlé des Lavigne, et pas en bien. Il essaya un moment de trouver un rapport entre les deux faits. Il y passa au moins une demi-heure. À défaut de solution, cela aidait à poser les problèmes que de les étaler devant soi. Ce n'était jamais du temps perdu.

Il devait se rendre à l'évidence : il avait davantage cru à la théorie de Lise Lavigne qu'il ne l'avait d'abord admis. Sinon, pourquoi serait-il venu aussi facilement à la Bonassie ? Qu'il n'ait encore rien à se mettre sous la dent ne voulait rien dire, ses expériences passées le lui avaient appris : la solution se dérobait souvent longtemps et bien des événements se produisaient qu'on croyait indépendants alors qu'ils étaient liés. Cela, il en avait fait l'expérience la première fois à Carnon, dans cette sombre histoire dont il évitait autant que possible de trop se souvenir ; davantage encore dans la neige et le brouillard lors de ces disparitions d'enfants* où la solution était venue à l'opposé de ce qu'on pouvait croire.

Il était plongé de nouveau jusqu'au cou dans une affaire criminelle, alors qu'il s'était juré de ne plus s'intéresser à ce genre de drame ! Cela lui tombait toujours dessus ! Il essaya de se dédouaner. Exercice périlleux et pour tout dire voué à l'échec : il en savait trop sur lui-même. Car, qui avait proposé à Lise Lavigne de venir à la Bonassie ? Franck Maréchal soi-même ! Il l'avait bien cherché.

Le feu avait réchauffé la salle commune. Il ne put se résoudre à monter se coucher dans la chambre du premier qui devait être aussi agréable qu'un frigo. Il s'allongea sur le canapé et contempla fixement les flammes du feu. Il pensait à ce qu'il ferait le lendemain. Il avait l'intention de fouiller indiscrètement dans les armoires de la Bonassie, on ne savait jamais... Peut-être y trouverait-il quelque chose. Parce qu'il était bien certain qu'il ne savait pas tout. Et aussi que Lise Lavigne ne lui avait pas tout dit. Forcément : il y a toujours ce qu'on oublie ou qu'on croit de peu d'importance, il y a aussi ce qu'on cache, qu'on le veuille ou non. Un bon siècle de psychologie des profondeurs malgré les outrances, ne disait pas autre chose. Maréchal sans en être bien certain y croyait un peu tout de même.

---

* Voir *Hurlebois*, Albin Michel, 1999 ; Le Livre de Poche n° 15193.

Il était plus de minuit. Qu'allait-il penser ? Et à qui ? Comme si c'était une heure pour rappeler l'ombre de Freud dans cette ferme caussenarde que – il le voyait par la fenêtre dont il avait la flemme de tirer le volet – la lune baignait comme un lac d'argent.

Sur cette image banalement poétique, il ferma les yeux et s'endormit d'un bloc.

9

Le réveil fut dur pour Maréchal. Il était tout ankylosé après sa nuit sur le canapé. Le feu était éteint et il faisait froid. C'était encore la nuit mais les couleurs de l'aube s'annonçaient, déjà superbes autant qu'il pouvait en juger. Il s'étira longuement et se leva.

Il restait du café de la veille dans la cafetière. Il s'en servit un quart et comme il en avait l'habitude sortit devant la maison. Tout l'est était illuminé, alors que le ciel dans les autres directions était rempli d'une multitude d'étoiles. C'était déjà un vrai ciel d'hiver, même si, malgré le froid, la campagne sentait l'herbe mouillée. Il frissonna et se rendit compte qu'il portait encore une veste de demi-saison. Il se souvint avoir mis machinalement un pull-over dans son sac. Il réalisa à ce moment qu'il était en train de s'installer ici car il envisageait déjà de rentrer des bûches à l'intérieur pour les faire sécher. C'était fou ! Cela n'avait aucun sens.

Peu à peu, ce qui s'était passé la veille lui revint à la mémoire. Avec le matin, ces événements avaient perdu leur mystère et il ne restait qu'un crime, particulièrement crapuleux. Ses supputations concernant le lien de tout ça avec l'accident des Lavigne lui revinrent. Il les trouva sans fondement. Il se rappela aussi son projet de chercher dans la maison. « Fouiller » aurait davantage correspondu à ses intentions. Devait-il ou non demander la permission à Lise Lavigne ? Moralement, cela le mettrait plus à l'aise et calmerait ses scrupules. Mais aussi cela compliquerait les choses car il faudrait alors lui raconter le meurtre de Léonie et il serait difficile de l'empêcher d'établir un lien avec la mort de ses parents. Des tas de complications pour Maréchal. Il préférait les éviter.

Après un deuxième café, il commença à visiter les tiroirs de la table de la salle commune. Il n'y trouva que des couverts. Quand il ouvrit le buffet, il vit une grosse pile de courrier et de prospectus qui y avaient été entassés. Il songea que cela pouvait être intéressant et s'installa à la table pour les examiner un par un. Un quart d'heure plus tard, il avait fait chou blanc. Ces papiers n'avaient aucun intérêt, ils n'avaient été conservés que parce que, comme tout le monde, les Lavigne avaient du mal à se débarrasser des choses. Et Maréchal se savait maître en ce domaine. Tout au moins l'avait-il été pendant des années. Désormais, il était plus rigoureux et s'encombrait un peu moins. Mais eux, selon toute apparence, accumulaient tout. Cela allait de la facture de cinq ans à des catalogues de vente par correspondance complètement obsolètes, y compris l'un de ceux de Manufrance, ce qu'il comprenait mieux, retrouvant en le feuilletant les images si poétiques que ce gros livre lui avait procurées pendant des années dans sa jeunesse. Peut-être en était-il de même de Jacques Lavigne. Pourtant, alors que Maréchal avait été saisi de passion autrefois pour le casque colonial en liège, les munitions pour tirer les éléphants et le piège à tigre, les rubriques cochées par le père de Lise concernaient des outils et des machines utilisables dans une ferme. Seule la barque propulsée par un gouvernail godille lui parut poétique. Mais sans doute que ce catalogue était là depuis longtemps, comme la plupart des papiers que Maréchal avait extraits du buffet.

Un peu à côté, un grand livre de comptes rempli d'une quantité incroyable de chiffres rangés par colonnes prouvait que le fermier de la Bonassie tenait une comptabilité précise de ses entrées et sorties d'argent. Maréchal se promit d'y revenir plus en détail. Il se contenta de noter que les opérations s'arrêtaient au 20 janvier. Donc, avant de boire tout cet alcool et de partir vers son destin, il avait trouvé moyen de noter une dépense de la veille pour des sacs d'engrais. Ce n'était là qu'un livre de comptes. L'idéal aurait été de mettre la main sur un de ces registres que l'on tenait autrefois et qu'on appelait « livre de raison ». Jacques Lavigne en tenait-il un ? D'après ce qu'il savait de lui, ce n'aurait pas été étonnant. Si c'était le cas, restait à le dénicher. Il n'était pas dans ce buffet dont le contenu ne lui apportait rien. Il n'y avait aucune lettre.

Il chercha un peu partout au rez-de-chaussée. Il ne découvrit rien de plus en dehors des notices des appareils ménagers que la mère de Lise avait rangées dans le placard de la cuisine, et de recettes dont, à la surprise de Maréchal, un certain nombre d'exotiques découpées avec soin dans des magazines. Il se demanda si elle les avait réalisées. Cela correspondait mal avec ce qu'il imaginait de leur vie.

Il monta à l'étage et commença par *sa* chambre. Il y faisait un froid polaire. Dans la commode, il trouva seulement des cahiers de dessin de Lise petite fille. Ceux-ci ne lui révélèrent rien de particulier. Il y avait là aussi quatre ou cinq magazines de jeune fille. Il aurait peut-être plus de chance dans la chambre des parents. Jusque-là, il avait fouillé sans états d'âme, mais, dès qu'il entra dans cette pièce, il se sentit mal à l'aise. Il lui parut commettre une indiscrétion. C'était le cas, et la mort de ces gens, même si elle justifiait ses actes, posait aussi des questions sur le bien-fondé qu'il y avait à remuer ces choses. Maréchal décida brutalement de passer outre. Il était d'un naturel scrupuleux. S'il laissait ce penchant prendre le dessus, il ne s'en sortirait pas !

Il ouvrit le tiroir de la première table de nuit, celle de Jacques Lavigne. Il le devina en y découvrant une petite Bible, très bien reliée et qui avait beaucoup servi. Elle devait faire l'objet des lectures de cet homme chaque soir, peut-être même chaque fois qu'il se levait ! Il n'y avait rien d'autre dans le tiroir. Celui de la mère était rempli de divers objets, des peignes en écaille, des mouchoirs en soie, quelques photos et des images de communion solennelle toutes portant des prénoms féminins qui devaient, d'après les dates, correspondre à des amies d'enfance de Camille Lavigne. Elle venait donc d'une famille catholique et cela faisait une petite différence avec son protestant de mari. Lise n'avait parlé que de la religion de son père. La mère avait-elle oublié la sienne ou bien avait-elle adopté celle de son mari ? De nouvelles questions auxquelles Lise pourrait répondre.

Il passa en revue les différentes photos. Il avait allumé les lampes de chevet qui, avec leur chapeau en soie rose à volants, lui parurent particulièrement déprimantes. Les photos l'étaient aussi un peu, car elles ne montraient que des personnages féminins et il en déduisit qu'il s'agissait des Martine, Jacqueline et Christiane, des images de communiantes. Toutefois, ces vignettes sans intérêt lui rappelèrent la photo disparue de Lise qui trônait dans la salle commune. Il l'avait oubliée avec tout ce qui s'était passé. Pourtant, quand il s'en était aperçu, il avait eu le sentiment que c'était important. Il devrait absolument en parler aussi à Lise. Il remit les photos dans le tiroir et ouvrit l'armoire. Tout de suite il trouva d'autres photos réunies dans un gros registre austère relié en cuir marron aux pages en carte forte séparées par des intercalaires en papier cristal. Il y avait très longtemps qu'on avait commencé cet album, presque un siècle d'après les légendes et les photos elles-mêmes. Ces légendes avaient été écrites par des mains différentes et cette chaîne familiale était touchante. Il s'agissait en grande partie de portraits un peu figés, pendant longtemps tirés par des professionnels dont le nom était inscrit en bas de la photo et depuis une époque plus récente avec un appareil personnel, celui des Lavigne apparemment, car les dates et les clichés correspondaient à l'enfance de Lise et de son frère. Maréchal s'attarda sur plusieurs photos de la mère en compagnie de sa progéniture, toujours dans la campagne, jamais dans des ambiances de vacances, un mot que les Lavigne avaient dû ignorer.

Son visage correspondait exactement à ce que Maréchal avait vu l'été précédent. Parfois en plus jeune, mais il ne changeait guère. Dès sa première grossesse, Camille Lavigne avait dû prendre ces rondeurs définitives et son air paisible. Les images d'Éric ne révélaient rien de plus que ce que Maréchal avait imaginé. Un gamin au front têtu, aux cheveux en bataille et au regard sombre. Aux antipodes du visage de sa sœur que Maréchal trouva aussi jolie enfant que sur l'image de jeune fille qui avait disparu et qu'elle lui était apparue à la Valette.

Dans tout l'album, Maréchal ne découvrit qu'une seule photo de Jacques Lavigne, datée de 1960 et c'était lui qui avait inscrit cette date. L'écriture ne correspondait pas à celle des autres légendes, et son tracé sec et affirmé cadrait bien avec ce qu'il savait du fermier de la Bonassie. L'homme avait posé chez un photographe de Châteauneuf dans le but de remplir sa case de l'album, Maréchal en était sûr. Il portait un costume sombre, une chemise blanche et une cravate. Ses mains étaient celles des paysans, larges, difficiles à placer quand on posait pour la postérité. Son visage anguleux et sec montrait une sévérité incroyable. Maréchal imagina le photographe en train de lui dire : « Souriez ! » et de constater que le mince pli des lèvres de son modèle était tout ce qu'il obtenait de lui. Ni rire, ni sourire... La conclusion était facile à tirer : comme Lise Lavigne le lui avait laissé supposer, on n'avait pas dû rigoler tous les jours à la Bonassie.

Tout en rangeant l'album, Maréchal se dit qu'il venait d'en apprendre pas mal. Il regarda ensuite le tiroir de l'armoire. Il ne contenait que des papiers de famille sans intérêt.

Restait la commode. Elle était remplie de linge de maison, de chemises d'homme, de chaussettes, reprisées pour la plupart, et de sous-vêtements de femme, dont aucun ne paraissait affriolant, ce qui n'avait rien de surprenant. Il allait refermer quand son attention fut attirée par une tache blanche sur laquelle on devinait la trace d'un ruban. Il se pencha et, soulevant une chemise de nuit en pilou, il trouva un paquet de lettres entouré d'une faveur rouge sang.

Maréchal eut l'impression qu'il venait de faire une découverte importante. À ce moment-là, plusieurs coups de klaxon retentirent dans la cour de la ferme. Il ouvrit la fenêtre de la chambre qui donnait sur le devant. Il faisait jour maintenant. Il n'avait pas vu passer le temps. Dans la cour était stationnée la camionnette bleue des gendarmes et Périer faisait les cent pas. Il leva la tête quand Maréchal lui cria :

– Je descends tout de suite !

L'adjudant fit un signe de la main. Maréchal referma le volet et remit à sa place le paquet de lettres. Il aurait été curieux d'en savoir davantage à ce sujet. Il ressentait les impressions habituelles que son intuition déclenchait parfois, de temps en temps à bon escient.

Il referma également avec soin la porte de la chambre et descendit.

– Bonjour, dit-il en serrant la main de Périer. Vous êtes matinal, dites donc.

– Vous trouvez ? Il n'est pas loin de 9 heures...

– Vous plaisantez ? s'exclama Maréchal, avant de

reconnaître après avoir consulté sa montre-bracelet : Bon Dieu ! Je croyais qu'il était plus tôt que ça !

– Les jours ont raccourci, vous n'avez pas remarqué ? fit Périer, un peu ironique.

– Bon. Vous n'êtes pas venu pour me parler de la saison, je suppose.

– Comment avez-vous deviné ? répondit l'adjudant sur le même ton, puis il ajouta, plus grave : Non. Je suis embêté, Maréchal...

Ce dernier pensa qu'une fois de plus la maréchaussée allait lui demander son aide. Ça avait commencé avec Vialat quand ils s'étaient rencontrés dans la neige de Hurlebois*. Et les autres fois ça avait été pareil.

– Je suis venu vous demander de passer à la gendarmerie pour votre témoignage. Quand vous voudrez. Si je ne suis pas là, un de mes hommes le notera. Mais surtout, j'ai besoin que vous me disiez ce que vous avez vu hier soir à Valgas. Je suis dans le brouillard.

– Rentrons. Ça me permettra de relancer mon feu et de vous offrir du café. Je suppose que, bien que vous soyez en service, c'est autorisé ?

– Bien sûr !

Le gendarme fit un signe vers la camionnette à destination de Sébastien, qui était resté au volant, puis il suivit Maréchal.

Le ciel était rempli de moirures roses et jaunes, là où le soleil montait très vite au-dessus du plateau. Il restait encore une teinte plus sombre vers l'ouest, mais la journée s'annonçait magnifique.

---

* Voir *Hurlebois*, *op. cit.*

Une fois à l'intérieur, Maréchal ajouta du petit bois et deux bûches sur le tas de braises qu'il venait de remuer avec le pique-feu et des flammes bleues s'élevèrent tout de suite en provoquant de légers panaches de fumée rousse. Le feu commença de crépiter. Maréchal alla jusqu'au buffet, sortit une tasse et une soucoupe et les posa devant Périer, qui s'était assis sur le banc de la table après un regard circulaire et siffla légèrement :

– Mazette ! Vous faites les choses bien, Maréchal : tasse, soucoupe... Bon, blague à part, cette maison est très agréable. Vous devriez l'acheter.

– À ma connaissance, elle n'est pas à vendre...

– Elle le sera un jour ou l'autre. J'ai l'habitude, c'est partout pareil. Les parents meurent et les enfants croient qu'ils vont garder les biens de famille. Erreur totale ! Trop de soucis, trop de charges ! Impôts locaux, entretien, abonnements... trop difficile. Alors, ils vendent. Mlle Lavigne vendra un jour ou l'autre, croyez-moi.

Maréchal se demanda si cela l'intéresserait au cas où Périer ayant eu raison, la Bonassie venait un jour à être à vendre. Mais aussitôt, il repensa à ce qu'il avait ressenti la veille en se souvenant de son projet avec Laetitia. Il alla chercher la cafetière qu'il avait mise à réchauffer.

– J'espère qu'il sera assez chaud, moi, je le bois froid, fit-il en montrant son quart en alu qu'il avait déjà rempli. Bon, alors, cette épicière...

– Hier soir, j'étais persuadé que c'était un crime crapuleux, une histoire de voleur. Un peu plus sauvage que d'habitude...

– Pourquoi ?

– Valgas est un endroit perdu ! N'importe qui peut y passer et avoir des besoins d'argent : drogue, etc. Alors, *il* passe, voit la boutique et Léonie Valade assise devant sa télé. Facile de pénétrer à l'intérieur, elle n'entend rien : la faute à TF1 ! Et crac... le reste, c'est la sauvagerie.

– Ce scénario se tient, fit Maréchal, très sérieux. Mais, à votre mine, ce ne doit pas être le bon !

– En effet... admit l'adjudant après avoir bu de son café. J'avais tout faux ! Primo : il n'y a pas eu vol. Elle avait son tiroir-caisse sur la table de sa cuisine. Cinquante euros, sa journée sans doute. Ça fait pas beaucoup, mais de toute façon un type qui serait venu pour ça les aurait raflés. Deuzio, et c'est encore pire, rien n'a été fracturé ; *on* est entré simplement par la porte de derrière et il semble clair que c'est elle qui a ouvert. Je suppose qu'elle devait fermer cette porte comme celle de sa boutique le soir.

– Je confirme, dit Maréchal, et il raconta ce qui s'était passé quand il était venu faire ses courses et que Léonie l'avait raccompagné par la porte de derrière justement.

– Vous voyez bien ! dit Périer. Il y a donc des chances qu'elle connaissait son assassin.

– Je n'en ai jamais douté, affirma Maréchal, avant de prendre conscience de ce qu'il était en train de dire, déclenchant aussitôt la réaction de Périer :

– Et pourquoi pensez-vous ça ?

– Je ne sais pas, avoua Maréchal. Une impression...

– C'est insuffisant. Dommage ! Et il y a même un tertio...

Il souriait.

– Lequel ?

– Le son de sa télé est en panne, elle ne regardait que les images, j'ai accusé TF1 à tort !

Maréchal se souvint en effet que quand il était allé là-bas, il n'avait vu que des images. Mais ces histoires de télé n'avançaient à rien. Ce qu'il avait dit tout à l'heure à Périer, il le croyait vraiment. Il avait pensé instantanément que l'assassin de Léonie était quelqu'un de Valgas. Pourquoi ? Il aurait été incapable de l'expliquer précisément, peut-être seulement l'intuition. S'il allait au bout de sa pensée, il avait déjà un suspect. Le type sorti brutalement faisait un coupable parfait. Trop parfait et Maréchal n'oubliait pas que la référence littéraire à Dostoïevski y était pour beaucoup ! Ce qui était particulièrement dangereux. Il allait devoir ruser avec lui-même et avec Périer pour ne pas le lancer sur la piste de celui qui n'était sans doute qu'un pauvre bougre venu noyer ses soucis dans le vin rouge par un de ces soirs du début de l'hiver où, pour certains, la vie est si lourde à supporter. Il demanda :

– Vous avez une idée de l'heure du crime ?

– Vers 21 heures, 21 heures trente, d'après ce que dit Sébastien qui a fait un peu de médecine légale. Oui, on leur apprend ça, aux jeunes ! On en saura plus avec l'autopsie.

Maréchal se rappela que le type avait dû quitter le café vers 21 h 15...

– Bon, dites-moi, Maréchal, reprit le gendarme, vous étiez là-bas hier au soir. Qu'est-ce que vous avez vu de spécial ?

Maréchal réfléchit, il allait falloir dire la vérité, mais pas plus. Avec sa réputation, tout ce qu'il exprimerait serait pris pour argent comptant.

– Oh, vous savez, une soirée comme les autres. Dans ces cafés de campagne, c'est toujours pareil. Ceux qui jouent aux cartes, ceux qui viennent là pour boire, ceux qui s'ennuient, qui sont seuls, etc. Partout c'est comme ça. À La Grézade, chez moi, aux Platanes, l'ambiance est la même.

Tout ça, c'étaient des mots, et Périer ne s'en contenterait pas longtemps. Pourtant, Maréchal ne se sentait pas le droit de lui parler de ce type qui était sorti ou de la femme aux cheveux rouges...

– Si je vous demande ça, c'est que pour moi, le café de Valgas était un point stratégique hier au soir. Cette nuit, on a interrogé les proches voisins de Mme Valade et personne n'a rien vu ni entendu ! Sauf que tout le monde dit qu'il y avait beaucoup de monde au café !

– Mais ce doit être comme ça tous les soirs, non ?

– Pas tout à fait. Hier soir, c'était vendredi, et il y a bien plus de monde le vendredi que les autres soirs.

– Je croyais que c'était plutôt le samedi, dit Maréchal.

– Avant, c'était comme ça. Maintenant, le samedi soir, les gens regardent en famille les émissions de variété de la télé ! Alors, les hommes vont au café le vendredi.

Maréchal n'avait jamais envisagé les choses de ce point de vue. Mais cela paraissait possible, probable, même. Tout le monde à présent vivait en fonction de la télévision. Était-ce bon ou mauvais ? Maréchal avait sa petite idée, mais il ne souhaitait aucunement l'imposer aux autres.

– C'est vrai, admit Maréchal, qu'il y avait pas mal de monde au café.

– Hier au soir, c'est Sébastien qui a interviewé les consommateurs. Moi, je suis resté à la boutique avec le maire. Mais aujourd'hui, je m'en occuperai moi-même et on va enquêter sur les propriétaires du café... lâcha Périer.

Maréchal ne broncha pas. Il savait que l'adjudant était fin. Il dit simplement :

– Ils n'ont pas l'air d'être du coin... Elle en tout cas.

– En effet. D'après Sébastien, c'est un drôle de numéro. Impossible de lui tirer un mot. Lui prétend qu'elle a été choquée de voir Léonie Valade baigner dans son sang.

Il prit un ton différent et Maréchal eut l'impression que ce qu'il allait dire était important à ses yeux.

– Je me demande bien pour quelle raison elle est allée la voir. Peut-être parce qu'elle faisait toutes ses courses chez elle... Cette fille m'intrigue.

Maréchal se retint de lui dire qu'elle l'intriguait aussi. L'adjudant reprit :

– On est en train d'établir la liste de tous ceux qui étaient au café hier au soir. J'aurai ça dans la journée. Un de mes hommes est sur le coup. Vous avez vu quelque chose de spécial ?

C'était la deuxième fois qu'il lui posait cette question et ce n'était pas pour rien.

– Non, dit Maréchal, rien de spécial. Sauf que mon arrivée n'avait pas l'air de leur faire plaisir. Mais ça, je connais. Les gens des hautes terres n'aiment pas les étrangers. Cela vient de loin, de l'époque où *les autres* étaient par définition des ennemis. Qu'est-ce que je peux vous dire d'autre ? Il y a eu une altercation à une table de belote...

L'œil de Périer s'était allumé. Maréchal lui sapa tout espoir en ajoutant :

– Ne partez pas là-dessus, c'était pour une histoire de trèfles et de carreaux... Il y en a qui sont entrés, d'autres qui sont sortis. À la réflexion, non : personne n'est entré.

Périer sauta sur l'amorce :

– Et sorti ?

– Un type...

Maréchal se dit que si Périer lui demandait à quelle heure, il allait braquer le projecteur des suspects numéro un sur le pauvre gars.

– À quelle heure ?

Un professionnel, vraiment impossible de tenir sa ligne et Maréchal dut répondre :

– Neuf heures, neuf heures et quart.

– Vous pouvez me le décrire ?

– Cinquante ans, barbu, une canadienne.

– On saura qui c'est... Quoi d'autre ?

– Rien ! Sauf qu'après avoir découvert le corps de Léonie, je suis allé chercher de l'aide au café. Pas mal de types sont alors rentrés chez eux, j'ai entendu démarrer un tas de voitures.

– Vous m'étonnez ! dit Périer. Ces gens sont prudents comme des renards, pas de complications. C'est même plus fort que la curiosité ! Ce n'est pas peu dire. Bon, si je résume, vous n'avez rien remarqué de particulier hier au soir, c'était l'ambiance habituelle des cafés de campagne...

Maréchal se demanda s'il y avait de l'ironie là-dessous. Ce n'était pas sûr. Périer était pragmatique, il aimait les résumés.

– Je suppose que vous ne connaissez aucun des personnages que vous avez vus au café ?

Maréchal avait de la chance. S'il avait demandé : « que vous avez vus hier au soir à Valgas », il aurait été obligé de parler de Marc Lantier ou de mentir. Là, il se contenta d'un « non » sans états d'âme. Périer parut réfléchir et demanda encore :

– Dites-moi, ce type dont vous m'avez parlé et qui est sorti vers l'heure du crime, vous n'avez rien remarqué d'autre à son sujet ?

« Aïe ! pensa Maréchal, ça m'étonnait aussi que ce garçon se contente de ma réponse ! » Il allait révéler à Périer sa pensée profonde, ce qui risquait de créer un tas de difficultés à cet inconnu, quand le klaxon de la camionnette retentit plusieurs fois. Périer s'excusa et sortit. Maréchal, tout en finissant son café, se dirigea vers la fenêtre. En dehors des flaques d'eau qui luisaient un peu partout, le soleil avait apporté une ambiance légère, toute poudrée de lumière blonde. Depuis la fenêtre, il apercevait au loin les moutonnements du Causse vers la combe de Marthe et il songea à Marc Lantier. Que faisait-il à ce moment ? Est-ce qu'il profitait du beau temps pour ramasser des plantes en compagnie de La Fayette ou est-ce qu'il dormait après avoir éclusé une grande quantité de Jack Daniel's ? Maréchal s'en voulut un peu de cette pensée peu charitable envers quelqu'un qui l'avait bien reçu.

Mais il se sentait irritable depuis quelque temps et ne devinait que trop bien à quoi cela était dû. Devant l'arrière-plan du Causse, il voyait la camionnette bleue. Périer, penché à l'intérieur, avait l'air de téléphoner. Cela dura un moment. Quand il eut terminé, il revint vers la maison, l'air soucieux. Il entra, finit son café et dit :

– Faut que j'y aille. Un em... bêtement ! On a trouvé un type assassiné à un kilomètre de Valgas !

Il eut un léger sourire avant d'ajouter :

– Et devinez, Maréchal !

L'écrivain écarta les bras.

– Il porte une canadienne marron ! s'exclama le gendarme.

Comme il se préparait à sortir, Maréchal fut stupéfait de s'entendre dire :

– Est-ce que je peux venir avec vous ?

Périer le regarda, étonné. Mais sa surprise dura peu.

– Je vous ai bien pris avec moi en barque* !

Maréchal ferma rapidement la porte de la ferme, rejoignit Périer et monta dans la camionnette. Quand celle-ci arriva sur la route, après un kilomètre en allant vers Valgas, ils croisèrent un type en VTT. Maréchal reconnut Lantier. Périer remarqua simplement :

– Encore un type en canadienne. Ici, ils mettent ça pour faire du vélo de cross !

Maréchal se demanda si Lantier ne venait pas le voir. Mais déjà Sébastien accélérait.

Plusieurs fois, l'écrivain se retint de demander au jeune gendarme s'il savait que la vitesse était aussi

* Voir *Le Mas des peurs*, *op. cit.*

limitée sur les routes départementales. Il se souvenait de Montagné conduisant avec précaution exactement la même camionnette. Montagné, Vialat, tout cela était de l'histoire ancienne. Ce qu'il fallait, c'était éviter d'y penser. Il y avait pas mal de choses devant soi, au moins il fallait y croire. Sans cela, que faire ? S'arrêter ? Tout était fini.

– Comment cet homme a été tué ? demanda-t-il.

– Ne vous faites pas des idées ! On ne l'a pas égorgé, ce serait trop facile ! On l'a assommé. Donc, on a peut-être *deux* assassins !

– Ça vous apporte de l'animation, non ?

– Vu de ce côté-là oui, mais ça fait beaucoup pour ce secteur où il ne s'est rien passé pendant dix ans. J'ai vérifié l'autre jour après votre visite à Châteauneuf.

Maréchal fit un léger signe de tête. Il était impressionné une nouvelle fois par le professionnalisme de Périer. Ainsi, quand il était venu lui parler de cette histoire des Lavigne, il était allé chercher dans ses dossiers s'il n'y avait pas un élément qui pourrait relancer l'affaire. Il n'avait rien trouvé. Il le faisait tout de même savoir à Maréchal. Maintenant, évidemment, avec ces deux crimes successifs, il devait y repenser. Maréchal aussi, quoiqu'il n'ait pas la moindre idée de ce qui pouvait relier l'accident de la 4L des Lavigne avec une Léonie Valade égorgée et un monsieur X, l'homme à la canadienne, assommé en rase campagne.

Le soleil était presque chaud à travers les vitres de la camionnette. Maréchal était assis sur la banquette arrière. « Celle des suspects... », se dit-il en souriant.

– À quoi vous pensez ? demanda Périer en le remarquant.

– Je me dis que je suis assis à la place des délinquants et qu'à une époque ça m'aurait gêné qu'on me voie comme ça.

– Et aujourd'hui ?

– Je m'en fiche !

En disant cela, il mesurait le chemin parcouru, mais lui seul pouvait en être conscient. D'ailleurs, l'air dubitatif de Périer lui montrait qu'il ne comprenait pas, en effet. Il s'abstint de tout commentaire et dit simplement :

– On dirait que le beau temps est revenu.

– Ma foi, oui. Et tant mieux, j'ai grande envie de me balader sur le Causse.

– Vous allez en avoir l'occasion bientôt ! dit l'adjudant. Il paraît que le corps du type est à trois kilomètres de Valgas et qu'on ne peut aller là-bas qu'à pied.

Maréchal vit dans le rétroviseur la grimace significative de Sébastien. Lui n'avait aucune envie de marcher.

Après un grand virage et une légère descente, la camionnette entra dans Valgas qui, dans la lumière du matin, parut plus aimable à Maréchal que lors de ses précédentes visites. Au moment où Sébastien arrêtait la camionnette à côté d'une Peugeot portant une immatriculation de la gendarmerie, le maire sortit très vite du café. Il devait guetter l'arrivée des gendarmes. Périer remarqua sur un ton aigre-doux :

– Ah, le revoilà ! Ce qu'il a pu nous casser les pieds cette nuit !

Avant que Maréchal ait pu lui demander comment, le maire avait presque sauté sur l'adjudant qui descendait.

– Vous vous rendez compte ! Un autre crime ! On n'a jamais vu ça...

– Ne vous plaignez pas ! fit Périer, caustique.

L'autre n'eut pas l'air de comprendre. Le gendarme reprit :

– Vous n'avez pas vu Pugnaud ?

– Votre homme ? Si. Il est reparti là-bas. Il m'a dit de vous y accompagner. Il paraît qu'il vaut mieux que quelqu'un surveille le type. Je me demande pourquoi, dans l'état où il se trouve, il ne peut pas aller bien loin !

Périer résista visiblement à l'envie de lui dire que les empreintes, les traces, etc., cela existait. Il répondit :

– Bon, alors, le mieux, c'est qu'on y aille tout de suite. On vous suit, monsieur Sylvestre.

L'autre hésita. Il jetait de temps en temps des coups d'œil vers Maréchal avec l'air de s'interroger sur ce qu'il faisait là en compagnie des gendarmes après avoir semé la perturbation dans son village en découvrant le crime de la veille.

Périer, qui était patient et préférait prévenir que guérir, lui expliqua :

– Franck Maréchal est écrivain. Il se documente sur les crimes campagnards pour écrire des livres.

Il y avait pas mal de malice dans son regard. Maréchal sourit. Le maire parut se satisfaire de la réponse, probablement que le mot « écrivain » lui faisait l'effet habituel. Dès lors, ce qu'il avait remarqué d'anormal

– la présence de Maréchal au milieu d'une enquête de police –, et qui l'était, dut lui paraître évident vu la façon dont il lui sourit.

Ils traversèrent la place. Raymond les regardait derrière la devanture du café. Maréchal eut aussi l'impression qu'une tache rouge flamboyait devant le comptoir. Le maire prit une ruelle en pente qui sortait de Valgas vers de grandes étendues pelées couvertes d'herbe rousse et de buissons ras entre lesquels des toiles d'épeires brillaient encore de la rosée du matin. En passant devant la dernière maison, un rideau soulevé retomba brusquement et Maréchal discerna une vieille femme toute ridée. Il n'y prêta guère attention, d'autant qu'ils avançaient sur un chemin facile de terre rouge très fine traversant un paysage splendide entre des vallonnements qui basculaient vers des dolines. Une odeur de garrigue se dégageait du Causse, il s'y mélangeait des parfums de forêt mouillée, de mousse et de champignons venus de petits bois de chênes verts qui occupaient des combes encore à l'ombre.

Le maire, un peu corpulent, marchait avec la facilité habituelle des paysans arpentant les terres, Périer était un sportif, trois kilomètres sur le Causse ne devaient pas lui faire peur. Maréchal était habitué aux grands espaces. Le seul qui souffrait et transpirait déjà était le jeune Sébastien qui devait être plus à l'aise dans les rues de Châteauneuf que sur les chemins de campagne. Il prit un peu de retard dès le début et le conserva tout le temps que dura la balade. Il leur fallut une demi-heure pour arriver au sommet d'une pente couverte de serpolet, sur les côtés de laquelle on voyait plusieurs gros rochers blancs envahis d'arbustes, comme une île.

Le gendarme, qui les attendait, les héla à grands gestes des bras. Maréchal sourit : on aurait dit un naufragé appelant au secours. De nombreux oiseaux traversaient le ciel dans ce secteur. Ils devaient nicher dans les buissons et avaient sans doute été dérangés par l'arrivée de Pugnaud. Maréchal vit aussi planer dans le ciel un grand vautour fauve d'une envergure considérable qui décrivait à plus d'un kilomètre de là de grands cercles autour d'un objectif que lui seul devait voir. Tout en s'épongeant le front avec un grand mouchoir à carreaux, Sylvestre dit :

– C'est là.

Personne n'eut le mauvais goût de lui faire remarquer que c'était évident. Sébastien arrivait à peine en bas de la pente. Périer lui lança un regard plein de commisération puis, sans commentaire, descendit pour rejoindre le fond de la cuvette. Sylvestre le suivit comme son ombre. En bas, Maréchal aperçut une forme sombre étalée dans les hautes herbes qui avaient été couchées sur deux ou trois mètres carrés. Le type était allongé sur le ventre. Avec le beau soleil du matin et le ciel tout bleu, sa canadienne paraissait tout à fait déplacée. Pugnaud dit :

– J'ai préféré revenir pour éviter que les gens du village viennent effacer des traces.

– Vous avez bien fait ! Comment avez-vous appris qu'on avait trouvé ce type ?

– Je suis venu à Valgas de bonne heure pour enregistrer les témoignages d'hier au soir. Tout à l'heure, un type est venu au café annoncer qu'il avait trouvé un cadavre. Il venait de labourer une parcelle vers là-bas, derrière cette crête. En passant, il a vu une tache sombre par terre et il a trouvé ce gars-là.

– Où est-il maintenant ?

– Il est reparti vers sa ferme.

– Où ça ? demanda Périer.

Pugnaud écarta les bras en signe d'ignorance. Ce fut Sylvestre qui répondit :

– M. Bayle a une grosse ferme et il est très occupé.

Il avait parlé avec un certain respect. Maréchal demanda :

– Bayle ? Casimir Bayle ?

– Oui ! dit le maire, stupéfait. Vous le connaissez ?

– De nom... se borna à répondre Maréchal, qui remarqua le regard en coin de Périer, ce qui signifiait qu'il allait devoir lui donner des explications supplémentaires.

L'adjudant se pencha sur le corps. Un peu de sang avait coulé d'une blessure à l'occiput et avait collé une touffe de cheveux. Le choc avait été violent. Périer parla, surtout pour lui-même :

– Je me demande avec quoi on lui a fait ça. Une branche ? Plutôt une pierre. Il va falloir la trouver.

– Si c'est ça, dit Maréchal, vous allez avoir du travail.

Il montrait un vaste pierrier qui s'étendait sur tout un côté de la doline et où l'on voyait des milliers de cailloux blancs et gris entassés. Chacun d'eux aurait pu provoquer ce genre de blessure.

– C'est ce qu'on appelle chercher une aiguille dans une botte de foin ! dit Périer sur un ton désabusé. Mais nous avons l'habitude.

Maréchal savait qu'il avait raison. C'était la grande force des gendarmes : la patience, l'obstination. Il en était sûr : s'ils se mettaient en tête de chercher un caillou taché de sang dans cette multitude, ils finiraient par le trouver.

Mais on entendit un juron dans la pente, puis un cri :

– Chef ! Regardez sur quoi j'ai trébuché !

Sébastien arrivait enfin, il tenait à la main un gros caillou grisâtre taché de sang.

– Vous voyez, Maréchal ! fit Périer en souriant. Parfois, il y en a qui trouvent les aiguilles sans même avoir besoin de les chercher.

10

– À mon avis, vous devriez jouer au loto... fit Maréchal.

Le jeune gendarme venait juste de sortir d'un buisson un portefeuille en croûte de cuir, lui aussi taché de sang, et il le brandissait dans la direction de Périer en disant :

– Chef, il y a ça aussi !

– Vous croyez que c'est à lui ?

Sébastien n'eut pas l'air de saisir la plaisanterie de Maréchal. Il était subjugué par sa découverte.

Périer prit le portefeuille, le posa sur un rocher et l'ouvrit avec beaucoup de précautions. Les deux côtés en rhodoïd recouvraient une carte d'identité récente et une photo.

– Pierre Laurel. Cinquante ans, né à Mende, demeurant à Saint-François. Signe particulier : néant. Taille : un mètre soixante-quinze.

Plus que par les caractéristiques physiques du défunt, banales au demeurant, Maréchal était davantage intéressé par la photo. C'était une épreuve en couleurs récente de la femme aux cheveux rouges. Sur le cliché, on remarquait aussitôt son habituel regard absent. Que faisait cette photo dans le portefeuille de ce type ? C'était la seule. Il y avait aussi un billet de dix euros et un permis de pêche au nom de Laurel, vieux de plus de cinq ans. Soit il avait abandonné cette activité, soit il s'était mis à la braconne. Son allure générale faisait pencher Maréchal pour cette dernière possibilité.

– Je me demande qui est sur la photo... dit Périer, qui ajouta comme pour lui-même : Jolie fille, en tout cas.

Son ton détaché permit à Maréchal de ne pas avoir à lui apporter la solution. L'adjudant la reconnaîtrait dès qu'il entrerait dans le café de Valgas. Lui était préoccupé par autre chose. Même couché contre terre, on voyait le profil du mort. Et Maréchal avait reconnu le type qui avait quitté brutalement l'établissement peu avant l'assassinat de Léonie. Ce visage avait gardé la même expression butée qui l'avait frappé pendant qu'il regardait fixement son verre de vin. Il y avait autre chose qui tracassait Maréchal. Un point, un détail peut-être mais particulier. Quelque chose, mais quoi ? Périer reprit la parole :

– Bon, il va falloir organiser tout ça. On va rentrer à Valgas et appeler les gens de l'identité. Ça va pas les faire rigoler de revenir aussi vite pour un autre cadavre. Les plaisanteries ne vont pas manquer.

Maréchal avait remarqué l'air préoccupé de Sylvestre. Le maire finit par se jeter à l'eau :

– Il me semble qu'en tant que maire de Valgas, c'est moi qui dispose des pouvoirs de police sur la commune et, à ce titre, je vous demande de m'informer de vos intentions.

Maréchal eut l'impression que Périer allait exploser. Il en aurait eu le droit. Deux cadavres sur les bras, aussi peu d'éléments, et un type qui venait parler de *ses pouvoirs*, cela avait de quoi le mettre en rogne. Toutefois, il montra une nouvelle fois à quel point il était maître de lui et répondit d'un ton aimable, quoiqu'un peu un forcé :

– Mais bien sûr, c'est ce que je fais depuis le début. D'ailleurs, comme nous allons devoir rentrer à Valgas pour tout mettre en mouvement, il faudrait que vous restiez ici pour surveiller le corps de ce Laurel. Vos *pouvoirs de police* vous le permettent...

L'autre le regarda, interdit. Il se demandait si c'était du lard ou du cochon, et il avait beaucoup de peine à trancher. Il était trop tard, Périer avait fait signe à ses hommes, qui le suivirent. Au moment où Maréchal s'apprêtait à leur emboîter le pas, le maire lui demanda :

– Vous croyez qu'ils en ont pour longtemps ?

Maréchal eut envie de lui rétorquer qu'il l'avait bien cherché. Mais il mentit sans états d'âme :

– Non, je ne crois pas, une heure peut-être...

L'autre s'était assis sur un rocher. Il contempla le cadavre et poussa un profond soupir. Maréchal pensa : « Heureusement qu'il a toujours sa casquette parce que dans un moment ce soleil va taper dur. » Quand il rejoignit les autres, il entendit l'adjudant maugréer :

– Des pouvoirs de police, je t'en ficherais, moi !

– En dehors de ce portefeuille, vous n'avez pas grand-chose, dit Maréchal.

– Non. Mais c'est déjà pas mal. Et il y a aussi la blessure de ce type. Son assassin doit être très grand.

Maréchal se souvint de l'emplacement de la blessure. Le coup avait dû être porté de haut, en effet. Et Laurel mesurait un mètre soixante-quinze...

– C'est déjà un point, admit-il. Il faut quelqu'un de costaud pour abattre ce type.

Une autre question l'obsédait. Maréchal était sûr que Périer se l'était posée lui aussi.

– En plus, qu'est-ce que ce type...

– ... faisait au milieu du Causse en pleine nuit ? compléta le gendarme.

Maréchal sourit et reconnut :

– C'est en effet ce que je me demandais.

– C'est facile à deviner, car ça vient de suite à l'esprit. L'endroit où on l'a trouvé et où il a été assassiné est complètement perdu. Il n'y a que des fuyards pour aller dans des coins paumés après un meurtre...

– Ou des braconniers, suggéra Maréchal.

Périer le regarda.

– Vous avez raison ! Merci, ça m'évite de sauter sur la première idée qui me soit venue.

– Compréhensible. Je vous accorde que c'est ce que j'ai d'abord pensé, moi aussi. Je me souviens que ce bonhomme est parti brusquement du café peu avant le meurtre.

– *Brusquement ?* Vous ne m'avez pas dit ça !

– Oh si, voyons, je vous l'ai raconté !

– Oui, mais sans le « brusquement ».

– Peut-être... admit Maréchal.

Ils étaient arrivés sur une petite éminence qui dominait le hameau. Le soleil redonnait depuis un moment des couleurs d'été à tout le paysage. Le ciel était uniformément bleu. Il flottait comme un air de vacances. Pourtant, dans ce coin de paradis, en quelques heures, deux personnes avaient trouvé une fin violente. Un assassin rôdait quelque part. La série n'était peut-être pas finie. Et cependant, soleil, odeurs d'été, chants d'oiseaux et les toits de Valgas dorés, oui, un coin de paradis.

En arrivant sur la place, Périer lança à Pugnaud :

– Vous, vous rentrez à Châteauneuf. Je vous appellerai si j'ai besoin de vous. En attendant, il faut mettre en ordre ces rapports d'alcoolémie.

Captant le regard de Maréchal, il lui expliqua :

– Vous ne devinerez jamais : quatorze positifs en une nuit. Treize gamins de moins de vingt ans ! Le quatorzième a soixante-quinze ans. Ce n'est pas un débutant, lui !

Maréchal s'abstint de faire les habituels commentaires psychosociologiques et demanda :

– Est-ce que votre homme pourrait me déposer à la Bonassie en passant ?

– Bien sûr, c'est son chemin. Alors à bientôt...

Maréchal se contenta de sourire. Il suivit Pugnaud qui s'était déjà installé au volant de la Peugeot, sans doute impatient de rejoindre l'ombre de son bureau.

Périer avait envoyé Sébastien à la voiture et entrait dans le café. Si la femme était derrière le comptoir, il la reconnaîtrait tout de suite. Il reprocherait plus tard son silence à Maréchal, mais gentiment.

Pugnaud était un taciturne. Il conduisait avec beaucoup d'application et une prudence qui tranchait avec la conduite désordonnée de Sébastien. Maréchal le laissa à ses pensées et regarda défiler le paysage. Le gendarme sortit de son mutisme en entrant dans la cour de la Bonassie :

– C'est une belle ferme que vous habitez.

Maréchal le détrompa :

– Elle n'est pas à moi, je suis seulement ici pour quelques jours.

– Ah bon... fit Pugnaud, qui regardait la bâtisse avec intérêt.

« Il vient peut-être d'un endroit comme ça et il en a sans doute la nostalgie. Différent de la vie de caserne en effet », pensa Maréchal. Il se dit aussi que cela faisait au moins deux fois qu'il se demandait ce qu'il ferait si un jour la Bonassie était à vendre. Ce n'était pas raisonnable. Il descendit et regarda la Peugeot bleue s'en aller sur le chemin de Châteauneuf. Puis il rentra avec l'intention de reprendre ses recherches.

Après s'être servi un café, il réfléchit à ce qui l'avait tracassé pendant qu'ils étaient sur le Causse. C'était le visage de la victime. Il avait déjà vu ce Pierre Laurel ailleurs qu'au café. Et tout à coup, la lumière se fit. C'était dans l'album des Lavigne. Avant de vérifier, il se demanda pourquoi il ne l'avait pas reconnu, au café, alors qu'il l'avait longuement observé.

Il retrouva la photo. Elle était collée juste avant le portrait de Jacques Lavigne. En la voyant, il comprit. Le type était évidemment beaucoup plus jeune. Peut-être la mort lui avait-elle donné un air qui avait permis à Maréchal de le reconnaître. La photo n'était pas datée, contrairement aux autres. Pierre Laurel n'était pas seul. À ses côtés, on voyait Camille Lavigne et une autre femme inconnue qui avait posé la main sur l'épaule du jeune homme. Maréchal chercha une ressemblance entre cette femme et les Lavigne. Il n'en découvrit pas. Elle était d'ailleurs très ordinaire, sans beauté. La photo avait été prise dans un café au bord de l'eau, une sorte de guinguette. On voyait des barques à l'arrière, sur un plan d'eau, une rivière, oui, d'après les rides du courant. « C'était l'été ou peut-être le printemps. Ou encore l'hiver ! Un jour comme celui-ci ! » se dit Maréchal en regardant par la fenêtre l'aspect du Causse sous le soleil. C'était impossible. La photo avait été prise en été, ça se voyait aux vêtements. C'était surprenant. Maréchal se demanda s'il existait un endroit comme ça dans la région. Il faudrait qu'il demande. À qui ? Pas à Périer évidemment, qui voudrait tout de suite en savoir beaucoup plus. Il ne voyait que Lantier. Cela lui rappela l'histoire de la bouteille. Mais il y penserait plus tard, il ne fallait pas tout mélanger.

Il feuilleta de nouveau l'album en espérant tomber sur de nouvelles photos qui donneraient quelques clés. Ce fut en vain. En dehors de Camille Lavigne, aucun des personnages de ce cliché ne revint à la lumière.

Un peu las de contempler ces visages anonymes pour la plupart, il se souvint de son intention de chercher dans la comptabilité de Lavigne. Il sortit de la chambre et, au moment de refermer la porte, il se tapa sur le front en s'exclamant à haute voix :

– Ça va plus, Maréchal !

Il venait de se rappeler la liasse de lettres cachée dans les sous-vêtements de Camille Lavigne.

Il alla la chercher dans le dernier tiroir et s'installa sur le bord du lit. Il regarda un moment le nœud de ruban qui fermait le paquet. Avait-il le droit de lire ces lettres ? Après tout, c'était la vie intime d'une femme morte. C'était gênant. Mais le fait que sa fille lui avait demandé d'enquêter, comme elle disait, lui avait en quelque sorte donné un blanc-seing. Cela ne faisait pas disparaître ses scrupules, mais cela aidait à ne pas se laisser arrêter par eux. Il défit le ruban et examina la première lettre. Il fut frappé par le timbre. Très coloré, il portait la mention : « Nouvelle-Calédonie ». Ainsi il s'agissait des lettres d'Éric Lavigne à sa mère. Maréchal était un peu déçu. Il s'attendait à des choses plus intimes. Il craignait que la lecture des lettres d'un fils expatrié, qui écrit, en cachette peut-être, à sa mère, ne lui apporte pas beaucoup de renseignements sur ce qui l'occupait. *En cachette* se confirma car, après la quatrième lettre – elles étaient rangées par date –, l'adresse de la Bonassie avait été remplacée par une poste restante à Mergès. C'était émouvant. Maréchal imagina cette femme simple, tout ce qu'il savait d'elle allait dans ce sens, se rendant en catimini à la poste de Mergès retirer les missives, très espacées, de son fils. Elle avait dû déployer des trésors d'ingéniosité pour que son mari ne découvre pas son manège qui avait duré cinq ans. La dernière lettre, datée de décembre, souhaitait un « Joyeux Noël ».

Maréchal, sans illusions, lut toutes les lettres, une trentaine environ. Heureusement, elles étaient brèves et donnaient des nouvelles de la santé d'Éric, de son travail, de ses amis et d'une certaine Célia qui avait dû traverser son existence sans y rester : il n'en était plus question ensuite. Il souhaitait toujours une bonne santé à sa mère et ne parlait jamais de son père. Ce silence tenace trahissait une sorte de colère rentrée, peut-être pour ne pas peiner la mère.

Au bout du compte, Maréchal ne tira rien de la lecture de cette liasse. À aucun moment, la Bonassie, ses environs, Châteauneuf ou Mergès n'y étaient évoqués. Le fait que cette femme ait caché ces lettres dans un tiroir dont elle devait être sûre que jamais son mari ne l'ouvrirait par hasard, indiquait le prix qu'elle y avait attaché. L'écrivain se demanda ce qu'il avait attendu de cette lecture. Il dut reconnaître qu'il aurait trouvé avec plaisir un autre homme dans la vie de Camille Lavigne que son mari ou son fils. Qu'avait-il échafaudé ? Il connaissait pourtant cette femme, il avait passé une bonne heure dans la salle commune en sa compagnie. Rien à ce moment-là ne lui avait permis d'imaginer autre chose qu'une vie parfaitement rangée et sans aspérités. Et tout ça, comme tous les sentiments exprimés dans le silence des chambres, allait retourner à l'oubli dès que Maréchal aurait renoué sur les lettres le ruban rouge. Un jour peut-être, un philatéliste décollerait les timbres à la vapeur pour agrémenter sa collection. Les enveloppes et les lettres qu'il lirait peut-être rapidement, sans savoir de qui il s'agissait, finiraient à la poubelle. Peut-être si le collectionneur était un peu sentimental dans les flammes d'un poêle ou d'un feu de cheminée. Et c'en serait définitivement terminé de ces agitations de deux cœurs.

Maréchal refit le nœud avec beaucoup de soin et remit les lettres dans le tiroir exactement où il les avait trouvées, bien dissimulées sous les chemises en pilou.

Bien qu'il en ait un peu assez de fouiller dans des papiers, il se souvint de la comptabilité. Il valait mieux se débarrasser de ça tout de suite. Il descendit et pensa au repas de midi. Comment allait-il faire désormais pour les courses ? La mort de Léonie lui avait coupé l'herbe sous les pieds. Il allait devoir s'approvisionner à Mergès lui aussi ou à Châteauneuf. Une nouvelle fois, il avait conscience qu'il réagissait exactement comme s'il devait vivre longtemps à la Bonassie. C'était incroyable. Au fond de lui, il commençait à y prendre goût et pensait déjà à s'approprier quelques zones sûres où il pourrait *s'installer*. En attendant que le problème se pose pour de bon, il lui restait quelques provisions achetées à la pauvre Léonie. Avant de taper dedans, il prit le livre de comptes de Jacques Lavigne et s'assit à la table. Les colonnes de débit et de crédit étaient impeccablement tracées. L'écriture elle-même était stupéfiante. Maréchal eut l'impression de reconnaître celle de son grand-père. Il était inimaginable que quelqu'un de son âge écrive de cette façon. Certes, Maréchal se souvenait que tous ceux de sa génération avaient appris à écrire en pleins et déliés. Ce n'était déjà plus l'écriture à la ronde des grands-parents, mais tous aussi s'étaient empressés d'adopter une manière plus simple et moins astreignante. Pas Jacques Lavigne, selon toute apparence. Chaque mot porté sur le livre, chaque chiffre avait bénéficié du même soin. Maréchal essaya de s'y retrouver. Pour des histoires de famille, il avait déjà dû démêler ce qui importait dans un bilan domestique, avec les rubriques classiques : EDF, courses, fournitures de la ferme, etc.

En notant l'absence de factures de téléphone, Maréchal imagina que, bien des fois, Camille Lavigne avait dû mourir d'envie d'appeler son fils. Elle n'avait pas pu le faire et pour cause depuis la Bonassie. Bien entendu, elle avait pu téléphoner de Mergès de la même façon qu'elle avait récupéré son courrier en poste restante. Est-ce que c'était possible avec le décalage horaire ? Il faudrait qu'il vérifie. C'était toujours resté assez mystérieux pour lui. Quand Laetitia était partie au Japon avec l'orchestre, par exemple*...

Il se força à revenir aux colonnes de chiffres. Tout lui parut normal. Il n'y avait jamais de grosses dépenses, sauf, un an plus tôt, l'achat du téléviseur couleur qui se trouvait devant Maréchal sur une table comme on en faisait pour ces appareils vingt ans auparavant. Le premier téléviseur des Lavigne avait dû tomber en panne et ils avaient conservé la table. Maréchal se demanda ce que le rigoriste Jacques Lavigne pensait du spectacle de la télévision. Il avait l'intuition que c'était surtout Camille qui devait la regarder en dehors des informations. Lui devait plutôt lire la Bible lors des interminables soirées à la Bonassie.

Alors qu'il examinait les colonnes de chiffres, il remarqua qu'une somme revenait avec une régularité troublante. Mille francs – il était remarquable aussi que jusqu'à sa mort Jacques Lavigne ne se soit jamais exprimé en euros : tous les comptes étaient en francs. Cela avait dû lui demander une sacrée gymnastique mentale les derniers temps, Maréchal imaginant mal qu'il ait eu un convertisseur d'euros.

Toutes ces sommes avaient été versées au même destinataire. En face de chacune en début de ligne, était

---

* Voir *Les Cendres de juin*, Albin Michel, 2002 ; Le Livre de Poche n° 30101.

portée la mention : « payé à L. ». Les versements avaient commencé deux ans plus tôt et il y en avait à peu près un par mois.

Qui était « L. » ? Il y avait une possibilité, simple et sans complication : Lise. Ces versements correspondraient alors à un soutien financier des parents. Mais la jeune femme lui avait paru autonome sur tous les plans. L'intuition de Maréchal lui soufflait à l'oreille que ce n'était pas la bonne explication. Il vérifierait auprès d'elle dès qu'il aurait un téléphone sous la main. Dès lors qu'il n'y croyait pas, revenait la question : « Qui est "L." ? »

Maréchal avait *sous la main* deux hommes dont le nom commençait par la lettre L. Et dans les deux cas, il y avait un lien conséquent entre eux et les habitants de la Bonassie. Marc Lantier était l'ami de Lavigne et Pierre Laurel apparaissait en 1960 sur l'album de famille. Cela renforçait la piste que chacun d'eux représentait un destinataire des paiements réguliers. Maréchal ne mésestimait pas non plus la possibilité qu'il y eût un troisième « L. » à qui Lavigne avait versé cet argent. Il avait une impression bizarre à propos de ces versements. Le fermier avait aussi pu acheter quelque chose à crédit à un particulier. Mais quatre ans, cela faisait beaucoup. Un type comme Jacques Lavigne n'avait pas le profil à s'engager ainsi.

Alors ? Maréchal ne pourrait plus rien demander à celui que les gendarmes faisaient à cette heure transporter à l'Institut médico-légal pour autopsie. L'autre « L. » par contre était facile à interroger. « Sauf qu'il faudra lui expliquer comment tu sais que Lavigne versait tous les mois mille francs à quelqu'un ! » Il rejeta cet argument. Il trouverait bien une explication plausible, par exemple que c'était Lise qui lui en avait parlé...

Ouais, ça tenait la route. Mais pour l'heure, il ne souhaitait pas aller à la combe de Marthe, ou plutôt il souhaitait se rendre à côté. Et de préférence sans que Lanticr le sache.

Maréchal voulait rencontrer ce type « très occupé », comme avait dit le maire de Valgas : Casimir Bayle. Là aussi il fallait un prétexte. Ou pas ! Après tout, que risquait-il à se rendre à la Bernarde et à poser des questions à Bayle ?

Il risquait beaucoup d'ennuis, à commencer avec Périer dont Bayle était le témoin principal. « En dehors de toi-même ! » pensa Maréchal, que cette idée regonfla. Il décida de casser la croûte, car il était près de midi et, en début d'après-midi, il irait interviewer M. Casimir Bayle.

Le soleil brillait toujours quand Maréchal prit la route, mais de gros nuages blancs s'étaient accumulés en piles. « Des cumulo-nimbus », pensa-t-il sans en être du tout certain. En tout cas ce dont il était sûr, c'est qu'ils annonçaient du mauvais temps et pour bientôt, à voir avec quelle célérité le vent d'ouest les charriait depuis le fond de l'horizon. Pour le moment, le printemps régnait sur le Causse. Mais on le sentait d'une gaieté factice, temporaire, vouée à l'échec. Maréchal joua un moment avec des métaphores à ce sujet. Il alla jusqu'à transposer tout ça à sa vie personnelle. C'était très dangereux et il cessa rapidement, se contentant de jouir du paysage qui depuis la route établie sur une ligne de crête était superbe. Même les bois sans feuilles avaient des allures magnifiques, formant des pelotes enrubannées d'arbustes dans les fonds où l'on voyait aussi les grandes herbes jaunes des dolines. Les prairies pourtant roussies et tannées par le soleil de l'été avaient des aspects somptueux, comme des étalages de brioches. On voyait dans le ciel circuler des bandes d'oiseaux qui paraissaient frénétiques comme s'ils avaient deviné que les heures de joie leur étaient comptées.

Maréchal arriva bientôt aux trois pins qui marquaient le début du chemin de la combe de Marthe. On voyait encore les traces de pneus de 4 × 4. En pensant au véhicule de Bayle, Maréchal regarda le compteur du sien et constata que sa jauge d'essence indiquait le minimum. Il tenta comme d'habitude de la réveiller en tapant sur la vitre. En vain. Le réservoir était pratiquement vide. Après, il restait « la réserve ». La 4L n'était pas gourmande, heureusement. C'était un coup habituel pour Maréchal. Il lui faudrait aller exprès à Châteauneuf ou à Mergès pour faire le plein. En espérant qu'il se souvienne d'avoir à le faire, sinon il se retrouverait en rade un de ces jours au milieu du Causse. Il chassa cette perspective inquiétante et se concentra sur la conduite pour éviter de mettre les pneus de la Renault dans les ornières du 4 × 4. Il traversa ainsi le bois avec prudence et parvint à l'endroit où les traces partaient vers la droite et quittaient la direction de la combe de Marthe. Il avait espéré tout le long ne pas tomber sur Lantier et son VTT. Maintenant, de sa maison le botaniste aurait pu voir sa voiture se diriger vers la Bernarde, mais d'après la configuration du terrain, c'était peu probable. Une petite crête s'interposait à cinq cents mètres de là. Toutefois, avec le temps qu'il faisait, Lantier était sans doute dans les collines à herboriser ou à promener son chien. Et Maréchal en était sûr, ce type devait avoir des jumelles ! Pour l'heure, il fallait négliger toutes ces questions et penser à ce qu'il allait dire à Bayle. Il n'en avait aucune idée.

Peu après l'embranchement vers la Bernarde, le chemin était en bien meilleur état, parfaitement empierré, les bas-côtés visiblement entretenus, débroussaillés et même par endroits désherbés. Cela donnait à penser. D'abord, ce que l'on pouvait appeler « les parties communes » entre la ferme de Bayle et la combe de Marthe étaient laissées au bon vouloir de la nature, ce qui impliquait des rapports pour le moins distants entre les habitants. Ensuite, ce chemin vers la Bernarde parvenait parfaitement à son but si on imaginait qu'on avait voulu donner, dès l'arrivée, un sentiment d'opulence. Tout cela évoquait à Maréchal les somptueuses entrées de ranchs qu'il avait vues quand il se passionnait pour les westerns. En approchant de la ferme après cinq cents mètres d'un tel boulevard, il s'attendait presque à trouver le portique en bois orné d'un crâne de bœuf des classiques du genre.

Ce ne fut évidemment pas le cas, mais la Bernarde n'en imposait pas moins. C'était une grande bâtisse en pierres rousses, flanquée de chaque côté de deux ailes de granges et d'étables. Le tout délimitait une vaste cour, dont la surface était impeccable au point de paraître ratissée. La maison elle-même respirait le soin avec ses fenêtres peintes de frais et leurs rideaux, ses bacs à fleurs encore très colorés. D'une manière générale, on avait l'impression qu'ici tout était méticuleusement surveillé et réparé aussitôt. On ne voyait aucun objet abandonné, aucun volet dégondé, aucun outil rouillé et laissé de côté en attendant qu'on le répare ou qu'on le jette. Ici, l'ordre régnait, et pour Maréchal, qui se méfiait pourtant des idées toutes faites, cela correspondait bien à ce qu'il avait imaginé du propriétaire.

Maréchal s'était attendu à être accueilli par des chiens hurlants et menaçants, de ceux qui sont là pour dissuader d'avancer les gens de passage, qui comme on sait risquent d'avoir de mauvaises intentions. On pense d'abord ça, ensuite on peut toujours admettre le contraire, mais ce sera preuve en main que le nouveau venu est inoffensif.

Au lieu de cela, un grand berger allemand noir et feu, d'une force colossale, sortit paisiblement d'une des granges. Il avança de dix mètres, s'assit sur son derrière et regarda fixement la 4L qui venait de s'arrêter à l'entrée de la cour.

En descendant, Maréchal remarqua que le ciel restait toujours aussi bleu, les nuages menaçants de tout à l'heure semblaient bloqués dans l'ouest par quelque force supérieure et parfaitement immobiles, comme une masse sombre, un danger à venir. Tout en observant le ciel il surveillait aussi le chien, prêt à battre en retraite si le molosse manifestait une quelconque irritation. Il aimait les chiens, les connaissait et, à ce titre, s'en méfiait. Celui-là n'était pas un enfant de chœur. Mais l'animal resta de marbre, le fixant toujours de la même façon.

La porte de la maison s'ouvrit et Maréchal vit sortir une femme qu'il n'aurait jamais pu imaginer rencontrer dans ce genre d'endroit. Elle avait environ trente ans. Grande, brune et plutôt jolie. Elle était vêtue avec élégance, tailleur chic, escarpins, quelques bijoux discrets, mais qui en disaient long sur ses revenus. En ville, elle serait passée inaperçue, mais dans la cour de la Bernarde, sa présence était stupéfiante. Maréchal pensa « déplacée ». Elle faisait un peu gravure de mode. Au moment où elle sortait, le soleil de début d'après-midi qui inondait la cour la fit cligner les yeux. Elle mit sa main en visière et regarda vers l'écrivain en découvrant sa présence puis elle vint vers lui.

– Vous désirez ?

Même sa façon de questionner détonnait ici. La voix était nette, un brin autoritaire.

– Je voudrais parler à M. Bayle.

– Lequel ? Le père ou le fils ?

– Le père, évidemment...

Il se demanda pourquoi il avait ajouté « évidemment ». Cela ne sembla pas la surprendre.

– Bien sûr... Mon père est au champ, qui se trouve là-bas, une histoire de hersage ou je ne sais quoi. Moi, vous savez... les champs.

Elle montrait la direction de l'est où, de fait, on apercevait la tache rouge d'un tracteur qui avançait sur un chemin.

– Moi non plus, dit Maréchal, qui, poussé par la curiosité, ne put s'empêcher de demander : C'est quoi, votre branche ?

– Marlène Diffusion, c'est le nom de ma boîte. Les webcams. Hi-tech... Vous voyez.

« Vaguement... », se dit Maréchal, qui répondit :

– Oui, bien entendu. Ce doit être passionnant.

– Très. Et puis...

Elle fit un geste vague. Il pensa qu'elle avait été à deux doigts de lui dire que ça rapportait gros. Elle ne lui demanda pas ce qu'il faisait, lui, mais il ne s'en étonna pas, ce genre de personnes ne s'intéressant en général qu'à elles. D'ailleurs, il préférait, la mention de son métier l'obligeait souvent à des explications sans fin.

– Est-ce que vous pensez que je peux aller trouver votre père dans son champ ?

Elle montra la 4L d'un doigt impeccablement manucuré.

– Avec *ça* ?

– Oui, fit Maréchal. Je n'en ai pas d'autre !

Elle ne se rendit même pas compte de son impolitesse.

– Si cet engin supporte les cahots du chemin, pourquoi pas. Il faut faire le tour de la maison par la droite et après le gros chêne... mais j'y pense : mon frère doit y aller aussi, vous pourriez le prendre avec vous, ça lui évitera de faire le chemin à pied.

– Pourquoi pas... dit Maréchal, qui n'en espérait pas tant.

– Désiré ! appela-t-elle.

Sa voix était devenue aiguë, désagréable. Pour tout dire, elle paraissait de moins en moins sympathique à Maréchal. Alors que la porte de la ferme s'ouvrait et qu'apparaissait un grand jeune homme, elle regarda sa Rolex et annonça :

– Bon sang. Deux heures et demie. Il faut que je me dépêche, sinon je vais manquer mon rendez-vous.

Elle crut bon d'ajouter, ce qui était inutile si c'était dans le but de l'épater :

– Des Coréens. Tout un monde ! Au revoir.

– Au revoir, dit Maréchal.

Sa voiture était un petit spider italien, noir évidemment et équipé de jantes en alu. Elle fit vrombir à loisir le moteur, s'emmêla un peu dans les vitesses qui grincèrent et démarra en trombe. En passant devant Maréchal, elle lui fit un petit signe amical de la main et fila. Il répondit de même, non sans remarquer ses jambes parfaites et astucieusement découvertes.

Pendant ce temps, le fils Bayle était arrivé jusqu'à lui et il lui demanda d'un ton rogue :

– Qu'est-ce que vous voulez ?

– Je voudrais parler à votre père, et votre sœur m'a dit que je peux le trouver à son champ. Elle a dit aussi que vous deviez vous y rendre et qu'on pouvait faire d'une pierre deux coups : vous m'indiqueriez le chemin et je vous transporterais jusque là-bas.

Maréchal eut l'impression que cela faisait trop à la fois pour le garçon qu'il avait devant lui. Un peu comme s'il avait fallu tout répéter, dans l'ordre, mais en petits morceaux. Maréchal n'en avait pas envie et il préféra laisser le temps agir, à la fin peut-être que l'autre comprendrait. Il avait une trentaine d'années. Sa haute taille et sa carrure lui donnaient l'aspect typique d'un rugbyman. Il avait un visage agréable et Maréchal comprenait que Lise Lavigne ait pu se laisser séduire l'espace d'un été. Mais comment imaginer que cette fille si intéressante et sensible ait pu rester plus longtemps avec ce balourd ? Car, une fois dépassée l'apparence aimable du visage, on ne pouvait pas ne pas remarquer l'air un peu stupide que lui donnaient un regard vide et un peu en dessous sous un front étroit, ses cheveux ornés, selon cette mode que Maréchal trouvait horripilante chez les garçons, de mèches blondes. Il portait une combinaison de fermier impeccable avec deux immenses fermetures éclair et des souliers montants à toute épreuve. On sentait ici le même soin domestique que dans toute la Bernarde.

– On y va ?

Maréchal se dit qu'il avait donc compris. Cela le rassura un peu sur les capacités intellectuelles du fils Bayle. L'avantage par rapport à sa sœur était que lui ne fit aucun commentaire sur la 4L ni ne jeta le moindre regard méprisant sur la voiture. À l'intérieur, l'écrivain constata que son passager occupait une place considérable. Avec difficulté, il réussit à glisser son bras vers la clé de contact. L'autre dut comprendre, car il se serra gentiment. Maréchal eut envie de dire « merci », mais il s'en abstint, peu sûr que Désiré Bayle comprenne tout de suite pourquoi. Maréchal était injuste avec ce garçon et il le savait. Mais de temps en temps cela faisait du bien de se moquer d'autrui pour rattraper un peu les innombrables fois où autrui se moquait de vous. Le fin du fin, avait découvert Maréchal, était de parvenir à toujours se moquer de soi-même. C'était un luxe. Il y parvenait parfois, mais cela ne durait pas assez encore. Un jour peut-être... Il se demandait pourquoi il pensait à tout ça. Peut-être seulement parce qu'il faisait beau, que le Causse était superbe et qu'il se sentait bien. En tout cas, bien mieux que les derniers temps. Il se refusa à imaginer que cela puisse durer.

Tout en roulant, il se rendit compte que Désiré Bayle sentait l'eau de toilette. Il avait dû littéralement s'en arroser. Maréchal aimait bien les parfums, mais dans certaines proportions. Là, c'était un peu excessif et, négligemment, il fit coulisser la vitre de la portière. Une bouffée de serpolet et d'herbe sèche vint occulter le parfum *for men*. L'écrivain préférait. Le jeune homme ne disait pas un mot, alors Maréchal lui demanda par où passer.

Il montra de la main une allée soigneusement gravillonnée qui faisait le tour des étables par la droite. Elle rejoignait un chemin assez large, lui aussi bien entretenu, qui après le grand chêne dont avait parlé la spécialiste des webcams prenait sur une légère pente la direction du champ doré par la lumière où le tracteur de Casimir avançait comme un gros insecte sous un ciel glorieux. Maréchal se dit qu'il devait en profiter :

– On m'a dit que vous connaissiez bien Lise Lavigne.

Il pensait : « Ce ne doit pas être trop difficile à comprendre. » De fait le garçon répondit aussitôt :

– Ah ! Cette greluche ! Oui, on est *sortis* ensemble.

C'était un mot que Maréchal détestait. *Sortir ?* Qu'est-ce que ça voulait dire ? Toujours trop et pas assez... Cela faisait partie de la dégradation... Il s'arrêta. Il se fichait un peu et de plus en plus de « la dégradation ».

– Et ses parents ? Ils étaient comment ?

Le jeune homme parut réfléchir. Cela lui arrivait

donc de temps en temps. Puis il se tourna vers Maréchal et déclara :

– En tout cas si c'est d'eux que vous voulez parler à mon père, vous allez voir...

– Quoi ? Il ne va pas me battre, tout de même.

La mine de l'autre se ferma. Sans doute sa plaisanterie avait-elle touché un endroit sensible. Maréchal mit ça de côté.

– Pourquoi vous dites ça de Lise ? Je la connais, c'est une chic fille.

– Ah, vous trouvez ? Alors, dites-moi pourquoi elle a fait toute une histoire parce que j'ai parlé à Julie Fonse à la fête de Mergès.

– Je ne sais pas... admit Maréchal, qui commençait à comprendre que la jeune femme ne devait pas avoir de la fidélité la même appréciation que ce garçon couvert d'eau de toilette et qui présentait toutes les caractéristiques du coq de village. Avec Lise, ça avait dû faire un paquet d'étincelles. De toute façon, il était inutile d'essayer d'en apprendre davantage. À part ça, la version de Désiré contredisait un peu celle de Marc Lantier, qui avait tout mis sur le dos de Casimir Bayle. La contradiction étant le sel de l'existence, ce n'était pas un problème pour Maréchal, enfin, pas encore. Il essaya une dernière fois :

– Ses parents, ils étaient gentils avec vous ?

Il avait employé le mot « gentil », se rendit-il compte, comme s'il s'était adressé à un enfant. L'autre répliqua :

– Gentils ? Vous ne le connaissiez pas, le Jacques Lavigne ?

– Non, convint Maréchal.

– Ça se voit ! Sinon, vous me poseriez pas cette question. De toute façon, je dois parler des Lavigne avec personne ! Demandez à mon père.

Maréchal ne put s'empêcher de sourire de cette naïveté. Il n'avait plus qu'à suivre le conseil. Ils étaient parvenus au champ et le tracteur rouge arrivait.

11

– Ça commence mal ! dit Maréchal à voix haute.

En effet, le tracteur finit de herser sa ligne jusqu'à la hauteur où lui-même et Désiré attendaient mais, au lieu de stopper, Casimir Bayle, qui pourtant avait regardé Maréchal bien en face, fit demi-tour et repartit vers l'autre côté de la parcelle. Patiemment, Maréchal attendit, les mains dans les poches, son retour. Cela aurait été le bon moment pour allumer une cigarette. Combien de temps tiendrait-il encore ? Pas longtemps, s'il agissait ainsi ! Mais il avait appris, à l'usage, que penser à autre chose permettait de résoudre un certain nombre de problèmes. Dans ce cas, cela lui évitait de laisser monter l'énervement causé par la conduite délibérée du fermier. Le jeune homme n'avait pas pipé mot, mais affichait un sourire désagréable, dans lequel Maréchal ne parvenait pas à distinguer ce qui revenait à son plaisir face à la conduite de son père ou à l'idée qui germait en lui que quelqu'un allait tenir tête à ce dominateur. Exprimer à voix haute un jugement sur cette conduite devait être pour lui le comble de l'audace. Sur ces entrefaites, Casimir revint. Maréchal s'était juré de s'en aller s'il recommençait son petit manège. Mais le fermier, arrivé au bout du champ, mit le tracteur dans le sens du prochain aller-retour et stoppa le moteur. Maréchal eut l'impression qu'un silence de plomb s'abattait brutalement sur le secteur, mais, trois secondes plus tard, un passereau chanta dans un bosquet de chênes blancs et la vie sembla revenir avec lui.

Casimir Bayle attendait sur son tracteur. Son fils s'était emparé de quatre ou cinq piquets peints en rouge orangé et se dirigeait vers un côté du terrain. Maréchal imagina qu'il s'agissait de bornes. Quand le jeune homme passa devant le tracteur, son père lui dit :

– Eh bien, mon vieux, tu as pris ton temps !

La voix était aiguë, mais étonnamment calme et posée. Il s'en dégageait une grande force de persuasion. Désiré Bayle passa en baissant la tête et ne répondit rien.

– Plante le premier là où je t'ai dit tout à l'heure : contre le caillou blanc et pas à un mètre ni deux. Exactement là où j'ai dit. N'innove pas comme l'autre jour !

Maréchal eut l'impression que ce qu'il disait n'avait qu'un but : humilier encore davantage le jeune homme. Il ressentait décidément une forte antipathie pour le personnage. Âgé d'environ cinquante ans, il était de taille moyenne mais beaucoup plus petit que son fils. Il était sec, très sec même, au point que l'écrivain le compara intérieurement à un sarment de vigne ou à une escarbille. C'était cela exactement, on le sentait prêt à s'enflammer pour un rien. Son visage très anguleux était orné d'une barbe grise en collier très fine et animé par des yeux noirs extraordinairement mobiles, qui témoignaient d'une intelligence vive, toujours en éveil. Rien à voir avec l'aspect passablement bovin de Désiré. Malgré sa faible corpulence, il paraissait aussi extraordinairement costaud. Sans un pouce de graisse, tout en muscles et sûrement d'une résistance hors du commun. Maréchal fit toutes ces considérations très vite. Casimir attendait toujours. Pour rien au monde, il ne descendrait de son tracteur. Il ne restait qu'une chose à faire pour lui parler, à moins de crier pour se faire entendre comme Bayle s'adressant à son fils. Il prit sur lui et s'avança dans le champ. Visiblement, le fermier n'attendait que ça : voir Maréchal s'enfoncer dans la terre récemment travaillée. Mais son sourire sardonique se changea bientôt en dépit, car l'écrivain portait des chaussures de marche et fit tout le chemin jusqu'au tracteur sans encombre. Maréchal se régalait. Il eut envie de lui dire : « Étonné, Casimir ? », mais il se contenta d'un « Bonjour, monsieur », qui déclencha un glacial :

– Qu'est-ce que vous voulez ?

Maréchal se demanda ce qu'il allait répondre, il avait imaginé pouvoir parler de tout et n'importe quoi comme on le fait à la campagne quand on se rencontre : le temps qu'il fait, les travaux de la saison, etc. Devant cette question qui n'appelait aucun commentaire, il décida de dire la vérité :

– Je voulais vous parler des Lavigne.

À peine eut-il prononcé ce nom qu'une lueur de haine s'alluma dans l'œil de Casimir. Il rugit :

– Je ne parle pas de ces gens et personne chez moi n'en parle ! Mon idiot de fils a dû vous le dire.

J'imagine que vous avez profité de votre petit voyage depuis la Bernarde pour essayer de lui tirer les vers du nez.

Se doutant que le fermier raisonnait toujours au premier degré, Maréchal jugea préférable de dédouaner le garçon :

– En effet ! Et il ne m'a rien dit. C'est pour ça que je vous pose la question à vous.

– Je n'ai rien à dire !

Il ne rugissait plus, c'était pire. Il avait repris son empire sur lui-même. Maintenant, c'était de la méchanceté pure qui se manifestait.

– Tout de même... dit Maréchal, ils sont morts.

Il fallait s'appeler Casimir Bayle et avoir son caractère pour oser répondre :

– Tant mieux. Ça a bien débarrassé.

Il avait parlé sur un ton parfaitement neutre, dans lequel ne se lisait plus ni colère ni animosité. Ce type avait un contrôle étonnant de lui-même. Il ne devait pas être facile de le prendre en défaut. Maréchal essaya autre chose :

– C'est bien vous qui avez trouvé le corps de ce pauvre bougre sur le Causse ce matin ?

Une nouvelle lueur s'alluma dans le regard de l'autre. Il laissa passer deux secondes et prononça la phrase que Maréchal redoutait :

– En quoi ça vous regarde ? Vous êtes flic ?

Maréchal sourit en pensant : « À ce train, il n'est pas tombé bien loin ! », mais rétorqua :

– Non. C'est de la pure curiosité de ma part.

– Alors, dans ce cas, gardez-la pour vous.

Maréchal ignora le conseil et ajouta :

– Il me semble que vous le connaissiez aussi. Je l'ai vu l'autre soir au café de Raymond. Où vous n'étiez pas, il me semble...

– Tu parles ! Je ne mets jamais les pieds dans les cafés. Et surtout pas celui de Raymond.

– Ah bon ? Pourquoi ? Il a quelque chose de particulier ?

– Ça ne vous regarde pas ! dit Bayle en claquant de la langue.

En même temps, il posa la main sur la clé de contact du tracteur. Maréchal s'engouffra dans la brèche avec la première idée qui lui vint :

– C'est à cause de la femme aux cheveux rouges ?

Sans savoir pourquoi, cette idée lui parut aussitôt plausible, même si le caractère de cochon justifiait à lui seul ce qui suivit. Bayle tourna violemment la clé du tracteur et démarra en enfonçant sur sa tête la casquette en toile qu'il avait enlevée peu avant pour s'éponger le front avec un mouchoir bleu. Le vacarme du moteur ôtait tout espoir de poursuivre la moindre conversation. Sans un regard, Casimir remonta sa ligne, les yeux fixés sur l'horizon de ses terres qui, à voir le soin qu'il leur accordait, devaient former l'essentiel de son univers.

Maréchal soupira. Cette conduite était la pire dans les relations humaines. Elle était pourtant fréquente. Combien refusaient de discuter, de simplement écouter le voisin ? Mais ce n'était ni le temps ni le lieu de philosopher sur l'incompréhension du genre humain. Pendant que le tracteur filait à l'autre bout du champ, il revint lentement vers la 4L. Désiré enfonçait violemment un des piquets avec une massette. La violence appelle la violence, dit-on. Comme cela semblait vrai en imaginant les relations entre cet homme et son fils ! Maréchal eut un pressentiment. Tout cela ne pouvait que mal tourner un jour ou l'autre. Et si cela avait *déjà* mal tourné ? Parce que tout de même, depuis quelque temps, on était servi dans le secteur ! D'abord, Léonie Valade, ensuite Pierre Laurel. Et au départ de tout ça, ce qui avait amené Maréchal à en être le témoin : la visite de Lise Lavigne et ses soupçons, plutôt ses certitudes. Certes, elle n'avait pas parlé des Bayle. C'était Marc Lantier qui l'avait fait. Et sans haine apparente. Il avait tout de même établi un lien entre les Bayle et les Lavigne : les relations amoureuses d'un été entre Lise et le garçon qui passait sa rage sur un piquet de bornage de l'autre côté de ce champ, sous le ciel bleu au milieu d'une sorte de paradis terrestre.

Maréchal se dit qu'il devait partir maintenant. Il monta dans sa voiture. Mais, une fois qu'il eut démarré, au lieu de s'en aller, il attendit le retour du tracteur. Quand son conducteur fut bien en vue, il le salua d'un geste aimable de la main. L'écrivain vit un nouvel éclair de haine dans ses yeux. Cela lui fit plutôt plaisir et il reprit le chemin de la Bernarde, soulagé à peu de frais.

En approchant de la ferme, il se demanda s'il n'allait pas essayer de parler avec la femme de Casimir. « Ainsi, songea-t-il, tu connaîtrais toute la famille ! » L'idée n'était pas plus bête qu'une autre. Peut-être Mme Bayle serait-elle raisonnable. De toute façon, ce n'était pas plus stupide que d'essayer de converser avec son mari. Il décida donc de s'arrêter dans la cour de la Bernarde. D'ailleurs la présence de la camionnette bleue des gendarmes stationnée au milieu du chemin l'y obligea. Sébastien était au volant et le fixa un moment avant de le reconnaître. Il allait lui laisser le passage, mais Maréchal avait aperçu Périer qui revenait de la maison devant laquelle se tenait une grande femme sèche en blouse de coton bleu à la chevelure brune coiffée en chignon. Maréchal descendit de voiture. Il remarqua alors dans le hangar d'où Marlène Bayle était sortie avec son spider l'énorme masse d'un 4X4, un des plus gros et plus chers du marché. Maréchal détestait ces engins et la dernière fois qu'il en avait croisé un, ça s'était mal passé*.

– Qu'est-ce que vous faites ici ? demanda l'adjudant d'un ton mi-figue mi-raisin.

Maréchal n'avait qu'une défense possible : la vérité.

– Je suis venu parler à Casimir Bayle.

Il tendit les mains en avant pour prévenir la sortie éventuelle de Périer.

– Non ! Pas pour le meurtre de ce type. Pour l'affaire des Lavigne.

– Je vous rappelle, Maréchal, qu'il n'y a pas d'affaire Lavigne. Mais enfin, si ça vous fait plaisir... Pourquoi n'avez-vous pas joué franc jeu avec moi ?

Maréchal prit l'air aussi innocent qu'il put, jusqu'à la caricature.

– Moi ? dit-il. Bon, ça va ! Je savais bien que vous alliez découvrir tout de suite en entrant dans le café que la femme aux cheveux rouges était celle de la photo !

Il fut soulagé en voyant que Périer souriait. Cela

---

* Voir *Les Cendres de juin*, *op. cit.*

l'aurait vraiment ennuyé que le gendarme le prenne mal. Il se risqua à demander :

– Vous avez appris des choses sur elle ?

– Vous ne trouvez pas que vous poussez le bouchon un peu loin ?

– Vous croyez ? Il fit semblant de réfléchir. Oui, sans doute, vous avez raison. Ne me dites rien. Et moi non plus...

Un éclair de curiosité s'alluma dans les yeux de l'adjudant.

– Vous avez appris quelque chose ?

Maréchal haussa les épaules en souriant.

– Je voudrais bien ! Mais non. Sauf que ce type est un furieux.

Il montrait la direction de la ferme et de ses champs, comme s'ils évoquaient irrésistiblement Casimir Bayle. Périer l'entendit bien ainsi.

– Vous savez, Maréchal, c'est quelqu'un qui compte dans le pays. Syndicalisme agricole, parti politique, je vous laisse deviner lequel, coopérative. Il est partout et on l'écoute. Vous pensez bien qu'avant de venir l'interroger sur la découverte qu'il a faite, j'ai pris soin de me renseigner sur lui. En plus, cette ferme est une des plus grosses du département et une des mieux gérées. Le gars a un compte bien rempli au Crédit agricole. Chaque année, il agrandit son domaine. Ce doit être pour son fils.

– Ça m'étonnerait ! fit Maréchal. Il le traite comme un chien.

– Vous croyez que c'est incompatible ?

– Vous avez raison, Périer : les dynasties, ça existe !

– Je ne vous le fais pas dire. La fille, Marlène...

– J'ai fait sa connaissance tout à l'heure.

– Ah bon. C'est une tête. Ingénieur en informatique et spécialiste de ces engins qui prennent des photos sur Internet, les... Il cherchait le mot.

– Webcams... l'aida Maréchal.

– Oui, c'est ça. Vous connaissez ?

– Non ! Juste le nom.

– Ah bon, dit le gendarme, comme si cela le rassurait. Elle a monté, il y a deux ans, une boîte à Montpellier, il paraît que ça marche du tonnerre pour elle.

– Ça a l'air, remarqua l'écrivain.

– Vous n'avez pas l'air par contre de l'avoir appréciée...

– Pas mon genre de femme ! répondit Maréchal, qui se demanda si par malheur cette phrase n'allait pas déclencher une question du genre : « Et Laetitia Vialat, comment va-t-elle ? »

Il n'en fut rien, peut-être le téléphone arabe avait-il fonctionné entre les différentes gendarmeries du département pour éviter aux gens qui connaissaient Maréchal de commettre ce genre de bourde.

– En tout cas, on parle d'elle, et pas en mal, dans la presse. Vous savez bien, la phrase magique : « Elle crée des emplois » !

– Je vois ! fit Maréchal.

Il désigna la femme qui se tenait dans l'ombre de l'auvent de son entrée et les regardait.

– Et elle ?

– Un mur de silence ! Elle vous écoute, répond assez aimablement, mais ne vous dit rien. Elle semble surtout préoccupée par son lave-linge. Il faut dire qu'on voit rarement un intérieur aussi bien tenu.

– Avec son mari et l'extérieur, ce sont des perles ! fit Maréchal, sarcastique.

– Qu'est-ce que vous voulez dire ?

– Rien de plus. Je les trouve trop bien, c'est tout. En tout cas, je vous souhaite du plaisir avec le mari. Tout juste s'il ne m'a pas insulté. Un conseil, Périer : évitez de prononcer le nom de Jacques Lavigne ! Ça le met en fureur.

– Vous m'étonnez : j'ai appris dans mon enquête qu'ils avaient été en bagarre il y a cinq ans pour la présidence du syndicat départemental. Devinez qui a gagné ?

– Lavigne, bien sûr !

– Comment vous savez ça ?

– La réponse évidente, c'est Bayle. Donc, pas la bonne, sinon vous ne m'auriez pas posé la question.

– Bien vu, concéda Périer. Qu'est-ce que vous faites ?

– Moi ? Je vais rentrer à la Bonassie. Je voulais interviewer cette grande femme sur les Lavigne, vous m'avez découragé. D'ailleurs, je crois que je vais laisser tomber. Comme vous avez dit, il n'y a pas d'affaire Lavigne. Je vais bientôt rentrer à La Grézade.

– Avant ça, n'oubliez pas de passer à Châteauneuf remplir votre déposition. Ça m'ennuierait de devoir vous faire rechercher par la gendarmerie !

– Ne vous inquiétez pas. Je tiens trop à mon honorabilité !

Voyant qu'il revenait vers la 4L après avoir serré la main de l'adjudant, Sébastien avait entamé une manœuvre pour libérer le passage dans l'allée. Ses roues arrière labourèrent un parterre de fleurs. Si les yeux de la femme de Casimir avaient été des canons de fusil, le jeune gendarme aurait fini sa carrière sur les dahlias. En passant devant elle dans la cour et en conduisant avec précaution pour ne pas provoquer à son tour une telle catastrophe, Maréchal la salua d'un discret signe de tête auquel elle ne répondit pas. Elle rentra chez elle avec une certaine brusquerie. « Celle-là aussi, elle doit avoir un drôle de caractère ! » se dit-il.

Il quitta sans regret cette ferme, qui, aussi belle soit-elle, lui avait laissé peu d'impressions agréables. Ses habitants étaient plus imbuvables les uns que les autres. Il retrouva avec plaisir le chemin dans les bois, malgré les ornières. Il avait été tenté de bifurquer vers la combe de Marthe, mais avait finalement poursuivi sa route. Il existait une part de vérité dans ce qu'il avait dit à Périer. Il n'y avait pas, dans ce qu'avait affirmé Lise Lavigne pour le faire venir, assez de points objectifs pour justifier qu'il s'expose ainsi aux avanies de la famille Bayle ou d'autres. Cependant, s'il était honnête avec lui-même, il devait avouer que la survenue de ces morts violentes à peu de distance de la Bonassie, alors qu'il « enquêtait », un bien grand mot, sur le décès des Lavigne, avait de quoi étonner. Les coïncidences existent, mais à ce point ?

Finalement, il croyait un peu, pas mal peut-être même, à la thèse de la jeune femme, mais il aurait beaucoup de mal à prouver quoi que ce soit. À moins que ces crimes ne l'y aident ?

Il tapota de nouveau la vitre du compteur. L'aiguille de la jauge remonta un peu au-dessus de la réserve. Il fut rassuré, n'ayant aucune envie de descendre dans la vallée maintenant. Il allait rentrer à la ferme et là... Il essaya de faire taire la petite voix qui lui soufflait : « Ah, si tu avais apporté ton manuscrit... »

Peu après les trois grands pins, il aperçut un éclair métallique dans une espèce de lande rousse piquée d'une multitude de pierres rondes très étranges. Il ralentit et vit que c'était un vélo couché dans le thym. Il aurait fait chou blanc s'il était allé à la maisonnette de la combe de Marthe. C'était l'occasion de rencontrer de nouveau Lantier et de le surprendre dans son activité. Il gara avec précaution la 4L sur un petit bout de prairie rase qui prolongeait le bas-côté.

Quand il descendit, il remarqua que l'air sentait maintenant la pluie. Les nuages immobiles tout à l'heure dans l'ouest avaient progressé et on voyait des bandes d'averses sur des montagnes au fond du plateau. Le temps allait se gâter dans la soirée. Pourtant, il faisait toujours aussi doux quand il s'enfonça dans les fourrés ras qui se trouvaient au bout de la lande et par lesquels Lantier avait dû passer, sans quoi il l'aurait vu sur le chemin, il trouva même qu'il faisait presque chaud. Tout en avançant, il pensa que ce serait incroyable si, au lieu de trouver le maître de La Fayette en train d'herboriser, il le découvrait étendu dans les broussailles, assommé par un caillou comme l'autre. Il se reprocha d'avoir une trop vive imagination. Elle lui servait dans son métier, et aussi parfois dans l'existence, permettant de fuir la monotonie du quotidien. Parfois aussi elle lui jouait de sales tours. Cette fois, elle divaguait complètement car, à vingt mètres environ, dans un massif de grands genêts d'Espagne, Marc Lantier, une musette en bandoulière, était penché sur une plante très haute où restaient pendues quelques fleurs séchées qui avaient dû être jaunes. Trop occupé par son activité – ce qui rappela à Maréchal son idée absurde : ce gars aurait pu être assommé sans avoir entendu venir quoi que ce soit –, il sursauta quand Maréchal déclara dans son dos :

– Grande gentiane jaune. Autrement dit, *Gentiana lutea*.

– Ça aurait pu, surtout ici ! Mais ce n'est pas ça, dit Lantier en se retournant. C'est bien une gentiane, mais celle-ci s'appelle « de Villars ». Et elle ne devrait pas se trouver ici. En aucune manière !

– Ça a l'air de vous passionner, remarqua Maréchal.

– Je veux ! s'exclama Lantier. Comme elle n'a pas pu venir des Alpes toute seule et qu'il y a d'ailleurs peu de chances qu'elle en vienne, ce pourrait être important pour moi dans mon travail.

– Important ? En quoi, à part donner votre nom à cette plante...

– Vous rigolez, monsieur Maréchal. Avec ça, on fait une carrière.

Il avait parlé avec excitation, et l'écrivain le trouvait très différent de la première fois. Certes, il devait être heureux de sa découverte et Maréchal entrevoyait vaguement ce qu'il voulait dire. Mais il y avait une autre raison à cette exubérance. L'haleine de Lantier puait l'alcool. Maréchal fut brusquement découragé. Comme si la confirmation d'une simple hypothèse qu'il avait faite entraînait ipso facto une vision parfaitement pessimiste des autres. Ce garçon qui lui avait paru au premier abord très sympathique était un alcoolique. Cela expliquait bien sûr qu'il coure en pleine nuit chercher une bouteille au café de Valgas. Et son caractère se dévoilait à cette occasion, son *vrai* caractère, car il continuait, l'alcool le privant de toute réserve :

– Ils vont voir qui je suis ! Avec un truc pareil et les publications qui vont avec ! Une voie royale pour revenir à la fac, obtenir un labo et un enseignement. Ils croyaient que je me contenterais de croupir dans ce sale trou à ramasser des plantes d'un bout de l'an à l'autre ! Quelle erreur, messieurs. Vous allez voir à qui vous avez affaire.

Il paraissait avoir oublié Maréchal et parlait surtout pour lui-même.

Pourtant, il ajouta :

– Vous le savez bien, vous, monsieur Maréchal, comme c'est agréable d'être célèbre.

L'écrivain sourit.

– Vous croyez ? Je vais vous dire, je ne suis pas célèbre, juste un peu connu, et encore. Mais vous n'imaginez pas comme c'est emmerdant parfois.

Lantier le regarda avec une profonde stupéfaction et affirma :

– Impossible.

– Si, si, je vous assure ! Vous devriez vous méfier.

L'autre hésita un moment, puis finit sans doute par décider de rompre cette conversation qui mettait en doute son avenir brillant et se retourna vers sa gentiane.

– Il faut d'abord que je prenne un cliché ! dit-il avant de tirer de sa musette un appareil numérique dernier modèle.

Maréchal trouva cet engin luxueux. Il en connaissait le prix pour avoir hésité quelque temps auparavant à en acheter un pour remplacer son vieux Nikon. Mais la somme l'avait arrêté, comme également ce qui agissait si puissamment en lui quand il était question de changer la 4L : un attachement sentimental aux choses qui l'avaient accompagné au cours de son existence et dont il envisageait mal de se séparer. Il regrettait rarement cette méthode.

Lantier prit plusieurs clichés de la plante sous toutes les coutures. Maréchal le regarda faire, très intéressé par cette activité qu'il découvrait. Puis le botaniste tira de son sac une grande poche en plastique transparent et l'étala sur le sol. Avec un outil à manche télescopique, sorti lui aussi du sac, il entreprit de déraciner la plante. Maréchal en fut peiné. C'était complètement idiot. Autant il n'avait aucun scrupule à manger de la salade et des légumes en général, autant l'idée que cette plante allait quitter son habitat naturel, ne connaîtrait plus le soleil ou les pluies du Causse, ne lancerait jamais plus ses graines dans le vent, tout cela lui faisait l'effet d'une catastrophe. De très petite ampleur, certes, mais enfin, cela le troublait. Il avait trouvé un jour une histoire de papillon dont le déplacement entraîne des conséquences incalculables à l'autre bout du monde. Ce devait être en rapport avec la théorie du chaos, mais il n'avait jamais eu le temps ou le courage d'en apprendre davantage. Il savait hélas qu'il en serait toujours ainsi de beaucoup de choses dans sa vie. Il suffisait de l'admettre, tout devenait plus simple et les choses qu'on attrapait un peu en prenaient un relief singulier.

Marc Lantier avait déraciné la plante. Il possédait pour cela une incroyable dextérité, n'avait pas dû abîmer beaucoup de racines. Puis il glissa la gentiane dans la poche qu'il referma avec du fil de fer. Maréchal était subjugué par la quantité de matériel qu'il pouvait sortir de sa musette. Il en tira encore un calepin à spirale et un crayon et commença à dessiner une sorte de plan de l'endroit de sa découverte. Maréchal le regardait par-dessus son épaule. Pour cela aussi, Lantier était très doué. Maréchal demanda :

– Les photos, ça ne suffit pas ?

Lantier le regarda, surpris, comme s'il avait oublié sa présence. Il bredouilla, la bouche pâteuse :

– Qu'est-ce que vous dites ? Ah oui ! Les photos ? Mais non, mon vieux, il leur faut des dessins à tous ces pontes de l'université ! Des photos ? Ce serait trop facile ! trop moderne ! Tout est là, croupir dans la poussière, les collections, les herbiers...

Il hurlait presque et Maréchal réalisa la haine qu'il avait dû accumuler pour son milieu. La situation devenait gênante. Il avait aussi certainement beaucoup bu. Cela ne l'empêchait pas de s'occuper de la gentiane et Maréchal était persuadé qu'il le faisait parfaitement bien. Mais à côté de ça, il ne se rendait même plus compte de ce qu'il disait et à qui. Que fallait-il faire ? Ne pas insister paraissait la conduite la plus sage. Il restait à espérer qu'il rentrerait chez lui sans encombre.

– Bon, je vous laisse, dit Maréchal en l'accompagnant jusqu'à son vélo.

Lantier tenait sa pochette en plastique à la main comme s'il portait le saint sacrement. Il devait tabler énormément sur ça. Maréchal était persuadé que cet effort serait inutile. Certes, sa découverte, si cela en était une, devait être considérable, mais depuis qu'il avait vu dans quel état d'excitation Lantier s'était mis, il ne donnait pas cher de sa carrière. Elle finirait dans les verres de trop. Sauf si... Il y avait parfois des miracles et Maréchal se forçait à en attendre toujours de nouveaux. Ça aidait beaucoup. Lantier avait souffert. La mort de sa femme avait dû être une rude épreuve, mais il avait mal réagi. Boire – comme un tas d'autres succédanés au bonheur – ne servait à rien, jamais.

Tout en se penchant pour redresser le vélo et fixer sa musette et la gentiane sur le porte-bagages, Lantier dit avec un petit ricanement désagréable :

– Vous vouliez peut-être que je vous donne une leçon de VTT ?

Sans ironie, Maréchal répondit :

– Non, merci. Je crois que ce n'est pas le jour et il faut que je rentre.

– Moi aussi ! J'ai du pain sur la planche. Il montrait la poche de la plante. Mais souvenez-vous : ils vont voir qui je suis !

– J'en suis sûr, affirma hypocritement l'écrivain.

Il regagna lentement sa voiture pendant que Lantier enfourchait son vélo. En roulant sur le chemin, il fit un signe de la main. Maréchal attendit avant de démarrer que l'autre soit sur la route. Il ne zigzaguait pas trop, il devait avoir l'habitude de rouler dans cet état. « Quel dommage ! » pensa Maréchal. Mais Lantier n'était qu'une parmi les multitudes d'occasions manquées qu'il aurait rencontrées. Ce n'était pas si facile de réussir sa vie et l'écrivain était indulgent, bien payé pour savoir de quoi il s'agissait... Lantier avait disparu dans un coude vers la combe de Marthe. Maréchal démarra. Le bruit de la 4L lui parut familier.

Quand il revint à la Bonassie, en dépit du plaisir qu'il éprouva en retrouvant la belle maison qui donnait un sentiment de pérennité – même s'il était illusoire : Lavigne en était l'illustration –, Maréchal ressentit de nouveau une sorte de vague à l'âme qu'il croyait avoir vaincu depuis quelque temps. À quoi était-il dû ? Incriminer la saison ou les vies gâchées comme celle de Lantier était un peu court. Ce n'était pas son premier hiver, et il savait ce que c'était que d'échouer, parfois près du port. Cela était rarement dramatique. Mais justement, c'était un hiver qu'il allait passer seul et c'était cela, le fond du problème. Il connaissait la solitude et longtemps elle avait été sa compagne. Mais, depuis cinq ans, avec Laetitia, les saisons avaient connu un autre rythme, celui imposé par la jeune femme et non plus celui d'un vieil ours retiré dans sa tanière. Il ne se cachait pas que, s'il avait accepté de venir ici sur les vagues soupçons de Lise Lavigne, ce n'était pas seulement son intuition qui l'avait guidé. Il avait aussi besoin d'agir, de changer d'air, peut-être même de fuir la Valette qui lui rappelait trop de choses.

C'était également une illusion, il en était conscient, en cette fin d'après-midi cela ne paraissait que trop évident. Pourtant, la soirée était belle, l'air doux et les couleurs des feuilles et des prairies doraient tout le paysage autour de la ferme. Toutefois, les gros nuages qui s'étaient accumulés tout au long du jour étaient encore montés de l'ouest. Ils formaient une grande zone noire qui occultait la moitié du ciel. Quand celui-ci serait tout entier envahi, cela en serait fini des illusions de printemps.

Debout devant la porte de la Bonassie, Maréchal contemplait ce ciel menaçant et pensait à sa soirée. À quoi allait-il l'occuper ? Cette question revenait un peu trop souvent pour quelqu'un habitué à être toujours en train. Il y flaira un danger. Pour le conjurer, il ne voyait qu'une chose à faire : sortir. Lui qui dans ces saisons mêlées adorait pourtant les longues soirées solitaires devant sa cheminée, à écouter de la musique, se sentait esseulé, sans but. Bien sûr, il y avait une cheminée ici, mais il avait le prétexte facile de ne pas avoir de musique à écouter et il ne lui serait jamais venu à l'esprit d'allumer la télé des Lavigne. De plus, il avait très envie de retourner à Valgas, le seul endroit sur des kilomètres où il puisse se rendre facilement.

Après une demi-heure de ces tergiversations, il se secoua et décida d'aller au village. N'ayant aucune envie des restes de chez Léonie, il se dit qu'il pourrait dîner au café de Raymond. Il attendit encore un peu et en profita pour fureter de nouveau un peu partout dans les armoires et les commodes de la Bonassie. Ce fut en vain, il semblait bien qu'il eût fait le tour des documents que les Lavigne avaient accumulés. Cela ne représentait pas grand-chose, mais signifiait surtout qu'ils avaient peu de contacts avec l'extérieur. Jacques Lavigne avait aussi tenu assez loin le monde moderne pour que l'irruption de celui-ci se limite au poste de télévision. Maréchal n'avait même pas trouvé de lave-linge dans la buanderie qui jouxtait la salle commune. Il se souvenait aussi du moulin à café à manivelle. Tout cela composait une ambiance, une manière. Elles n'étaient pas gaies au bout du compte. Certes, le bonheur ne s'était jamais trouvé branché à une prise électrique ! Mais ici le contre-pied semblait avoir dominé. Camille Lavigne avait dû emporter de haute lutte l'achat de la télévision couleur. Conscient de tout ce qu'il imaginait, Maréchal se réjouissait qu'elle ait eu au moins cette victoire avant de mourir. À cet instant, il se sentait un peu en colère contre le père de Lise. Car il en avait trop vu de ces hommes sûrs d'eux au point de tout imposer à ceux qui les côtoyaient, jusqu'à leur gâcher la vie par des principes absurdes auxquels ils croyaient dur comme fer. La plupart d'entre eux, même mis devant la réalité, n'en tiraient jamais la moindre conclusion. Jacques Lavigne, s'il avait vécu, aurait sûrement continué à être un de ces êtres qui semaient autour d'eux tout sauf le bonheur, à moins de croire que l'extrême rigueur en soit un aliment. Il est vrai que lui, d'après ce que sa propre fille disait, avait eu pour cela la meilleure des justifications : celle du ciel. Et la lecture de la Bible vue de ce côté, que Maréchal ne pensait pas le meilleur, n'avait rien pour le persuader de son erreur, au contraire. Le fait qu'il regarde sans cesse vers *la Montagne*, comme s'il en attendait les ordres, et n'en obtenant peut-être pas se contente de ceux que lui dictait sa conscience froide, ne devait pas créer autour de lui de grands cercles de bonne humeur.

À ce stade Maréchal s'en voulut beaucoup. Car que faisait-il, sinon juger ? Et sans savoir, sans même avoir jamais rencontré celui qui faisait l'objet de ce jugement. Tout ce dont il essayait de se garder depuis des années, des opinions nettes, tranchées, définitives sur les êtres, leur condamnation ou leur absolution sans preuve. Il avait posé sur cet homme dont il ignorait presque tout une étiquette qui pouvait très bien être exacte. De là, il déduisait une conduite, des conséquences sur les autres, toute une histoire dont il ne savait rien de plus que ce que lui-même déduisait de quelques phrases. Et l'étiquette pouvait aussi être parfaitement fausse. Combien de fois avait-il porté des jugements hâtifs – ou pas d'ailleurs – qui s'étaient par la suite révélés des erreurs ? D'innombrables fois et certaines lui pesaient rétrospectivement.

Il se demanda s'il allait continuer ainsi et passer son temps à se morigéner ou s'encourager, seul à seul avec ses problèmes – il aurait aussi bien pu dire, et le savait, *son* problème.

La nuit approchait. Elle allait tomber brutalement, comme elle fait toujours à cette saison. Après, ce seraient les ténèbres et avec le ciel qu'il avait vu peu avant elles seraient profondes. Il fallait éviter de s'en laisser compter par elle, la nuit où l'on voit parfois mieux que dans les midis aveuglants. Il se mit à rire et dit à voix haute tout en rentrant dans la maison : « Ça t'en fait des expériences, mon vieux ! Un vrai ancien combattant ! Malheureusement, cela ne sert pas beaucoup quand on est devant... » Il s'efforça de ne pas finir. Exposer son problème n'aurait été d'aucune utilité. Il n'avait pas besoin de l'être, il était sans cesse présent devant lui. Il n'y avait qu'une solution : la fuite.

Il monta récupérer le K-way qui se trouvait en permanence dans son sac. Il prit soin de refermer les volets. Il ferait mauvais cette nuit, il en était sûr. Il alla dans la chambre des parents de Lise pour faire la même chose. Il fut saisi par l'ambiance lugubre qui régnait dans cette pièce. La lumière du lustre hollandais était crue, impersonnelle. Il se demanda si on les avait ramenés là après *l'accident*. Cela semblait peu probable. Ils avaient dû être transportés à l'hôpital dans un premier temps. Ensuite, il y avait eu ces « prélèvements », mais Lise avait bien dit qu'il n'y avait pas eu d'autopsie. Si elle ne l'avait pas dit exactement, ses mots le signifiaient. Il ne savait plus. S'il avait eu le téléphone, il l'aurait appelée. Peut-être le ferait-il depuis Valgas. Ou pas... Pourquoi aller demander ça ? Cela ne suffisait donc pas ? N'y avait-il donc pas assez de malheur dans tout cela ? Il se reprocha aussitôt ces scrupules. La justice, un peu de justice seulement, pourrait peut-être contrebalancer les victoires du mal. Toutefois, il n'en était plus sûr. Il jeta un nouveau coup d'œil à la chambre. Elle semblait triste, abandonnée. Les photos des jeunes mariés aussi sécrétaient une sorte de peine diffuse, comme un regret et une absence de joie.

Brusquement, il sourit. Il se voyait avec un regard impitoyable et c'était risible. Une fois de plus, il se complaisait dans la déréliction, il laissait les sentiments les plus pessimistes qui sont le fruit de la fugacité des choses le submerger. Il se croyait pourtant guéri des attitudes dolentes et contemplatives qu'il avait affectées d'avoir à un certain moment quand il croyait que cela collait avec son personnage, son métier, avant de s'apercevoir que c'était une impasse. Il ne s'agissait certes pas de faire le Jean qui rit tout le temps. Mais la réflexion la plus élémentaire, la vision simple du monde démontrait déjà à l'envi que celui qui grogne ne valait guère mieux. Et en plus celui-ci n'était pas drôle. Il fallait peut-être simplement laisser aller le monde, il se débrouillait bien tout seul. Et quand cela allait mal, qui était à l'origine : le monde ou les hommes ? Une fois qu'on avait répondu à cette question simpliste, on n'avait rien réglé, mais au moins les postures apparaissaient pour ce qu'elles étaient : d'insupportables simagrées.

Il balaya tout ça de la main, descendit dans la salle commune où il ferma aussi les volets et sortit avec une sorte de précipitation, son K-way sous le bras. Il faisait nuit. L'air était humide, cette fois il avait dû pleuvoir tout près. Il quitta la ferme lentement, attentif à la route qui se découpait dans la clarté minable des phares. Déjà Maréchal se reprochait ces minutes perdues à des divagations qui comme toujours ne lui apportaient rien. Tellement il valait mieux respirer ces odeurs du Causse mouillé, sentir sur sa joue la fraîcheur du vent d'ouest qui malaxait les taillis sur les bas-côtés, écouter le bruit qu'il faisait en remontant des dolines et en secouant les pins du chemin de la combe de Marthe qu'il dépassait maintenant. Il se demanda ce que faisait Lantier à cette heure. Avait-il retrouvé sa bouteille de scotch ou bien, s'étant dominé, parvenait-il dans cette nuit menaçante à mettre en place les idées qui selon lui allaient regonfler sa carrière ? Dans ce soir d'hiver, tout cela paraissait bien dérisoire à Maréchal, autant que ses propres élucubrations.

Il se concentra sur le ruban gris de la route. Il n'avait pas remarqué toutes ces petites fleurs qui narguaient la mauvaise saison. Il soupira. Cette fois, c'était de plaisir.

12

Valgas était aussi désert, inanimé, presque hostile, que d'habitude. Il était cependant difficile d'imaginer qu'en deux jours à peine, deux assassinats avaient eu lieu ici. C'était assez décourageant, pensa Maréchal, cela donnait à ces événements tragiques un caractère fugace. Il se serait attendu à ce que les gens réagissent, qu'ils sortent de derrière ces volets clos qui ne les protégeaient de rien. Il aurait voulu qu'ils s'insurgent. Et lui le faisait, sachant bien d'ailleurs que, quand il s'intéressait à ces crimes qui croisaient sa route avec une régularité très inquiétante, il voulait réagir et ne pas laisser courir des coupables. Même si arrêter les actes d'un de ceux-ci ne changeait rien au problème fondamental du mal et de son règne, malgré tout à chaque fois il avait eu le sentiment de lutter un peu contre... quel mot choisir ? « les ténèbres », c'était peut-être le moins faux. Mais ici, ce soir, c'était comme tous les soirs et depuis longtemps et pour longtemps. Il haussa les épaules, qu'avait-il donc, et de quel droit, à s'en prendre aux autres ? Il savait pourtant très bien que chacun a suffisamment d'occupation avec la poutre de son œil...

Il passa devant l'épicerie de Léonie Valade. Elle était plongée dans l'obscurité. Des scellés avaient été posés sur la porte. Il était probable qu'elle ne rouvrirait jamais. Qui viendrait s'enterrer à Valgas pour un revenu de misère ? Il se demanda si Léonie avait de la famille. Possible. Il eut une réflexion idiote : « Que vont-ils faire de tous ces vieux machins ? » Peut-être la fin de cette boutique marquerait-elle aussi la fin d'une époque pour le hameau. Car il ne resterait que le café. Tant d'endroits identiques avaient fini par mourir pour moins que ça. Maréchal se secoua et s'en voulut de ses pensées maussades. Qu'y pouvait-il et en quoi cela le concernait-il ? Il aurait été mieux chez lui à La Grézade ou même aux Platanes, là où il avait des amis, que dans ce bled perdu dans la nuit hostile du Causse. Il se détestait dans ces moments où le moral lui manquait, où la moindre contrariété prenait figure de malheur définitif. Comme s'il n'y avait pas mieux à faire que de se plaindre ! Et pourtant lui, Maréchal, connaissait la valeur de la vie, de la moindre seconde de celle-ci qui méritait qu'on en profite et parfois, pensait-il, qu'on en rende grâce. Ce rappel à l'ordre intime lui fit du bien, il sifflotait en approchant du café.

À l'intérieur, il y avait beaucoup moins de monde que l'avant-veille, au comptoir. Par contre, les joueurs de cartes étaient au complet, même ceux qui s'étaient disputés l'autre soir paraissaient s'entendre parfaitement. Leur habitude devait agir comme une drogue et aplanir bien des difficultés. N'en était-il pas ainsi de toutes les habitudes ? Il n'allait pas recommencer... Il salua, s'attendant au silence de l'autre fois. Mais il entendit plusieurs hommes lui répondre. Avaient-ils appris qui il était ? Cela suffisait alors à l'extraire de l'anonymat à leurs yeux, anonymat qui impliquait pour le moins de la méfiance. Ou le fait qu'il revienne à peu près à la même heure le mettait-il déjà au rang des habitués, ce qui créait des liens ? Quoi qu'il en fût, il ne regrettait pas ce changement de statut. Même Raymond se fendit d'un « Bonsoir, monsieur ! » quand il approcha du comptoir.

Maréchal fut déçu : la femme aux cheveux rouges n'était pas là. Contrarié, il se rassura en entendant des bruits de casseroles dans une pièce séparée de la salle par un rideau à mouches en perles de bois. Elle arriva bientôt en s'essuyant les mains. Maréchal lui fit un signe de tête auquel elle ne répondit pas, ou si peu... Il demanda à Raymond :

– Est-ce que je peux manger ?

– Oui ! Si vous n'êtes pas trop exigeant. D'habitude, on se servait chez Léonie ! Alors, vous comprenez... Va falloir qu'on aille à Châteauneuf.

– Ou à Mergès, dit Maréchal sans savoir pourquoi.

– Ou à Mergès... en effet... répondit Raymond d'un ton pensif. Mais on doit pouvoir vous trouver quelque chose. Solange ! Montre la table pour manger à monsieur.

– Maréchal ! répondit l'écrivain en jouant le jeu.

Raymond le remercia d'un sourire. Il suivit la jeune femme. On ne pouvait que remarquer davantage sa beauté quand on marchait près d'elle. Et aussi l'espèce d'attraction qu'elle exerçait. D'habitude, ce genre d'effet venait de femmes beaucoup plus *spectaculaires* qu'elle. Car en dehors de sa beauté elle n'avait rien de particulièrement remarquable. De nouveau, Maréchal se rendit compte qu'elle le fascinait. Il s'expliquait mieux ce qu'il avait ressenti la première fois à propos de l'espèce de garde qu'ils formaient autour d'elle. Peut-être pour tous ces hommes, frustes au demeurant pour la plupart, représentait-elle une sorte de Graal qu'il fallait défendre à défaut de le conquérir. Et par contraste celui qui avait vaincu paraissait tellement anodin ! Ce pauvre Raymond avec son béret vissé sur le crâne et son obséquiosité de commande qui lui faisait s'exclamer, alors que Maréchal s'en allait avec elle :

– Vous verrez ! Solange va bien s'occuper de vous.

Il eut la pensée fugitive qu'il y avait un sens caché beaucoup moins innocent derrière ces paroles, mais aussitôt la vision de la femme aux cheveux rouges qui s'effaçait pour lui montrer une table le dissuada de ce genre d'interprétation.

Pendant qu'il s'asseyait à la seule table où le couvert était mis, elle disparut derrière le rideau en bois. Maréchal attendit la suite tout en regardant le café. Le modernisme, qui dans cet endroit coupé de tout lui avait paru assez étonnant, ne le choquait plus. S'il y avait une étrangeté ici, elle était ailleurs et déjà dans le couple disparate de cette femme de toute beauté et de cet homme insignifiant qui brassait beaucoup d'air inutilement derrière son comptoir.

Maréchal remarqua que personne ne s'occupait de lui. Tout juste si, quand il était passé, les joueurs de cartes les uns après les autres avaient levé la tête et l'avaient salué en réponse à ses propres « Bonsoir », avant de replonger dans leur jeu, cet assemblage un peu enfantin de couleurs et de figures qui composait tous les soirs leur univers. Mais cela aussi permettait de vivre.

C'était comme s'il n'avait pas existé, chacun dans cette salle avait repris sa conversation, son occupation ou sa rêverie. Il eut de nouveau le sentiment d'avoir été adopté. C'était absurde, mais cela le réconforta un peu après ses idées pessimistes de tout à l'heure.

Bientôt, la jeune femme revint avec un plat et une corbeille à pain. Avec des gestes qui montraient qu'elle connaissait son affaire, elle disposa tout devant Maréchal et, sans parler, lui apporta une bouteille de vin rouge, entamée et à l'étiquette banale.

– Non ! Je ne bois que de l'eau.

Sans davantage ouvrir la bouche, elle remporta la bouteille et revint avec une carafe d'eau.

– Merci, fit-il en la regardant.

Elle était impassible, on aurait dit que rien ne comptait pour elle y compris ce qu'elle faisait et même ce qu'elle était. Elle menait une parfaite double vie. Maréchal aurait été content de connaître l'autre.

Elle lui avait servi du poulet en sauce. Il y goûta, il était excellent. Elle revint bientôt avec une coupelle de riz qu'elle posa devant lui. Ensuite elle arrangea le plat et la coupelle. Ce n'était pas nécessaire mais alors Maréchal entendit sa voix pour la première fois :

– Vous savez comment il est mort ?

Il la regarda, stupéfait. Elle avait employé un ton très détaché. En l'observant, on ne voyait pas qu'elle parlait, juste un minime tremblement des lèvres. Personne ne pouvait se douter qu'elle l'avait interrogé.

– Oui. Il a été assommé.

– Ça, je sais. Le gendarme l'a dit ce matin. Non, je veux savoir comment il est mort.

Maréchal dut réfléchir pour comprendre la nuance.

– Vous voulez savoir s'il a souffert ?

– Oui, c'est ça.

Il remarqua qu'elle avait profité du moment où Raymond avait quitté son comptoir pour lui poser la question.

– Je ne crois pas. Le coup a été violent... dit Maréchal sans s'avancer trop.

– Tant mieux.

Ce furent ses derniers mots. Raymond revenait avec un casier à bouteilles. Elle était repartie, légère, toujours avec cette allure du tonnerre qui accompagnait chacun de ses gestes.

Il termina son assiette et se resservit même un peu, comme pour lui rendre hommage. Mais c'était inutile : elle ne regardait pas dans sa direction. Elle ne regardait dans aucune direction, tellement son regard passait au travers des choses. Il se dit qu'il faudrait bien qu'elle revienne. Peut-être pour lui proposer un dessert, il avait bien compris que le poulet était un plat unique. Ou pour se faire payer. Et là, il l'interrogerait. Il attendit. Quelques habitués arrivèrent, d'autres sortirent. Il écouta les conversations. Elles tournaient comme l'autre soir autour des aides de Bruxelles. Personne ne parlait des événements de Valgas. Ça aussi c'était un mystère, car toujours dans les cafés de campagne les gens commentaient la vie locale quand par hasard elle pouvait contrebalancer celle que diffusait l'oracle télévisuel. Pas ici. Il n'entendit personne parler de crime. Il eut envie de mettre les pieds dans le plat en lançant à la cantonade une question du genre : « Alors, les gars ! Qu'est-ce que vous en dites qu'on ait égorgé votre épicière ? Égorgée ! Vous vous rendez compte ! »

Personne n'aurait sans doute répondu, comme si à la vérité le prix du quintal de blé avait plus d'importance à leurs yeux que la vie de cette femme. Maréchal savait qu'il était injuste. Ce n'était qu'une défense. Ces gens vivaient d'un bout de l'an à l'autre dans la difficulté. Le monde par ses excès les menaçait. Leur seule sécurité – ils n'avaient même pas celle du lendemain –, c'était ce coin de Valgas, où ils venaient après avoir pour certains traversé des solitudes aussi menaçantes. Alors, ils n'avaient aucune envie de discuter de sang et de meurtre pendant le seul moment où chacun pouvait s'abandonner à un semblant d'amitié, reconstituer avec les autres pour une heure une sorte de communauté. Peut-être même que sa question, s'il l'avait posée, aurait été mal prise. Qui sait si l'un ou l'autre n'aurait pas laissé le submerger cette dure violence des hommes qu'ils parvenaient tant bien que mal à maîtriser, gardant leurs forces pour leur combat quotidien contre une terre hostile, pour des récoltes menacées, pour des familles compliquées où souvent aussi les meilleurs sentiments devaient céder le pas à la nécessité ? Non, Maréchal ne leur en voulait pas pour leur dédain apparent, leur insensibilité apparente devant la mort de Léonie et de Pierre Laurel. Il s'agissait là d'une défense, la seule qu'ils eussent à leur disposition.

La femme ne revenait pas. Il appela d'une manière impersonnelle, n'osant pas la héler. Comme le premier soir, elle alla vers Raymond et lui dit quelques mots à voix basse. Le cafetier cria :

– J'arrive !

Ce n'était pas ce que Maréchal souhaitait, mais il avait compris que la seule chose qui l'intéressait, c'était de savoir si Laurel avait souffert ? Et c'était tout ! Fût-elle revenue, Maréchal était certain qu'elle n'aurait répondu à aucune question. La seule personne à laquelle elle s'adressait était Raymond et Maréchal se dit que l'insignifiance même de celui-ci expliquait l'attitude de la femme aux cheveux rouges, dont d'ailleurs, ce soir, de nouveau, il remarqua qu'ils flamboyaient comme un soleil dans cette salle de bistrot au demeurant sans intérêt. Oui, c'était cela : il n'y avait qu'elle qui présentât un intérêt ici. Et sans doute les autres l'avaient-ils compris vu l'espèce d'idolâtrie qu'ils paraissaient tous lui manifester quand leurs regards se posaient sur elle. Maréchal s'essaya à l'objectivité. Certes, elle était belle. Mais comme tant d'autres ! Même si cette beauté était rare ici, cela ne suffisait pas, il y avait une aura, quelque chose d'indistinct qui les aimantait à cette femme dont pourtant Maréchal aurait parié qu'ils n'attendaient rien, aucun, de ce qu'on peut imaginer et que, si on leur en avait parlé, ils l'auraient mal pris. « Au point de tuer ? » se demanda-t-il. Pourquoi pas ? Ce ne serait pas la première fois. Et chacun de ces hommes pouvait être celui qui avait tranché la gorge de Léonie Valade ou assommé Pierre Laurel. Lequel était entré avant ou après, ou sorti après ou avant ? C'était impossible à déterminer. Même les gendarmes avec leur patience n'y parviendraient pas. Cette confrérie autour de la femme aux cheveux rouges n'était pas imaginaire. Elle existait et venait des liens ancestraux des gens de ce pays. Des liens établis, ancrés, ficelés depuis des générations et des générations. Contre cela, il n'y avait rien à faire, tous les gendarmes de la Création se casseraient toujours les dents et, se dit Maréchal en souriant, tous les écrivains détectives ! Il connaissait trop bien la campagne, la terre, les paysans. Des mondes difficiles à pénétrer si on ne partageait pas leur vie dure, sans artifices jusqu'à une date récente. Car cela bougeait, certes, mais pas ici, pas à Valgas, où tout était comme au temps du Prince noir. Ce n'était pas la télévision ni les 4×4 garés devant la porte du café qui changeaient quelque chose à ça. C'était leur vie, faite de la douleur de la terre et des luttes de siècles et de millénaires. Cela encore pour quelque temps était hors d'atteinte.

Maréchal se leva et décida de s'approcher de la femme aux cheveux rouges. Elle le devina et disparut dans la cuisine. Il se trouva stupide devant Raymond.

– Il faut que je m'en aille. Combien je dois ?

– Vous ne voulez pas de dessert ? dcmanda lc cafetier d'un air idiot. Il doit rester de la tarte. Elle est bonne...

– Je n'en doute pas. Mais non, vraiment, il faut que je m'en aille.

– Comme vous voulez. Le client est roi.

Tout en disant ça, il avait cligné de l'œil assez lourdement. Pressentant qu'il allait poursuivre dans ce registre, Maréchal répéta :

– Combien je vous dois ?

Raymond fit mine de réfléchir, de calculer, mais cela sonnait faux, et déclara :

– Deux euros !

Maréchal hocha la tête, il avait envie de dire : « C'est un tarif unique chez vous ! » Il vit à travers le rideau de perles de bois la femme aux cheveux rouges qui le fixait intensément. Troublé, il bredouilla quelque chose comme : « Gardez la monnaie », en tendant un billet de cinq euros. Il lui tardait maintenant de quitter cet endroit. Mais Raymond s'écria :

– Jamais de la vie ! Chez moi, le service est compris. Voilà votre monnaie !

Il parlait très sérieusement et tendait des pièces. Maréchal les prit, lança un « Bonsoir tout le monde ! » et sortit.

Le silence régnait toujours sur Valgas, mais dans le bas du hameau on entendait de temps à autre les cris des nocturnes. Le ciel était entièrement noir. Le vent apportait de nouveau des odeurs d'averses. On sentait que l'humidité avait gagné un peu partout. Il ne pleuvait pas encore, mais cela ne tarderait pas. En regardant vers le nord, Maréchal distingua des lumières lointaines, sûrement celles de Liolier. Il devrait y aller voir un jour. Pas ce soir, s'il voulait éviter de retomber dans *son vice* : le café de Liolier faisait tabac. Il regarda sa montre. Il n'était que neuf heures et demie. Il n'avait rien d'autre à faire que de rentrer à la Bonassie. Mais il reculait un peu devant la solitude, ce qui lui arrivait rarement. Cette fois, son problème ne se réglerait pas aussi simplement qu'il l'avait cru avant que ne lui reviennent les cruelles réminiscences de ces derniers jours. Il fit quelques pas sur la place. Il aimait beaucoup ce halo de lumière que diffusait la devanture pourtant étroite du café de Raymond. Elle lui évoquait *Café de nuit* de Vincent Van Gogh, qu'il avait en vain recherché dans les rues d'Arles. Il l'avait retrouvé parfois, mais ailleurs, dans des endroits incroyables, et chaque fois cela l'avait ému, car c'était la marque de l'art de s'incarner au point de dépasser la réalité géographique. Mais en cette si douce soirée d'hiver, presque mouillée déjà, il n'avait pas vraiment envie de parler peinture, même pas avec lui-même ! Il avait envie de compagnie et celle des habitués du bistrot était très insuffisante. Qui aurait-il pu aller voir ? Périer ? Il devait être en famille, à Châteauneuf, devant la télé, il y avait quatre-vingt-dix chances sur cent. Marc Lantier ? Leur rencontre de l'après-midi lui avait laissé le goût amer de la déception. Il n'était pas près de s'effacer. Aller le voir et risquer de le trouver ivre mort, couché de tout son long, ayant pris l'excuse *des autres* pour noyer sa peine qui au demeurant était légitime, sa solitude dont seul le destin était responsable ? Non, merci, se dit Maréchal. Il préférait encore rester seul.

Il marcha un peu dans les rues vides où son pas résonnait. De temps en temps, il distinguait quelques rais de lumière à des volets. Il croisa un chat esseulé lui aussi mais, alors que d'habitude il les attirait, celui-ci, au lieu de venir se frotter contre sa jambe, s'enfuit en miaulant méchamment d'une façon désagréable quand il se pencha vers lui.

« Rien ne va ce soir... », dit-il à mi-voix. Il arriva bientôt aux limites du hameau, au-delà du mur qu'il venait de longer et qui ceinturait un jardin d'après l'odeur de fumier et de choux, et buta presque sur le bloc de nuit intense qui couvrait le Causse. Un bloc qui paraissait impénétrable. Du granit. Seuls en montaient une respiration lente et monotone et un charroi d'odeurs d'herbes et d'arbres qui écrasait celle des potagers. Le monde sauvage serait toujours le plus fort et ce hameau figurait assez bien le pays des hommes face à cette sauvagerie. Malgré le peu d'amitié que Valgas lui avait manifesté, Maréchal ressentit une sorte d'affection pour ce coin de terre. Il fit un pas vers le Causse mais très vite recula, comme s'il s'était senti rejeté. Il revint lentement par des ruelles tout aussi désertes. De temps en temps, on entendait une vague de bruit, de paroles et de musique mêlées, quand quelqu'un ouvrait la porte du café et laissait venir dans la nuit le mélange indistinct des conversations et du programme de la télévision.

Il alluma son briquet et regarda l'heure. Neuf heures quarante-cinq. Il pouvait encore téléphoner à Lise Lavigne. Il avait un certain nombre de questions à lui poser, des questions auxquelles il était peu probable qu'elle puisse répondre, comme à qui son père versait de l'argent, ou d'autres auxquelles il était peu probable qu'elle *veuille* répondre, par exemple sur sa relation avec Désiré Bayle, et quelques-unes enfin qui étaient faciles et ne devraient pas l'embarrasser. « Qui était Pierre Laurel par rapport à sa famille ? », « Qui était la femme aux cheveux rouges ? » Mais le savait-elle ? Il était à peu près sûr qu'elle ne la connaissait pas. Que serait-elle allée faire au café de Raymond ? Et d'ailleurs, existait-il quand elle était à la Bonassie ? À l'évidence, tout ce qui concernait cette femme l'intéressait. Il était bien forcé de reconnaître qu'il éprouvait vis-à-vis d'elle le même sentiment que les types du comptoir du café ! Contre cela, il n'y avait pas grand-chose à faire, sauf attendre la désillusion, car il était certain que cet être recelait un aspect obscur. D'où cela lui venait-il ? « De ta fameuse intuition ! » se moqua-t-il. Malgré sa beauté, elle ne l'intéressait pas en tant que femme, mais plutôt comme personnage, comme archétype. Il ricana. « Voilà à quoi tu penses à dix heures du soir ! »

Il se dirigea vers la cabine de France Télécom. Un des rares lampadaires du hameau, plutôt pâle et jaunâtre, éclairait suffisamment pour qu'il retrouve dans son portefeuille le bout de papier où il avait noté le numéro de la jeune femme. Il le composa et attendit. Il pensa que peut-être Laurent Caroux allait répondre. S'il en avait le courage, il devrait lui dire de bien veiller sur Lise, qu'elle en valait la peine, de faire attention à ne rien casser, pas comme lui... Mais non, cela ne le regardait pas. La sonnerie retentit plusieurs fois, puis la voix d'une machine automatique lui annonça qu'elle était absente et qu'il pouvait laisser un message. Maréchal aurait bien voulu, mais lequel ? Qu'elle le rappelle ? Où et comment ? Il raccrocha. Il eut envie d'appeler Périer, dont il avait aussi noté le numéro dans le millimètre carré encore libre de son petit carnet d'adresses. Mais il n'allait pas déranger l'adjudant qui avait couru les routes toute la journée.

Machinalement, Maréchal feuilleta son carnet. Tout à coup, un nom lui sauta aux yeux. Un ami d'enfance, professeur à l'Université de Clermont-Ferrand, département des langues étrangères. Ce garçon, qui avait partagé quelques-unes de ses années d'étudiant, s'était spécialisé dans un dialecte bantou ou mongol, il ne s'en souvenait plus. Mais la vie en avait décidé autrement et il s'était rabattu sur des études d'espagnol qui lui avaient permis de se faire une niche. C'était lui qui avait invité Maréchal à un colloque dans sa ville et sur le chemin du retour l'écrivain était passé à la Bonassie un jour de juin. Clermont-Ferrand ! Pourquoi ne pas y avoir pensé plus tôt ? S'il voulait des renseignements sur Lantier, il ne pouvait y avoir de meilleure source. Toutefois, il ne s'agissait pas non plus de risquer de créer des ennuis à ce garçon, auquel il n'avait rien à reprocher de spécial, seulement quelques impressions désagréables, une légère déception à l'égard de quelqu'un qui écoutait une partita de Bach au lieu d'une radio quelconque. Mais son ami ne dirait rien à personne, Maréchal en était sûr, c'était un être discret, un peu déçu par la vie et sa carrière, en dehors de sa vraie passion. Une vie familiale monotone lui avait laissé aussi beaucoup de mélancolie. Il passait celle-ci à étudier dans le texte *Les Solitudes* de Góngora, ce qui vingt ans après justifiait son changement d'orientation. Un tel être ne trahissait personne. Il gardait tout pour lui, Maréchal devrait seulement le lui demander et ce serait un tombeau.

Il eut plus de chance avec Michel Vergnes qu'avec Lise, le téléphone sonna trois fois et il entendit la voix de son ami qui s'exclama en réponse à son « Bonsoir » :

– Franck ! Quelle surprise ! Comment vas-tu ?

– Ma foi... et toi ? J'espère que je ne t'ai pas empêché de regarder *Derrick* !

Silence, puis :

– Qu'est-ce que tu racontes ? Bon, ça va ! Je vais bien et je suis en train de lire...

– Laisse-moi deviner ! Bon, je sais !

– Bien sûr que tu sais, Góngora...

Oui, Maréchal savait. Il savait surtout que dans la vie de certains êtres il faut une passion pour qu'ils tiennent devant tout le reste. Ce peut être une femme, ou Góngora, une passion, c'est cela qui compte.

– Comment vont ta femme et tes enfants ? demanda Maréchal, sûr de la réponse.

– Bien !

Le ton était tiède, mais la question suivante fit mal à Maréchal.

– Et Laetitia ?

– Parlons d'autre chose, tu veux bien !

– Ah.

Il ne dirait rien de plus, il avait compris, bien entendu, et Maréchal savait qu'il penserait à lui. C'était beaucoup.

– Michel, mon coup de téléphone est intéressé. Est-ce que tu connais un garçon qui s'appelle Marc Lantier ?

– Je ne crois pas. Qu'est-ce qu'il fait ?

– Chercheur en botanique à ton université. Les fleurs rares des Causses, tu vois ce que je veux dire ?

– Oui, je crois. Qu'est-ce que tu veux savoir ?

– Tout !

– Ça fait beaucoup, tu ne crois pas ?

– Pas plus que d'habitude pour nous autres « chercheurs d'absolu ».

C'était le nom de leur petit groupe à la fac. Et ils y croyaient dur comme fer. Depuis, Maréchal avait retrouvé plusieurs fois l'un d'eux, Jean Chasles, le journaliste*. Lui aussi avait perdu pas mal de ses illusions et Maréchal, plusieurs fois, s'était surpris à se dire que lui, malgré *tout*, était épargné par ce mal.

– Pour quand est-ce qu'il te faut ces renseignements ?

– Maintenant, bien sûr ! plaisanta Maréchal.

– Pourquoi pas ? Disons dans un quart d'heure. J'appelle mon copain Laval de la fac des sciences et je te rappelle.

Maréchal était médusé. Il balbutia :

– Il faut être discret.

– Tu me connais. Laval ne se doutera de rien, je lui dirai que je m'intéresse aux plantes du Causse. Donne-moi le numéro de ta cabine.

– Comment tu sais que je suis dans une cabine ?

– J'ai gagné, alors ! J'ai pensé que tu n'étais pas chez toi puisque je n'entendais pas de musique. Et comme tu n'as pas de portable... Le reste, c'est un coup de pot !

Maréchal donna le numéro de la cabine.

– À tout à l'heure, dit Michel Vergnes en raccrochant.

Maréchal sortit de la cabine, dont il coinça la porte. Le vent soufflait plus fort et la nuit était de plus en plus noire. Il fit les cent pas en s'interrogeant sur ce que devaient penser les gens qui, à tous les coups, le surveillaient par les fentes de leurs volets. Il regretta plus que jamais de ne pas avoir une gauloise à griller.

Il se demanda s'il avait eu une bonne idée en

---

* Voir *Vengeance d'automne*, *op. cit.*, et *Le Mas des peurs*, *op. cit.*

appelant Vergnes mais finit par conclure qu'il n'y avait aucun risque. En attendant, les questions ne manquaient pas. Cela valait mieux, tant il savait que sans elles, il lui serait beaucoup plus difficile de museler ses idées noires. Toutefois, il devait convenir qu'il était un peu perdu. Il était venu à la Bonassie pour faire plaisir à Lise Lavigne et par intuition. De là à penser que c'était elle qui l'avait plongé dans une sombre histoire avec deux vrais cadavres, il n'y avait qu'un pas. Il s'efforçait de ne pas le franchir. Que pouvait-il bien y avoir de commun entre tout ça ? De plus, l'accident des Lavigne datait déjà de dix mois. Si tout avait été lié, pourquoi tant de délai ? Parce qu'il était venu dans le coin ? Cette hypothèse ne résistait pas à l'examen. Pourtant, il y avait pas mal de choses troublantes dans tout ça. Et il avait aussi l'impression qu'un élément lui échappait, depuis le début, sans qu'il puisse mettre le doigt dessus. Qu'était-ce ? Une phrase ? un fait précis ? une impression ?

Il haussa les épaules. Non, il ne parviendrait à rien de cette manière ! Pourquoi personne ne répondait chez Lise ou plus exactement pourquoi son portable ne répondait pas ? Il évita de formuler une pensée dramatique qui lui venait sans raison, comme si la jeune femme eût été menacée. C'était absurde, qu'elle ne réponde pas pouvait s'expliquer de nombreuses manières, elle était peut-être allée au cinéma ou sortie en coupant son portable.

Il regarda autour de lui. Il ressentait depuis un moment une hostilité considérable. Pourtant, le monde extérieur ne lui faisait pas peur. Il avait connu des tas de gens qui s'effrayaient d'un nuage d'orage ou d'une bourrasque et imaginaient aussitôt le pire. Pas lui. Maréchal avait – il le déplorait parfois – en général plus confiance dans les éléments qu'en ses semblables. Cette idée était un peu monstrueuse, et pas du tout charitable, mais réelle et hélas confortée par de multiples expériences. Et si ce soir, au milieu de ce hameau perdu à la surface obscure de la terre, il ressentait cette crainte, il devait à tout prix se dire qu'elle venait des événements récents, du fait que l'assassin – ou les assassins – de Léonie Valade et de Pierre Laurel courait la campagne. Qui disait qu'à cet instant même il ne le guettait pas, embusqué derrière l'angle d'une de ces maisons dont on distinguait à peine la silhouette ? Ou qu'il ne guettait pas quelqu'un d'autre ? La femme aux cheveux rouges, par exemple ? Non, pas elle, se dit Maréchal aussitôt. Elle ne risquait rien. Qu'est-ce qui étayait cette opinion tranchée ? Rien non plus ! D'où lui venait donc cette certitude ? Si on poussait loin cette idée, on arrivait presque à la mettre en cause. Et de cela Maréchal s'en voulait, car c'était gratuit ! Elle passait sa vie dans son café... Il s'arrêta. Qu'était-il en train d'échafauder ? Pourquoi dédouaner à tout prix cette femme, et d'ailleurs en quoi avait-elle besoin de l'être ? Trois jours plus tôt, il ne l'avait jamais vue ! Cela faisait partie des exagérations de la nuit, des fantasmes de ce pays un peu en dehors du monde.

Il dut laisser sonner quatre ou cinq fois la cabine de Valgas avant de s'en rendre compte.

– J'ai cru que tu étais parti ! fit son ami.

– Je rêvais !

– Tu as de la chance de rêver ! Où es-tu ?

– Devant des kilomètres carrés de Causse. Le vent souffle, il va pleuvoir...

– Veinard !

Il y avait beaucoup d'amertume dans le ton de Michel Vergnes. Et Maréchal savait qu'il avait raison. Il valait mieux parler d'autre chose.

– Alors, pour Marc Lantier ?

– C'est un as ! Un type d'envergure dans sa partie. Il a fait de nombreuses découvertes intéressantes dans son domaine, il a dépoussiéré bien des vieilles lunes. *On* attend de lui un *grand truc*. Il peut même avoir une chaire !

Finalement, les rêves de Lantier n'étaient pas si absurdes que cela. Avec la gentiane, peut-être...

– Donc, c'est un type hors pair, etc. Mais alors, peux-tu m'expliquer pourquoi il ne l'a pas encore, cette chaire ?

– J'ai compris à demi-mot car tu penses bien que mon copain ne m'a pas dit d'entrée de jeu qu'il avait une casserole attachée à ses basques depuis longtemps. Une histoire d'étudiant ! À propos d'une caisse d'association dans laquelle il aurait puisé... C'est du moins ce que j'en ai déduit. Peut-être autre chose au même moment : une femme, la grande vie, etc., d'où la caisse sans doute. Depuis, un des pontes de la fac en a après lui et a tout bloqué. Mais le patron en question part à la retraite le mois prochain. Alors, pour Lantier, primo son opposant s'en va et deuzio, avec le jeu de chaises musicales que tu imagines, un poste va se libérer. Il suffirait de peu.

– C'est tout ? demanda Maréchal sans réfléchir.

– Parce que tu trouves que ce n'est pas assez ? Et

tout ça en un quart d'heure ! Je ne sais pas si tu réalises ?

– Oui, bien sûr. Excuse-moi, je pensais à autre chose. En tout cas, merci...

– Ça te sert ?

– Je vais être franc : je n'en sais rien encore. Mais peut-être... Il réfléchit deux secondes. Oui, sans doute. En tout cas merci encore. Et ne m'en veux pas trop de t'avoir distrait de Góngora.

– Tu sais bien que c'est impossible, il m'accompagne nuit et jour.

– À bientôt, alors, et le bonjour à ta femme.

– Je n'y manquerai pas, répondit-il, mais son ton démentait exactement son propos. Allez, bonsoir Franck, et si tu viens par chez moi, ne m'oublie pas !

– Promis ! dit Maréchal en raccrochant.

Il sortit de la cabine et retrouva le vent. Les rafales arrivaient avec beaucoup de force du fin fond du plateau et venaient raboter les toits de Valgas avec brutalité. Elles apportaient des mélanges incroyables d'odeurs où dominait celle de la pluie.

Au moment où il quittait la cabine pour rejoindre la 4L, une de ces rafales rabattit violemment la porte du café. Le claquement brutal fut suivi d'un juron, puis le silence revint. Il fut tout de suite occupé par de nouveaux raclements du vent et des chocs en cascade. Maréchal imagina qu'on emportait des poubelles. Il frissonna légèrement malgré la douceur de l'air. Mais il était fatigué. Il essaya de ne pas trop penser à ce que lui avait appris Michel Vergnes. Il valait mieux réfléchir à tout ça tranquillement de retour à la Bonassie. Les bruits du café lui avaient donné envie d'y retourner, plutôt que de retrouver la ferme. Il se l'interdit. À quoi bon ? Ce bistrot ne pouvait être un havre sûr, en tout cas pas plus d'une heure. Il valait mieux affronter la nuit et la solitude. Quand il ouvrit la porte de la 4L un homme traversa la place devant lui à une dizaine de mètres. Il le regarda passer tout en montant dans la voiture. Une fois installé au volant, il le vit s'enfoncer dans la nuit et le reconnut : c'était l'homme qu'il avait croisé la première fois qu'il était venu à Valgas, le soir de l'assassinat de Léonie. L'homme qu'il avait appelé pratiquement au même endroit et qui avait disparu. Il bondit de la 4L, se lança derrière lui. Il suivit la ruelle que l'autre avait empruntée. Il était loin des lampadaires et la rue était parfaitement obscure. Il n'entendait rien non plus. Il finit par se retrouver au bord d'un champ. L'autre avait disparu, exactement comme la première fois. Pourtant, à ce moment, Maréchal aurait juré qu'il avait quelque chose à voir avec tout ça. Sinon, on ne disparaît pas de cette manière dans la nature sans répondre à quelqu'un qui vous appelle et peut avoir besoin de quelque chose. Il n'arrivait pourtant pas à superposer à cette vague silhouette un des personnages croisés depuis son arrivée. Sauf... la seule ressemblance qu'il pouvait imaginer était absurde, puisqu'il pensait à Périer. Cela ne tenait pas debout, mais donnait une idée de la stature du personnage. C'était peu, mais pas tout à fait rien. Or depuis que tout avait commencé, « peu » faisait grosse impression.

Il resta un moment les bras ballants au bord du champ, mais cela ne servait à rien. Comme la première fois, l'autre s'était en quelque manière évaporé. Il revint vers la civilisation ou tout au moins ce qui ici, à Valgas, en tenait lieu : trois ou quatre lampadaires ternes guère plus lumineux que des quinquets dans les romans d'Eugène Sue et le halo du café dont le cercle ne s'étendait pas plus loin que les deux maisons voisines. Tout le reste, c'était la nuit. Il remonta dans la 4L et démarra brusquement. Il en avait assez tout à coup. Assez de cette nuit et de côtoyer le mystère. Il avait envie de lumière, de musique, de joie, de compagnie. Pas de ceux du café : ces hommes rudes ou ce Raymond inconsistant, ni même cette femme à la chevelure flamboyante. Il aurait donné cher pour se retrouver à La Grézade par l'opération du Saint-Esprit. Il aurait écouté ses disques favoris, ceux qu'il n'avait pas passés depuis longtemps. Il serait sorti tranquillement dans la paix de son village bien éclairé, des rues où on entendait les gens vivre dans leur maison, rire ou se disputer mais vivre ! Après, il serait peut-être allé aux Platanes où dans cette ambiance des années cinquante qu'il aimait, il aurait écouté Jacques Bonnafous raconter ses histoires de chasse pour le faire enrager ou Ginette parler avec les yeux mouillés des mérites de son gamin ou des malheurs de la princesse. Les vieux là-bas aussi jouaient aux cartes, comme à Valgas, mais sans hargne, et cela ne les empêchait pas de vous parler, de rire aussi. Tout cela n'allait pas chercher loin et, malgré tout, ceux de là-bas aussi avaient leurs peines et leurs malheurs, mais c'étaient des peines et des malheurs naturels, surtout pas cette sauvagerie avec Léonie la gorge tranchée ou ce type au crâne fracassé qu'on avait sans doute flanqué dans un tiroir de la morgue à cette heure. Maréchal en avait marre de tout ça. Il serait bien rentré tout de suite, aurait pris ses affaires et serait retourné d'où il venait, d'où il n'aurait jamais dû partir pour vérifier les idées farfelues de cette fille qu'il ne connaissait pas. Ces crimes de Valgas, c'était le boulot des gendarmes, pas le sien. Périer trouverait la solution à un moment ou l'autre, plus ou moins tôt, mais il la trouverait. Il n'avait nul besoin de son aide, et ne la lui avait pas demandée. Tout cela, Maréchal se le dit en quittant le hameau, alors que de grosses gouttes de pluie venaient s'écraser sur son pare-brise et crépitaient sur la tôle mince et mal insonorisée de la 4L.

Il chassa toutes ces idées. Il devait maintenant se concentrer sur cette route obscure que les pauvres phares de la Renault ne parvenaient pas à éclairer. Sinon, il ne reviendrait jamais à la Valette.

Il roula ainsi à petite vitesse. Penser à autre chose lui faisait du bien. Il finit par sourire de lui-même. Il avait presque retrouvé la paix intérieure et oublié ses rêves de retour à la maison quand il dépassa les trois pins qui marquaient l'entrée de la combe de Marthe. À cet instant, il vit luire dans la nuit un éclat métallique dans le faisceau des phares. Il pila. C'était le VTT et Lantier était allongé de tout son long au milieu de la route. Il ne bougeait pas.

13

– Le salaud ! murmura Lantier en grimaçant de douleur.

Son visage était couvert du sang qui coulait par une vilaine blessure au front.

Il était groggy. Maréchal le soupçonna d'avoir beaucoup bu avant.

– Qui est-ce qui vous a agressé ?

– Comment voulez-vous que je le sache ? fit Lantier sur le même ton très bas. Je n'ai rien vu ! J'ai senti un grand coup sur la tête, puis je suis tombé. Je pense que je me suis évanoui. Mais j'ai entendu le bruit de votre moteur. Je me suis dit qu'il fallait que je me tire du milieu de la route, mais je n'en ai pas eu la force.

Maréchal pensa que s'il était capable de parler aussi longtemps, c'était qu'il allait mieux.

– Vous devriez essayer de vous asseoir et même de vous lever. Apparemment, vous n'avez que ce coup à la tête.

– Vous trouvez que ça ne suffit pas ? Je voudrais vous y voir.

Le ton était agressif, mais Maréchal commençait à le connaître.

– Je compatis, Lantier. Mais vous ne pouvez pas rester couché de tout votre long sur le sol au milieu du Causse.

La pluie tombait à verse. Maréchal le soutint sous les bras et l'aida à se relever. Lantier y parvint. Visiblement, la tête lui tournait. Maréchal l'entraîna vers la 4L et l'installa aussi bien que possible sur le siège du passager. Il sortit une lampe de poche de dessous le tableau de bord et examina la figure de Lantier.

– Il faut soigner votre blessure.

– Où ça ? gémit Lantier. Le médecin le plus proche est à Châteauneuf. Vous vous voyez descendre avec votre carrosse par cette route affreuse en pleine nuit ?

– S'il le faut... Mais d'abord, il faudrait que je voie ça de plus près. Il me semble que ce n'est pas très profond.

– Pas très profond ? Qu'est-ce qu'il vous faut ?

– Écoutez, on est un peu loin de Valgas et à la Bonassie il n'y a pas de téléphone. Le mieux est qu'on aille chez Casimir Bayle...

– Vous rigolez ? Il va me jeter dehors, blessé ou pas...

– Vous lui avez fait quelque chose ?

– Non ! Mais il fait toujours comme ça.

Lantier avait repris du poil de la bête. Maréchal coupa court :

– On va aller chez Bayle. On désinfectera votre blessure et après, on appellera les gendarmes. Je suppose que vous n'avez pas de portable ?

– Pour quoi faire ? Pourquoi n'allons-nous pas chez moi ?

– On m'a appris aux cours de secourisme qu'on ne laissait pas seul quelqu'un qui avait perdu connaissance après un traumatisme crânien.

Il s'efforça, surtout pour lui-même, de le prendre à la légère :

– Vous allez voir comme Casimir va vous veiller affectueusement.

Lantier le foudroya du regard.

– Ça vous amuse beaucoup, on dirait.

– Oh, écoutez, Lantier, je ne vais pas pleurer et vous devriez faire comme moi, pensez que ça aurait pu être pire. À propos, qu'est-ce que vous faisiez en pleine campagne avec votre vélo au milieu de la nuit et par ce temps ?

– Je voulais aller au café de Valgas.

Maréchal faillit ajouter : « Pour acheter une bouteille... » Lantier avait compris que Maréchal était au courant. Il murmura :

– Vous croyez que c'est facile de vivre tout seul ?

– Oh non ! Je ne le crois pas. Mais je vais vous dire, on va laisser tout ça de côté et on va aller chez Bayle. Ensuite, on y verra plus clair.

– Et mon vélo ?

– Vous pensez qu'il risque quelque chose ?

– Je n'ai aucune envie qu'on me le vole.

Maréchal prit son mal en patience. Ce type l'horripilait, mais il alla chercher le vélo. Il revint et dit à Lantier :

– Comment voulez-vous qu'on le rentre dans ma voiture ?

Lantier ricana :

– En démontant les roues, bien entendu.

Maréchal soupira : il avait appris que parfois il faut boire le calice jusqu'à la lie. Et puis, il était serviable. Il démonta les roues du VTT et réussit à le caser dans le coffre. Lantier avait l'air rasséréné.

Il démarra et prit l'allée dans le bois. Puis il tourna à l'embranchement de la Bernarde. La pluie s'abattait en rafales que le vent poussait à travers le chemin. La nuit était toujours aussi obscure et les phares toujours aussi faibles. Le chemin lui parut beaucoup plus long que la première fois. Il allait demander à Lantier qui tenait un mouchoir appuyé sur son front s'il ne s'était pas trompé d'embranchement quand il aperçut les lumières de la Bernarde. Il se méfiait du berger allemand qui la nuit serait peut-être moins commode. Une fois arrivé au milieu de la cour, il klaxonna plusieurs fois.

Il était dix heures et demie. En plus de la lanterne de la cour, des lampes étaient allumées à l'intérieur. Les Bayle devaient regarder la télévision. Il insista. Bientôt, une ampoule s'éclaira dans l'entrée et la porte s'ouvrit. Casimir apparut. Il scrutait à travers la pluie battante, il finit par distinguer la 4L. Il prit un parapluie, le déploya, puis vint vers eux. Quand il reconnut Maréchal, il dit :

– Qu'est-ce que vous faites là ?

Mais, avant que l'écrivain ne réponde, il vit le visage ensanglanté de Lantier.

– Qu'est-ce qu'il lui est arrivé, à celui-là ?

– Il a reçu un caillou tombé du ciel ! essaya de plaisanter Maréchal.

Mais Casimir n'avait aucun sens de l'humour et grommela :

– Qu'est-ce que vous voulez, à la fin ?

– Soigner sa blessure et ensuite vous le confier pour la nuit.

– C'est une blague ? ricana Bayle.

Maréchal pensa qu'il devait le brusquer un peu, sinon ils allaient y passer la nuit.

– Écoutez-moi bien, Bayle : ou vous faites ce que je vous dis et demain matin, si tout va bien, Lantier rentre chez lui, ou je raconte aux gendarmes que vous avez refusé de porter assistance à personne en danger.

Il avait fait exprès d'employer les termes exacts. La culture juridique et télévisuelle de Bayle devait les lui avoir appris. Casimir réfléchit et déclara :

– Descendez de voiture. On va se mettre à l'abri.

Lantier attendit que Maréchal vienne lui ouvrir la portière. Il dut aussi l'aider à descendre. La pluie tombait fort. Casimir Bayle avait regagné la maison en s'abritant sous son parapluie. Maréchal en eut assez tout à coup. Il planta Lantier à côté de la 4L et rejoignit l'abri de l'entrée à son tour. En avançant, il remarqua deux points lumineux qui luisaient dans l'ouverture de la grange. Il pensa aux yeux d'un fauve. Quand il le vit filer, Lantier se décida. Bayle passa devant et dit :

– Essuyez vos pieds ! La patronne tient à son intérieur.

De fait, celui-ci était aussi soigné que les alentours de la Bernarde. Tout y était par ailleurs d'une affligeante banalité. Un mobilier standard de mauvais goût, mais fonctionnel et parfaitement ciré. Bayle les aurait laissés dans l'entrée s'il avait pu, mais il finit par leur montrer la porte du séjour où on entendait la télévision. Quand ils entrèrent, la grande femme que Maréchal avait vue à sa première visite se leva du canapé en skaï où elle était assise et éteignit le poste. Elle ne dit rien et ne sourit pas non plus, mais vint se ranger à côté de son mari.

– Et maintenant ? Qu'est ce que vous comptez faire ? demanda Bayle.

– On devrait aller dans votre salle de bains, répondit Maréchal. Il faut désinfecter la blessure de Lantier.

Casimir et sa femme eurent l'air offusqué qu'on pénètre ainsi dans leur intimité. Pragmatique, Mme Bayle proposa la cuisine. Maréchal dit :

– Va pour la cuisine.

Il avait regardé la femme avec attention depuis qu'ils étaient entrés. Elle était de fait d'une taille très supérieure à la normale, et son visage était ingrat, mais sans laideur. Elle devait avoir une quarantaine d'années, quarante-cinq peut-être. Elle était vêtue avec simplicité, du genre de vêtements que l'on trouve sur les marchés de villages. Elle était surtout, et c'est ce qu'on remarquait le plus, d'une propreté méticuleuse. Maréchal pensa qu'elle avait dû être agréable à regarder autrefois. Pourquoi cette idée lui venait-elle à l'esprit ? Il poussa Lantier qui grimaçait toujours et ils la suivirent dans la cuisine. À ce moment-là, Désiré arriva par une petite porte, ne salua personne, les regarda à peine et ralluma la télé avant de s'affaler sur le canapé et de décapsuler une canette de Coca-Cola.

Si l'intérieur des Bayle était bien tenu, la cuisine, elle, présentait la propreté d'un bloc opératoire. Maréchal avait quelques notions de secourisme et, après avoir fait asseoir Lantier sur une chaise en formica, il examina sa blessure. Il présentait sur la tempe une forte contusion et une plaie de trois centimètres qui saignait encore un peu. Mme Bayle lui apporta un flacon d'alcool à 90° et du coton. Maréchal demanda :

– Vous n'avez pas du Dakin ou autre chose de moins fort que l'alcool ?

Elle fit non de la tête. Maréchal prévint Lantier :

– Bon, ça va piquer... beaucoup. Serrez les dents.

Cinq minutes plus tard, Maréchal avait obtenu de la maîtresse des lieux une bande Velpeau et enturbanné Lantier, qui ainsi attifé lui rappela un peu Guillaume Apollinaire.

À sa demande, Bayle avait accompagné le blessé dans une chambre d'ami qu'il avait fini par accepter de mettre à sa disposition jusqu'au lendemain. Lantier s'était allongé et regardait fixement l'horrible tapisserie qui couvrait les murs de la chambre. Énervé par son attitude, Maréchal sortit derrière Casimir.

– Il faut téléphoner aux gendarmes.

– Pourquoi ? demanda Bayle.

– Je ne sais pas si vous êtes au courant, mais ce gars-là a été victime d'une tentative d'assassinat !

– Et alors ? Il n'est pas mort, non ?

– C'est une façon de voir les choses, dit Maréchal après avoir respiré profondément. Mais tout de même, montrez-moi le téléphone.

Il composa le numéro de la gendarmerie de Châteauneuf et attendit un bon moment. Cette fois, il fallut qu'il s'explique longuement avec le fonctionnaire de service pour qu'on prévienne Périer. Enfin, il réussit à l'avoir au bout du fil.

– Qu'est-ce qui vous arrive encore ? Un nouveau meurtre sur le plateau ?

Il plaisantait à peine.

– Presque ! répondit Maréchal. On a assommé Marc Lantier, le botaniste...

– Je le connais, dit Périer. Qui ça, « on » ?

– Vous aimeriez bien que je vous le dise tout de suite, n'est-ce pas ? Il faut tout de même me laisser le temps de mettre mes idées en place.

– Comment va Lantier ?

– Il s'en tirera.

– Vous êtes où ?

– Chez Bayle, à la Bernarde.

Périer ne fit aucun commentaire. Il devait réfléchir.

– Vous croyez que ça peut attendre demain ? Je veux dire pour sa déposition. Parce qu'avec le déluge qu'on a sur Châteauneuf, ça va pas être coton de monter jusque là-haut.

– Pas de problème. Ça peut attendre. Ici, Lantier ne risque rien.

Il sourit en direction de Casimir, qui avait la tête des grands jours, mais il avait dû comprendre où était son intérêt face à quelqu'un qui discutait aussi facilement, en pleine nuit, avec l'adjudant de Châteauneuf. Ça pouvait servir.

– Bon, alors on montera demain matin. Je passerai chez vous en revenant.

– D'accord. Je vais rentrer.

– Soyez prudent. Quand il pleut comme ça, les chemins du plateau, c'est pas de la tarte.

– N'ayez crainte, Périer. Avec mon 4 × 4 je ne risque rien. À demain.

Périer réalisa à retardement. Il rit légèrement.

– À demain.

Maréchal raccrocha. Bayle ne résista pas à la curiosité :

– Vous le connaissez bien, l'adjudant Périer ?

– Nous sommes de vieux amis de dix ans ! mentit Maréchal, qui s'amusait beaucoup.

Le respect de l'autre augmenta aussitôt.

– Vous voulez boire quelque chose ?

– Non, merci.

Maréchal n'avait aucune envie de se retrouver dans le séjour de la Bernarde à côté de cette télé, où s'agitaient comme dans un bocal des danseurs sur une musique à laquelle il était totalement imperméable. De plus, l'air peu engageant de Désiré Bayle, qui marchait sur les traces de son père, ne l'y engageait guère.

La grande femme avait disparu mais, alors que Bayle le raccompagnait jusqu'à l'entrée, il l'aperçut par une porte entrouverte, occupée dans la buanderie, devant une machine à laver le linge. Elle le regarda, mais son visage ne manifesta aucune expression. Bayle lui ouvrit. Son attitude avait complètement changé.

– Ça tombe toujours. Faites attention dans le bois à cause des ornières. Et si vous êtes embêté, n'hésitez pas...

Maréchal ignora la main tendue de Bayle. Après son accueil lors de leur première rencontre, il ne manquait plus que ça !

Il pensa qu'il n'y avait aucune chance que la 4L démarre. Pourtant, elle le fit au premier tour de clé.

En roulant sur le chemin au milieu des trombes d'eau, il se souvint qu'il n'avait pas demandé à Lantier ce qu'il devait faire pour son vélo. Il pensa aussi à La Fayette qui devait s'étonner que son maître ne revienne pas. Autre chose occupa toutes ses pensées un long moment. Il revoyait les traces de boue et d'eau laissées sur le parquet ciré du séjour de Bayle par les semelles de Désiré avant qu'il n'allume la télévision.

La pluie l'accompagna jusqu'à l'embranchement du chemin de la Bonassie. Là, elle cessa brusquement. Le temps qu'il arrive devant la maison et tout un quartier du ciel vers le nord avait été dégagé par le vent qui avait tourné brutalement. Les étoiles étaient réapparues et on commençait même à voir un morceau d'une grosse lune ronde qui montait au-dessus des collines basses fermant le plateau dans cette direction. En quelques minutes, elle éclaira comme en plein jour.

En rejoignant la maison, Maréchal fut étonné par une grande forme claire qui se balançait sur sa droite à une cinquantaine de mètres de lui. Il lui fallut quelques secondes pour se rappeler qu'il s'agissait du grand drap pendu à l'étendoir et qu'il avait oublié de rentrer. Ce n'était certainement pas le moment de le faire après cette pluie.

Tout en ouvrant avec peine la porte d'entrée qui avait gonflé à cause de l'humidité, il se sentit terriblement las. Une fois à l'intérieur, il n'eut pas le courage d'allumer le feu et monta directement à l'étage. Sans se déshabiller, il se jeta sur le lit et, après quelques vaines réflexions sur ce qui s'était passé, il s'endormit d'un sommeil de plomb.

Il se réveilla vers 2 heures du matin et mit un moment à se rappeler où il se trouvait. Les aiguilles de sa montre avaient depuis longtemps perdu leur pouvoir de fluorescence. Il essaya de se rendormir, mais n'y parvint pas. Il se leva. Un silence extraordinaire régnait dans la maison. On aurait pu entendre le moindre crissement d'insecte, le plus léger pas de souris. Il descendit et trouva que la suspension jetait une lumière violente sur la salle commune. Il alla jusqu'à l'évier et se servit un verre d'eau, puis resta un moment à écouter ce silence. Il avait l'impression de sentir pour la première fois la vie propre de la grande ferme. Il songea à tous ceux qui avaient vécu dans ses murs, et cela remontait bien au-delà des parents de Lise Lavigne et même des parents de ses parents. Que restait-il de tous ces gens ? Peu de chose... Car même la belle ordonnance des terres, de l'espèce de domaine qu'ils s'étaient tous acharnés à construire au cours du temps, était maintenant menacée. Pour la première fois depuis des siècles, la chaîne était brisée. Lise n'épouserait pas un fermier du Causse, elle ne vivrait pas ici. Que deviendrait cette maison ? Comme l'avait dit Périer, elle serait vendue en résidence secondaire, ouverte un ou deux mois par an. Quant aux terres si durement gagnées sur les cailloux, elles étaient déjà menacées par la sauvagerie, les ronces, les broussailles. Pouvait-il en être autrement alors qu'il n'y avait plus de famille Lavigne à la Bonassie ? Cela avait-il quelque chose à voir avec les événements récents ? Rien, en apparence. À part peut-être cette histoire entre Désiré Bayle et Lise Lavigne. Avec le recul, il paraissait incroyable que cette liaison n'ait pas été encouragée par les parents. Car, à supposer que cette amourette d'été se fût poursuivie, toutes les terres de la Bonassie et de la Bernarde auraient pu être réunies. Et c'était un mobile puissant. Maréchal y avait été confronté plusieurs fois, entre autres dans la neige de Hurlebois*. Cependant, tant Casimir que Lavigne s'y étaient opposés. Pour expliquer cette conduite hors des usages de la terre, il fallait qu'il y ait un sujet de discorde bien plus grave entre les deux familles qu'une histoire banale d'élection au syndicat agricole. Lequel ? Maréchal l'ignorait et ne voyait pas qui pourrait le lui apprendre. La seule qui aurait pu, peut-être, était morte à cette heure. Il tourna tous ces points dans sa tête pendant plusieurs minutes. Rien ne parvenait à se mettre en place. Surtout quand il essayait d'y mêler Marc Lantier ou la femme aux cheveux rouges, et son curieux intérêt pour la mort de Pierre Laurel. Cela formait un méli-mélo indescriptible. Il finit par abandonner, but un autre verre d'eau et sortit. Il n'avait aucune chance de se rendormir.

Il ne pleuvait plus et le ciel était maintenant entièrement dégagé. Le spectacle du monde ne lui fit monter aux lèvres qu'un seul mot : « somptueux ». Il recommença à tenter d'imbriquer les pièces du puzzle. Puis, brutalement, il s'arrêta. Il venait de se rendre compte qu'au lieu de profiter de cette beauté étalée devant lui il s'efforçait de lier entre elles des histoires sordides dont aucune ne le concernait vraiment. En quoi pouvait-il trouver une bonne raison de s'en mêler ? « En rien ! » fut la seule réponse sincère qu'il put se faire.

---

* Voir *Hurlebois, op. cit.*

Tout cela lui parut comme un jeu auquel il se serait livré, emboîtant telle pièce dans telle autre, déduisant ceci de cela. Même s'il aboutissait, à quoi bon ? Même les mots de justice ou de vérité lui parurent de peu de poids tout à coup. Il se connaissait, se savait dans un de ces moments où les actions les plus nobles ne trouvent plus de justification devant sa propre vérité. La sienne dans ce soir du Causse lui soufflait un seul ordre : « Vivre ! » Pour cela, il ne fallait pas se laisser entraîner dans une spirale comme celle qu'il vivait depuis des jours, mais tout remettre à sa place. Il découvrit que cela l'avait aidé à oublier autre chose, et il eut le sentiment brutal qu'il fallait laisser tout le reste à Périer. S'il avait eu le téléphone, il aurait réveillé l'adjudant pour le lui dire.

Il passa le reste de la nuit devant la porte de la ferme, assis sur un banc en mauvais état. Il ne faisait pas froid malgré toute cette eau qui était tombée. Il avait chassé toutes ses pensées au sujet des morts, des accidents, des pistes vraies ou fausses et ne pensait qu'au monde, au spectacle qu'il lui offrait.

Le matin s'annonça par un liseré clair au-dessus de l'horizon. Quand le soleil explosa au-dessus du Causse, Maréchal avait fait sa toilette et rangé ses affaires dans son sac. Il avait nettoyé et remis en place ce qu'il avait pu déranger et, après un dernier regard à la salle commune, il sortit, son bagage à la main, et fixa sur la porte avec une punaise le petit mot qu'il avait rédigé à l'intention de Périer :

Je suis obligé de rentrer chez moi. J'irai déposer à la gendarmerie de Saint-Donnat pour le meurtre de Léonie. J'espère que cela ira. Je vous souhaite de trouver la solution.

Bien cordialement,

Franck Maréchal.

P.-S. : Essayez de savoir qui est cette femme aux cheveux rouges qui tient le café de Valgas...

Il referma soigneusement. Il rentrait à la Valette retrouver ses disques et ses arbres pour ne plus penser à tout ça et faire plutôt le point sur sa propre vie qui fichait le camp à vau-l'eau. Il appellerait Lise Lavigne et lui rendrait ses clés. Toute cette histoire sortirait de sa vie. Il se félicita de sa décision.

Il prit la route de Flourac par laquelle il était venu. Bientôt, le coin du Causse où se trouvait la ferme disparut dans un vallonnement. Il passa devant les trois pins et pensa à Marc Lantier. Celui-là non plus n'avait nul besoin de lui. Il s'arrangerait avec Bayle et sa femme, ensuite avec Périer. « Oui, c'est ça, que tout le monde se débrouille avec ces histoires. J'ai mieux à faire ! » songeait-il.

Il parvint à un carrefour perdu au milieu des champs où régnait une solitude absolue. Une pancarte indiquait la direction de Liolier vers le nord. Là-bas, Raymond avait dit que se trouvait un bureau de tabac. Maréchal était fier de n'avoir pas cédé à la tentation. Il se dépêcha toutefois de prendre la route de l'est, on ne savait jamais...

Il traversa le Causse, commença la descente vers Flourac par une route en travaux perpétuels comme il avait pu le constater chaque fois qu'il l'avait empruntée. Il conduisait avec prudence car la chaussée côtoyait le vide. De plus, il n'était absolument pas sûr de ses freins.

Il atteignit bientôt Flourac et reconnut les platanes du cours qui avaient perdu leurs feuilles. Cela changeait beaucoup par rapport à la fois où il avait traversé la ville en juin, au moment où toute cette histoire avait commencé. C'était par là qu'il était passé avant de monter sur le Causse et de crever à quelques encablures de la Bonassie.

Il gara la 4L sur une place où il avait repéré une cabine de téléphone et appela Lise Lavigne. Le même message se fit entendre. Cette fois, il lui demanda de le rappeler à la Valette dès qu'elle pourrait. Il lui tardait de la voir, de lui rendre les clés, de lui affirmer comme il voulait s'en persuader que ses parents étaient morts dans un accident. Peut-être le croirait-elle, lui ? Puis toute cette affaire serait finie, se répéta-t-il. Il réussit même à chasser la légère inquiétude qui lui était venue en constatant ce nouveau silence de la jeune femme. Mais, cette fois encore, à grand renfort de méthode Coué, il parvint à se rassurer à son sujet. De toute façon, si elle ne l'appelait pas, il irait la voir à Montpellier. Il voulait en finir avec tout ça, et vite.

Une fois sorti de Flourac et après avoir surmonté la tentation du tabac, il prit la route de Montpellier. Il arriverait à La Grézade en fin de matinée.

Il fit encore quatre ou cinq kilomètres dans une vallée encaissée et ombreuse d'où il distinguait les sommets bleus des Cévennes. Après un petit pont en dos d'âne, très ancien et magnifique il vit un carrefour avec un panneau annonçant « Pont-de-Monvert ».

C'était à l'opposé de son propre chemin. Il pila pourtant et mit à peine une dizaine de secondes à abandonner la direction de sa maison pour remonter par des routes impossibles vers le pays natal de Jacques Lavigne. Quand il parvint en face du Brouzet, il se demanda ce qui lui avait pris. Il était trop tard. Il devait être 10 heures du matin. Le ciel si bleu qui l'avait accompagné sur le Causse et dans la descente était peu à peu devenu gris et pommelé. Bientôt, alors qu'il faisait plus froid à cause de l'altitude, une bruine fine commença de tomber. Elle faisait luire les toits en lauzes et les murs de grosses fermes sévères perdues au bout d'allées de mûriers et de saules têtards, ainsi que la route qui serpentait d'épaule de colline en escarpement tout en s'accrochant au-dessus de précipices menaçants tant ils étaient sombres et garnis de fourrés impénétrables. Il ne croisa qu'une voiture immatriculée en Hollande qui roulait en sens inverse et dont le conducteur stupéfait contemplait ce paysage aux antipodes de ses Pays-Bas. Ce type paraissait pressé de regagner la vallée. Il avait dû se tromper de saison, peut-être même de contrée.

Le village était perché sur une sorte de sommet arrondi et débonnaire, couvert de pelouses vertes et grasses qui contrastaient avec la sévérité du paysage qui les entourait. Le bourg où Maréchal entra était pelotonné sur lui-même dans cette fin de matinée froide et humide. On ne voyait pratiquement personne dans les rues, sauf une ou deux camionnettes de livraison, qui passèrent rapidement. Sur la place centrale dallée de pavés noirs et lisses, il y avait un bistrot, une supérette et une boulangerie, qui seule paraissait un peu gaie, les deux autres échoppes étaient sinistres, tout autant que la statue de Du Guesclin qui occupait le centre de la place et semblait défier un ciel rempli de nuages sales et ratatinés. L'aspect peu engageant du bistrot le dissuada d'y prendre un café. Le vent apportait des odeurs de soufre et de pierre auxquelles se mêlaient par bouffées fugaces des parfums de forêt, lourds, anciens, sans finesse. Il aurait aimé trouver des membres de la famille Lavigne. Mais sans Lise, il ne savait où aller. Il fit une nouvelle tentative à la cabine près du café. En vain. Demander aux gens s'ils connaissaient des Lavigne lui parut difficile. Il regrettait un peu de n'avoir pas pris tout bonnement la direction de La Grézade au lieu de venir se perdre dans cet endroit austère. Il entra dans la boulangerie, acheta un pain au chocolat et s'enquit du chemin du cimetière. Il était certain que la boulangère, une accorte quinquagénaire en pantalon pied-de-poule et corsage en dentelle, qui contrastait avec son environnement, devait bouillir de curiosité. Elle lui indiqua le chemin avec force détails. Il la laissa avant qu'elle ne se lance dans de nouvelles explications inutiles. Cette femme devait beaucoup s'ennuyer, il vit qu'elle le regardait derrière sa vitrine avec une certaine avidité. Il se demanda s'il serait capable de finir ses jours sur cette place triste, conclut que non et fila vers le cimetière.

Il suivit des rues étroites aux maisons serrées les unes contre les autres. La plupart des volets étaient fermés, les autres montraient de vagues lueurs au fond de pièces sombres.

Il parvint sur une sorte d'esplanade fermée par une balustrade en pierre et qui donnait sur un à-pic impressionnant au fond duquel on entendait couler un torrent. Au-delà, un vaste mur se dressait sur tout un côté, et d'après ce qu'il avait retenu des explications de la boulangère, il s'agissait du cimetière. Il était entouré d'une haute grille en fer, très hostile, ornée de feuilles de chêne peintes en argent qui en accentuaient la sévérité. Le cimetière n'était pas très grand et Maréchal n'avait aucune idée de l'endroit où se trouvait ce qu'il cherchait. Pourquoi était-il incapable de s'occuper seulement de ses propres affaires ? D'autant qu'elles étaient au demeurant fort compliquées et auraient mérité qu'il leur accorde le plus clair de son temps. Au lieu de travailler à ses livres, de régler ses problèmes de cœur une fois pour toutes, de vivre un peu aussi, il courait la campagne, passait des jours dans une ferme étrangère, et à présent cherchait une tombe dans un cimetière d'une extraordinaire tristesse. Il passa devant des mausolées orgueilleux groupés en essaim, des tombes banales et modernes aux larges frontons gravés de colombes mièvres, teintées de rose ou de bleu comme cela devenait la mode – Maréchal détestait ça.

Découragé, il finit par suivre une allée moins triste que les autres, car bordée sur tout un côté de viornes très vertes et touffues qui apportaient un peu de gaieté à tout le coin. À la moitié de l'allée, il finit par découvrir ce qu'il cherchait et s'arrêta devant le tombeau familial des Lavigne. Il était d'une grande simplicité, sans aucun ornement en dehors d'un bouquet de fausses roses, mais très fines. Maréchal se sentait toujours gêné devant une tombe, ne sachant jamais très bien quelle attitude adopter. En général, il croisait ses mains dans son dos. S'il avait porté un chapeau ou une casquette, cela aurait été plus facile. Cette ironie acide lui fit du bien. Il examina avec attention les inscriptions portées sur la façade de la tombe. Certaines, très anciennes, étaient en partie effacées. Les plus récentes étaient celles qui l'intéressaient.

Il passa presque une demi-heure devant cette pierre tombale. Le ciel s'était légèrement éclairci jusqu'à être zébré par endroits de fines bandes bleues. Il ne pleuvait plus et on entendait chanter quelques oiseaux dans les massifs. Mais il n'y prêta qu'une oreille distraite, bien trop intéressé par ce qu'il avait découvert.

À la fin, il se rendit compte que malgré l'amélioration du temps il était transi, il frissonna. Et puis, il en avait assez vu. Il remonta le col de sa veste et revint lentement par les allées du cimetière. Il croisa une vieille dame toute courbée, un petit arrosoir dans une main et des chrysanthèmes dans l'autre, et la salua.

Elle était sans doute dévorée de curiosité à son égard, elle ne devait rencontrer dans ce lieu que quelques femmes de son âge qui accomplissaient quotidiennement le même chemin.

Une fois sorti du cimetière, il suivit de nouveau les rues du village. Mais le monde avait changé pour lui, car à présent il détenait non certes la vérité mais une bonne parcelle de celle-ci.

Il se précipita vers la cabine téléphonique. L'adjudant Périer était absent, « en mission ». Le gendarme devait être sur le Causse à cette heure-ci et interroger Lantier sur son agression. Maréchal regretta plus que jamais de n'avoir pas de portable. Il dit qu'il rappellerait une heure plus tard. Le fonctionnaire lui assura qu'il ferait la commission, surtout quand Maréchal se nomma. Il semblait que Périer avait laissé des consignes précises en ce qui le concernait. Il remonta dans la 4L, jeta un dernier coup d'œil à Du Guesclin qui défiait toujours le ciel et, sans perdre de temps, reprit la route de la vallée.

Il arriva à Flourac vers midi et rappela la gendarmerie de Châteauneuf. Deux secondes plus tard, il entendit la voix ferme de Périer :

– J'allais lancer un mandat de recherche ! On ne file pas comme ça quand on est témoin dans une affaire de meurtre !

Il avait fait la grosse voix et riait de sa bonne idée avant de demander :

– Vous avez quelque chose ? Parce que moi, avec ce type qui cherche des plantes et qui se prend pour le centre du monde, je suis mal loti !

– Oui, j'ai du nouveau et...

– Quoi ? demanda Périer.

– Attendez ! Un peu de patience. C'est trop tôt. Mais je propose qu'on se retrouve cet après-midi au café de Valgas. Vous êtes d'accord ?

– Que voulez-vous que je fasse ? Si je m'écoutais, je vous intimerais l'ordre de venir déposer ici. Mais je vous connais, et je me souviens de Brochard et Paul Vialat, mes *illustres aînés*. Alors, je me dis que peut-être grâce à vous les cailles vont tomber toutes rôties.

Maréchal ne répondit pas. L'autre insista :

– C'est ça ?

– Je ne sais pas, Périer. J'ai encore deux ou trois choses à vérifier. Alors, vers quatre heures au café ?

– Ne me jouez pas la fille de l'air, sinon je préviens Interpol.

Sa plaisanterie tomba de nouveau à plat, il dut s'en rendre compte, car il ajouta :

– Oui, je sais, ce n'est pas malin. Je vais manger. À tout à l'heure.

Maréchal entendit le déclic du téléphone et laissa sonner le signal d'occupation qui suivit. Il aimait bien ça, guetter l'espace et le temps dans un téléphone. Cela ne menait à rien, mais parfois cela faisait réfléchir.

Il finit par raccrocher et regarda autour de lui. Il entra dans une brasserie. Dans l'arrière-salle étaient en train de déjeuner des ouvriers du chantier de la route du plateau, du moins le déduisit-il de leurs conversations. Il s'installa à une petite table isolée et commanda un quart de poulet et des frites. Il respira avec nostalgie la fumée des cigarettes des clients.

Le poulet était aussi tendre que du caoutchouc et les frites avaient cuit dans un bain d'huile de plus d'un mois. Cela lui était égal. Il lui restait encore quelques pièces à mettre en place. Pour cela, il lui fallait remonter sur le plateau.

Quand il ressortit du restaurant, il pleuvait, une pluie régulière et têtue. Il essaya une nouvelle fois en vain de rappeler Lise Lavigne et s'efforça de juguler une inquiétude sourde à son sujet. Il ne pouvait pas être partout à la fois.

Il remonta dans la 4L, qui le stupéfiait par son insensibilité aux intempéries de la région alors qu'à la Valette, la moindre rosée du matin empêchait tout démarrage, sauf au prix de ruses de Sioux dont il avait fini par prendre l'habitude. Il suivit la route du plateau et roula à toute petite vitesse dans la montée. Pas par prudence, mais par incapacité technique. Vers deux heures et demie, il entra dans la cour de la Bonassie où la première chose qu'il remarqua fut le drap qui battait dans le vent du nord et semblait le rappeler à l'ordre.

Quand il pénétra dans la maison, son état d'esprit avait changé. Ce qu'il avait compris au cimetière de Brouzet émanait en quelque sorte des murs de cette bâtisse. Cela valait aussi pour tout le pays qui l'entourait. Ailleurs, dans des lieux plus aimables ou plus *faciles*, cela ne se serait probablement pas produit. Cette violence-là avait besoin de cet environnement pour éclater. Elle n'avait rien à voir avec celle qui dévastait les cités. Elle venait du fond des âges.

Il trouva qu'il faisait froid. C'était la faute de toute cette eau et, en ouvrant les volets, il vit briller les flaques un peu partout alentour. Il ralluma le feu mais ce n'était pas seulement pour avoir chaud. Il avait besoin de cette présence, tandis qu'il allait plonger encore une fois au fond des cœurs humains. Ces termes, alors qu'il les exprimait pour lui-même à mi-voix, ne lui parurent pas exagérés. Une fois que le feu eut démarré et commencé à réchauffer l'atmosphère glaciale des vieux murs, il alla chercher dans la chambre des Lavigne l'album de famille et les photos qu'il avait supposé être celles des amies d'enfance de Camille. Puis il prit le livre de comptes dans le buffet de la salle commune et s'installa à la table. Un faible soleil éclairait la pièce et ses rayons, passant à travers la porte vitrée, venaient se poser sur les photos qu'il examina tout d'abord. À deux ou trois reprises, il hocha la tête. C'était bien ce qu'il avait imaginé.

Après les photos de l'album, il observa celles qui étaient en vrac. Il en écarta deux, de la même personne, une jeune femme. Un prénom était inscrit au dos, c'étaient les seules à porter une mention en dehors de celles de l'album.

Il s'attaqua ensuite au livre de comptes. Il retrouva les mêmes anomalies, mais en découvrit une nouvelle. Satisfait, il referma l'album et le registre, les laissa sur la table et regarda par la fenêtre de la cuisine. On apercevait les trois pins du carrefour de la Bernarde et, plus loin, dans un pétillement rose, le toit de cette dernière. Maréchal soupira. Les idées des hommes...

14

Maréchal approcha de la Bernarde. La chance était de son côté : le 4 × 4 de Casimir n'était pas dans le hangar.

Il arrêta la 4L au milieu de la cour et attendit au cas où le chien bondirait de l'ombre. Au bout de vingt secondes, il descendit et regarda autour de lui. Tout était aussi net et ordonné que d'habitude. Ici, rien ne bougeait jamais. Il se dirigea vers la maison. Un bref éclair à une fenêtre lui apprit qu'il avait été aperçu. Il détestait prendre les autres par surprise. Il alla jusqu'à la porte d'entrée et sonna. Le carillon joua un air connu qu'il fut incapable de nommer. Peu après, la porte s'ouvrit et Mme Bayle apparut. Elle regarda fixement Maréchal. Il lui demanda :

– Vous êtes seule ?

– Oui. Casimir est descendu à Mergès pour l'après-midi. Et Désiré n'est pas là.

Elle s'effaça pour le laisser entrer. Il la suivit dans le salon. Avec le soleil, la pièce paraissait pimpante, toujours aussi nette, accueillante. La télévision était allumée et diffusait une émission de cuisine. Mme Bayle l'éteignit, puis s'assit sur le bord du canapé et invita Maréchal à faire de même. Mais il resta debout et s'approcha de la fenêtre. De ce côté, on voyait les arrières de la Bernarde et là aussi régnaient l'ordre et l'opulence. Le soleil était assez chaud pour faire onduler l'air au-dessus des toits des granges. Il y avait une grande paix. Il soupira.

– Je peux vous demander quelque chose ?

– Vous êtes ici pour cela, non ? fit-elle d'une voix neutre, légèrement désincarnée. De toute façon, je savais que vous reviendriez...

– Ah bon... dit Maréchal. Votre prénom, c'est bien Marie-France ?

– Oui.

– J'ai, en effet, quelques questions à vous poser...

Une demi-heure plus tard, Maréchal remonta dans la 4L. Le ciel s'était obscurci, mais ses idées avaient gagné en clarté. Au moment de quitter la Bernarde, il regarda dans son rétroviseur. Marie-France Bayle était restée près de sa porte. Elle était en larmes. Il prit la route de Valgas aussitôt après le carrefour des trois pins. Deux cents mètres plus loin, il pila brutalement. « Imbécile ! » s'exclama-t-il en frappant le volant à deux mains. Il redémarra et fila dans la direction du village. Il y avait longtemps que la Renault n'avait pas roulé aussi vite. Il était trois heures. Avec un peu de chance, Périer serait déjà là-bas. Ce serait plus facile. Il continua à fond de train sur les trois quarts de la distance, puis entendit un bruit insolite. La 4L fit quatre ou cinq soubresauts et continua un peu avant de s'immobiliser. Il relança le moteur qui eut quelques hoquets et s'arrêta tout à fait. Maréchal frappa de nouveau le volant. L'aiguille de la jauge d'essence restait obstinément collée au plancher. Cette fois, ses tapotements n'y changèrent rien. Il descendit, poussa la voiture sur le bas-côté et partit en courant vers Valgas. Son arrêt du tabac fut bénéfique. Bientôt, il vit les toits du hameau briller, alors que les trois quarts du ciel étaient envahis de nuées sales qui sentaient la pluie. Il entra, courant toujours, dans le village, se précipita vers la cabine de téléphone et fouilla dans sa poche pour sortir son calepin. Là, dans l'angle d'une page couverte de hiéroglyphes, il trouva le numéro qu'il cherchait. Il le composa et croisa les doigts. Pourvu qu'on réponde.

– Ici Éva Delambre, j'écoute...

– C'est Franck Maréchal ! Bonjour ! Est-ce que vous avez des nouvelles de Lise Lavigne ?

– Franck Maréchal ? Je suis censée vous connaître ?

– Qu'est-ce que vous racontez ?

– Vous deviez me faire signe et, depuis deux ans, pas de nouvelles. Alors, je voulais être sûre.

– Bon, d'accord ! Excusez-moi. Mais pour Lise ?

– Ne craignez rien, elle est chez moi. Elle a été agressée il y a deux jours. Un type a pénétré dans son appartement, alors qu'elle était seule. Son petit ami est aux USA en ce moment. Elle a réussi à s'échapper. Mais j'ai préféré la prendre chez moi. D'autant qu'elle a été très choquée. Elle ne veut plus parler de son agression.

– Évidemment ! dit Maréchal.

– Vous avez l'air d'être au courant de quelque chose, vous. Je me trompe ?

– Je vous raconterai ça un jour prochain. En attendant, surveillez bien Lise. Il faut que je vous laisse...

– Encore vos amis les gendarmes qui vous attendent ?

Maréchal éclata de rire. La camionnette bleue de Périer apparaissait à l'entrée de la place.

– Vous n'imaginez pas à quel point vous pouvez avoir raison ! À bientôt...

– La dernière fois que vous m'avez dit ça, c'était il y a deux ans* !

– Au revoir... dit Maréchal.

Quand il eut raccroché, il prit le temps de respirer profondément, il était soulagé. Il essuya de sa manche son front couvert de transpiration et sortit de la cabine.

– Ah, vous êtes déjà là, vous !

– On avait dit quatre heures ! Il est quatre heures cinq.

– Bon, ça va... fit Périer en souriant. Alors, « ces alouettes », elles sont cuites ?

– Peut-être... répondit Maréchal, énigmatique. (Il montra à Périer le café.) Si vous voulez bien, on va aller là. J'ai besoin d'un témoin qui s'y trouve.

– Je vais vous dire, Maréchal : quand j'étais plus jeune, j'ai lu tous les romans d'Agatha Christie ! Alors, les confrontations à « la Hercule Poirot », je connais. Maintenant, si ça peut vous faire plaisir...

Maréchal ne répondit pas et se dirigea vers le café. Périer et Sébastien le suivirent.

La première chose qu'il aperçut dans l'ombre fut le flamboiement des cheveux de Solange. Elle essuyait

---

* Voir *Le Mas des peurs*, *op. cit.*

une pile d'assiettes. En approchant d'elle, il lui sourit. Elle le regarda. Il y avait quatre ou cinq clients au comptoir, tous du modèle habituel. Une porte s'ouvrit et Raymond entra, un casier à bouteilles sur l'épaule. Il parut surpris en voyant Maréchal et les gendarmes, mais son naturel reprit le dessus et il salua tout le monde. Maréchal demanda au cafetier :

– Vous me permettez d'interroger votre sœur ?

L'autre parut surpris, mais finit par admettre :

– Si ce n'est pas vous, ce sera ces messieurs, alors...

Il avait désigné les gendarmes. Maréchal s'approcha de la femme.

– Je ne vais pas vous ennuyer longtemps. J'ai juste besoin que vous me confirmiez que vous étiez « l'amie » de Pierre Laurel.

La femme regarda dans la direction de Raymond comme si elle guettait un assentiment. Il fit signe que « oui ». Elle répondit d'une voix enfantine :

– C'est exact.

Puis deux larmes coulèrent sur ses joues. Maréchal se retourna. Il n'avait aucun désir de lui faire de la peine. Il dit à Périer :

– En fait, tout ça, c'est une affaire de famille.

– Drôle de famille... fit l'adjudant.

– Si vous voulez. Nous aurions pu manquer la première partie sans Lise Lavigne. C'est elle qui a refusé d'admettre certaines choses, comme le fait que son père avait bu. Mais personne ne l'a crue...

– À commencer par nous ! reconnut Périer.

– Oui, mais on ne peut pas vous jeter la pierre. Quelqu'un qui descend la côte de Châteauneuf avec trois grammes d'alcool, ce ne peut pas être un crime, à la rigueur un suicide... Et sans elle, tout serait sans doute resté caché. Mais à partir du moment où *on* a su que je farfouillais autour de cette affaire, que je m'étais même installé à la Bonassie, les langues risquaient de se dénouer, et la vérité d'éclater.

– Bon, écoutez, Maréchal, il vaudrait mieux que vous racontiez ce que vous savez dans l'ordre, ce sera plus facile.

– Vous avez raison. Je n'ai compris que ce matin à Brouzet devant le tombeau familial des Lavigne. Quand j'ai vu les noms qui y sont inscrits, j'ai fait des rapprochements. Depuis un moment, quelque chose m'intriguait : personne sans doute dans la génération de Désiré Bayle ne porte ce prénom. Pour qu'on le lui ait donné, il fallait une raison. Je l'ai trouvée dans ce cimetière. Le père de Jacques Lavigne s'appelait Désiré. Ça a fait « tilt ». C'était ce qui me manquait pour compléter le tableau. Parce que j'avais découvert des photos à la Bonassie. Parmi celles des amies de jeunesse de Camille Lavigne, il y en avait deux de la même jeune femme, une certaine Marie-France. Et ce nom c'était Jacques Lavigne qui l'avait inscrit. Il y avait aussi la colère de Lavigne quand il avait découvert que Lise « sortait » avec Désiré. J'ai compris que la base de tout, c'était que Désiré était le fils de Jacques Lavigne. Tout à l'heure, je suis allé demander la confirmation à Mme Marie-France Bayle. Ça s'est passé autrefois, ils étaient jeunes... Casimir s'occupait davantage de ses affaires que de sa femme... Il a deviné ce qui s'était passé entre eux, d'où la vieille haine qui opposait les deux hommes. Mais il a toujours ignoré que Désiré n'est pas son fils. Ce dernier l'a appris il y a un an de la bouche de sa mère. Et c'est ce qui a tout déclenché. Le jeune homme, brimé par Casimir, a vu une issue : il s'est dit que si les Lavigne disparaissaient et s'il réussissait à se faire reconnaître pour le fils de Jacques Lavigne, il hériterait de la Bonassie. C'était stupide, car comment se faire reconnaître par un mort, à moins qu'il n'ait eu la preuve écrite de la main de Lavigne, dans un agenda, par exemple, que j'ai cherché en vain. Peut-être est-ce lui qui l'a subtilisé quand il a visité la ferme le jour de mon arrivée. Ce que je vais ajouter, je l'imagine. Des détails peuvent changer, mais en gros ce doit être ça : le 20 janvier, Désiré est allé trouver Jacques Lavigne. Ça a dû être une drôle de séance ! Il lui a dit ce qu'il savait et lui a demandé des comptes. Lavigne ne l'a pas supporté. Submergé par le remords et la culpabilité, selon ses rigoureux critères moraux, il a peut-être chassé Désiré, je ne sais pas, en tout cas il a bu pour la première fois de sa vie, beaucoup. Puis il a cherché comment s'en tirer sans faire de tort à Lise et à Éric, ce fils exilé depuis des années. Son sens de la justice s'y opposait, d'autant qu'avec la Bernarde, Désiré ne manquait de rien. Il a dû vouloir consulter quelqu'un, un avocat ou un notaire à Châteauneuf. Et il est parti, ivre, en emmenant Camille avec lui. Dans la descente, ils ont eu l'accident que l'on sait. Peut-être que Désiré avait saboté la 4L. J'ai appris de sa mère qu'il avait fait de la mécanique pendant quelque temps. Il a même un BTS. Et il a très bien pu trafiquer les plaquettes. Je fais confiance au garagiste de Martrel qui a été étonné en voyant l'état des freins de la voiture. De toute façon, c'était du luxe : l'alcool et le verglas ont suffi. Dès lors, il n'y avait plus que Lise à la Bonassie, et comme vous me l'avez dit un jour, Périer, elle devra vendre. Désiré a attendu un peu avant de s'attaquer à elle. D'anciens sentiments l'ont peut-être retenu et puis il avait appris qu'elle était sa sœur... Peut-être a-t-il patienté un peu, juste par prudence. Il vous le dira. Et je suis arrivé ici. Pour Désiré, tout commençait à se gâter. Il y avait des gens qui savaient. Léonie Valade. Elle avait eu une aventure avec l'oncle de Lantier autrefois, elle me l'a laissé entendre, et elle avait dû voir le manège entre Jacques Lavigne et Marie-France Bayle. Il y avait encore quelqu'un d'autre qui devait être au courant. Et je n'ai fait là aussi le rapprochement qu'à Brouzet à cause du nom de jeune fille de Camille Lavigne. Elle s'appelait Laurel. Pierre était son frère. Fâché avec Lavigne, il devait voir sa sœur en cachette. Elle avait dû lui dire pour Désiré. J'imagine. Le soir du meurtre de Léonie, Pierre Laurel a quitté ce café devant moi. Je suppose que le hasard l'a mis en présence du meurtrier de Léonie, peut-être même a-t-il assisté au meurtre. Il a fui dans la nuit, mais Désiré l'aura rattrapé et assommé. Il y a quelque chose qui m'a perturbé un moment. Et cela concerne madame. (Il désigna la femme aux cheveux rouges.) Je dois avouer que mon esprit romantique m'a fait lui prêter de sombres combinaisons. Et quand j'ai vu sa photo dans le portefeuille de Laurel, que n'ai-je pas imaginé... Toutefois, cela ne collait pas avec l'affection qui semblait l'unir à Raymond. Pourtant, elle s'est évanouie en voyant Léonie morte et a voulu savoir « comment » on avait tué Laurel. Ici aussi, affaire de famille. Raymond est son frère. Ça, remarquez, j'aurais pu vous le demander à vous, puisque vous les avez interrogés en tant que témoins. Il reste un autre point. Quand j'ai quitté la Bernarde tout à l'heure, quelque chose m'a sauté aux yeux. Ça aurait dû me frapper avant, mais... j'ai compris que Désiré *devait* tuer Lise Lavigne pour avoir la Bonassie. Et sans doute aussi Éric, son frère le militaire qui est en dehors du coup. Quand j'ai su que Lise était menacée, je me suis affolé en m'apercevant que je ne pouvais pas l'avoir au téléphone depuis deux jours ! En effet, elle a été agressée par Désiré avant-hier ! Comment il a fait pour aller à Montpellier ? Il vous le dira aussi. Il est beaucoup plus fort qu'on ne le croit, en tout cas que Casimir ne le croit. Lise ne risque plus rien. Elle est chez l'inspecteur Éva Delambre. Je vous expliquerai. Il reste un dernier point. Dans un cas Désiré n'a pas été très malin. C'est avec Marc Lantier. J'ai vu le soir de l'agression contre le botaniste que le jeune homme avait les semelles pleines de boue. Et surtout, sa mère ne lui a rien dit alors qu'il salissait son salon. Il croyait sans doute que son copain Lavigne avait parlé à Lantier. Il n'avait pas tort et je pense qu'à la suite de cette confidence ce dernier a fait chanter son « ami » Lavigne pendant des mois. Vous trouverez ça dans les comptes de la Bonassie ! Toujours est-il que Désiré a voulu se débarrasser de lui. Comme des autres. Quand on commence ! Mais il l'a manqué. Voilà... Je crois que je vous ai à peu près tout dit.

– Et Désiré, où est-il ? demanda Périer.

– Vous ne voudriez tout de même pas que je vous enlève le pain de la bouche ? Non, sérieusement, je ne sais pas. Pas loin sans doute. Peut-être qu'il est rentré à la Bernarde à l'heure qu'il est.

– On y va ! dit Périer.

Après leur départ, Maréchal s'attarda un peu au café de Raymond. Il observait la femme aux cheveux rouges. Elle faisait partie de celles qui fascinent les hommes. Certaines sont des vedettes, des artistes en haut des affiches ou sur les pages des magazines, d'autres peuvent se trouver au comptoir d'un modeste café. Cette admiration vient de loin, du fond du temps peut-être...

À la fin, il sortit. Le ciel était gris. Il pleuvrait dans la nuit, mais il serait rentré avant. Il allait revenir à la Bonassie et faire ses bagages... Il se souvint tout à coup : ses bagages, il les avait faits le matin, ils étaient dans le coffre de la 4L immobilisée au milieu du Causse à deux kilomètres de là... Il se précipita vers la cabine téléphonique.

– Allô, la gendarmerie de Châteauneuf ? Ici, Franck Maréchal. Pouvez-vous demander à l'adjudant Périer de revenir à Valgas... je suis en panne d'essence.

Jean-Louis Magnon dans Le Livre de Poche

Les Belles du Midi n° 15596

Depuis Louis XIV, le canal du Midi s'est développé pour devenir, entre Garonne et Méditerranée, cette voie royale qu'empruntent le commerce et les rêves des habitants du sud de la France. En ces années 1830, les barquiers sont plus que jamais attachés à leur domaine fluvial, leurs barques se sont multipliées et, à bord, le courage des femmes est exemplaire. Ainsi Marthe Aubanel, par fidélité aux siens autant que pour l'amour de Rémy, saura braver tous les dangers et forcer l'admiration des hommes en menant seule *La Désirée*. Mais le commerce se diversifie et change peu à peu le cours des choses, les complots politiques assombrissent le pays tandis qu'au loin on entend les premiers bruits du chemin de fer... Après *Les Hommes du Canal*, *Les Belles du Midi* perpétue la lignée de ces familles dont le destin se confond avec celui du Canal, un des plus beaux lieux du monde, un trésor du patrimoine mondial de l'humanité, que Jean-Louis Magnon fait revivre dans une histoire aux accents inoubliables.

Les Cendres de juin n° 30101

En dépit de sa redoutable perspicacité, l'écrivain Franck Maréchal avait décidé de ne plus se mêler de ce qui ne le regardait pas. Contempler la campagne cévenole en pensant à sa fiancée Laetitia et se consacrer à son prochain roman, c'était une sage résolution après deux sombres affaires dont il avait percé le mystère. Mais voilà que dans une ferme isolée on retrouve les corps de trois hommes, pendus. Une histoire de gros sous vient mettre à mal l'hypothèse trop évidente du suicide. Sillonnant les chemins dans sa vieille 4L déglinguée, Maréchal ne peut s'empêcher de mener sa « contre-enquête ». Quitte à ne pas plaire à tout le monde…

Hautes terres n° 14372

Entre Aubrac et Aveyron, sur ces hautes terres d'une beauté sauvage et rude, les passions sont âpres comme les hivers… Celle, par exemple, qui va naître en Pauline, gouvernante de la ferme du Puech, en cette nuit de 1916 où le destin lui apporte Marie, une petite orpheline. Volontaire, aimante, dominatrice aussi lorsqu'il s'agit de soumettre les hommes, Pauline se jure de soustraire l'enfant aux servitudes et aux misères qu'elle-même a connues… Autour d'elles, la trop douce Yvonne de Lintes, héritière mal mariée au grossier Léon Saubades, maître du Puech ; Loïc, le bandit au visage d'ange ; Paco, le réfugié espagnol : autant de personnages, de destins qui s'accomplissent au long d'une saga forte et vraie, dans cette proximité de la terre et de l'homme que le romancier sait nous rendre sensible, avec un lyrisme et une vérité qui l'apparentent à Giono.

Les Hommes du canal n° 15453

Depuis que le Roi-Soleil a fait construire le canal du Midi, ce long ruban d'eau qui relie la Garonne à la Méditerranée, on est « barquier » de père en fils chez les Jourdan. Des hommes de « l'ancien temps », des hommes de parole, droits et durs à la peine, qui mènent toujours à bon port leurs cargaisons de grains, d'huile ou de vin. Mais, en cette période trouble qui suit la chute de Napoléon, ultras et affairistes règnent en maîtres et se font menaçants. Pour Pierre Jourdan et ses amis bateliers, comme le vieil Aubanel qui verra sa barque broyée par les glaces de l'hiver, ou Florent Cambon, mis en péril par ses convictions politiques, le combat sera rude. Mais ils peuvent compter sur l'amour et la loyauté de leurs femmes et de leurs filles. Tout comme ils savent que Rose, Caroline, Marthe et Élodie, plus tard, transmettront leur héritage. À travers l'histoire de trois familles de bateliers, Jean-Louis Magnon retrace de façon magistrale l'aventure d'un cours d'eau mythique et évoque les destinées de ces hommes qui ont aimé et souffert le long de ses rives.

Les Larmes de la vigne n° 14006

Ce récit nous donne à entendre une voix : celle de Louis Maurel, né avec le siècle dans les vignes du Midi, entre Carcassonne et Béziers. D'une enfance rude, marquée par la crise viticole, la mévente, les révoltes paysannes, d'un meeting aussi où, enfant, il écoute parler Jaurès, Louis retire une exigence de justice qui le conduit, dans les années vingt, bravant sa famille, à rejoindre le Parti communiste. Mais ce combat demeure à ses yeux indissociable d'un autre : celui qu'il mène pour que sa terre ait le droit de vivre, de nourrir les hommes, de ne pas devenir un désert ou un parc de loisirs pour les estivants. Louis est mort en voyant chaque jour le cerner d'un peu plus près un modernisme qu'il n'aimait ni ne comprenait.

Maleterre n° 30394

Une vieille bâtisse isolée sur le haut plateau cévenol... Roland et Michèle, qui sont venus y passer les vacances avec leurs enfants, tombent immédiatement amoureux de cet « ailleurs mystérieux », perdu au cœur d'une nature envoûtante. Mais cette paix et ce bonheur si simple sont troublés par d'étranges phénomènes : des pas dans le grenier, des hurlements au loin sonnent comme d'inquiétants avertissements. Doit-on invoquer la magie des lieux ou les citadins sont-ils victimes de sortilèges ? Le doute plane, jusqu'à la disparition de Luc, le cadet. Et ce qui était promesse de sérénité devient sourde menace.

Le Mas des peurs n° 30580

À Corbans, non loin de la route de Verviers, au cœur des Cévennes, les maisons se confondent la nuit avec la forêt. Dans le silence épais et la fraîcheur de l'obscurité, le moindre bruit devient inquiétant. Belle nuit pour un crime… Au fond d'un jardinet, un peu en retrait, une maison « biscornue », recouverte de jasmin blanc, se distingue des sévères bâtisses de la région. Franck Maréchal ne soupçonne pas qu'elle cache un mystère bien plus grand qu'il n'y paraît. Il ignore aussi qu'il va se retrouver malgré lui embringué dans une enquête riche en surprises. Car Maréchal semble s'approcher décidément trop vite d'une vérité compromettante pour le village et certains de ses habitants…

Un château en Provence n° 30806

1853. À Paris, Napoléon III a pris le pouvoir, mettant fin aux espoirs républicains. Du côté d'Arles, un jeune homme galope à bride abattue le long du Rhône, poursuivi par deux cavaliers. Passionné, idéaliste, Florent Barthe s'est enrôlé dans une mystérieuse organisation qui combat les « ennemis de la liberté » et qui l'a chargé d'une redoutable mission : éliminer Domenico Lombardi, un riche propriétaire terrien, puissant et corrompu. Bravant les obstacles, parcourant les bois, les villages, les causses et les montagnes, Florent poursuit cet homme, sans savoir qu'il a été trahi et que des tueurs sont déjà sur ses traces…

Vengeance d'automne n° 15375

Sur les hauts plateaux entre Cévennes et Languedoc, au-delà de Valognes, s'étend une magnifique forêt de hêtres. C'est là que l'écrivain Franck Maréchal et Laetitia, sa compagne, la fille d'un adjudant de gendarmerie, ont choisi de passer le week-end. Un petit coin du monde isolé qui a tout pour être un paradis. Tout, si ce n'est une sale histoire qui va entacher ce bonheur paisible. La sale histoire, c'est la mort d'un modeste retraité, sauvagement assassiné à coups de baïonnette. Étrange affaire, au sujet de laquelle Maréchal a sa petite idée. Il décide d'enquêter, sans savoir que ses recherches vont le mener loin dans le temps, en 1943, à l'époque où le pays était occupé par les Allemands.

Du même auteur :

Aux Éditions Albin Michel

LE JARDIN DES HESPÉRIDES, roman, 1994.

HAUTES TERRES, roman, 1996 (Prix Charles Exbrayat).

BLANCHE DES SOLITUDES, roman, 1997.

LES GARRIGUES ROUGES, roman, 1998.

HURLEBOIS, roman, 1999.

VENGEANCE D'AUTOMNE, roman, 2000.

LES CENDRES DE JUIN, roman, 2002.

MALETERRE, roman, 2003.

LE MAS DES PEURS, roman, 2004.

UN CHÂTEAU EN PROVENCE, roman, 2005.

Le roman du Canal du Midi

1. LES HOMMES DU CANAL, roman, 2001.
2. LES BELLES DU MIDI, roman, 2001.

Chez d'autres éditeurs

LE VASTE MONDE, roman, Laffont, 1989 (Prix Terre de France/ La Vie, Prix Cinélect).

L'OFFRANDE DU SUD, roman, Laffont, 1991.

LES LARMES DE LA VIGNE, roman, Seghers, coll. « Mémoire vive », 1991.

MAX SAVY, LE LONG CHEMIN, Inard, 1992.

Composition réalisée par IGS-CP

Achevé d'imprimer en février 2008 en France par
MAURY Imprimeur
45330 Malesherbes
Dépôt légal 1re publication : mars 2008
LIBRAIRIE GÉNÉRALE FRANÇAISE – 31, rue de Fleurus – 75278 Paris Cedex 06

31/2103/5